かがやき荘アラサー探偵局

★

東川篤哉
Tokuya Higashigawa

新潮社

目次

かがやき荘アラサー探偵局

Case 1

かがやきそうな女たちと法界院家殺人事件

1

成瀬《なるせ》啓介《けいすけ》がその奇妙な女性たちと遭遇したのは、桜の花もすっかり散ったとある四月の夜のこと。場所はＪＲ荻窪《おぎくぼ》駅の南側に延びる商店街。ラーメンと半チャーハン、餃子にスポニチというパーフェクトな夕食を終えた啓介は、これから古い知人の家を訪ねようとするところだった。

中華料理店を出て満腹の腹をさすりながら通りをブラブラしていると、やがて一軒の真新しいアンティークショップが目に留まった。もともと荻窪周辺には古美術や骨董《こっとう》を扱う店が多い。そんな激戦区に敢えて飛び込んできた無謀な新参者らしい。入口に掲げられた看板には『アンティークショップうしろむき』という妙にネガティブな店名が記されていた。

「ホントにこれで客がくるのかよ」

興味を抱いた啓介はダークスーツの袖《そで》をまくって、チラリと腕時計を確認。時刻はちょうど午後七時だ。知人との約束の時刻まで、まだ一時間もある。「ちょっと時間を潰《つぶ》していくか」

啓介は誰にともなく呟《つぶや》き、道草することに決定。後ろ向きな看板を横目にしながら店内へと足を踏み入れていった。中は意外に広く、その構造は迷路のよう。いちおう古美術や骨董を中心とした店らしいが、アンティークの家具や小物、古着や中古家電なども脈絡なく並んでいる。

客の姿はチラホラ。骨董マニアらしき老人や、会社帰りに立ち寄った感じのサラリーマン。なぜか高校生らしき制服姿の女子もいる。レジに座る女主人は紫色の髪にパーマを当てた中年のおばさんだ。

そんな店内をアテもなくさまよっていると、やがて古い玩具が並ぶコーナーに差し掛かった。怪獣のソフビ人形やブリキの玩具、懐かしのアニメグッズやグリコのおまけ。ガラクタなのかお宝なのか判然としない、まさに玉石混交の飾り棚を漠然と端から眺めていると、「おおッ、これは！」

飾り棚に並んだ一体の人形。その赤い勇姿に啓介の目は釘づけになった。

それは古い戦隊ヒーローのフィギュアだった。ぶら下がった値札には九八〇〇円という、まあまあ高額な値段が記されている。だが実際には、この値段でも安すぎる超レア物だ。

なぜなら目の前にある赤い人形は二十年ほど前に放映された『探偵戦隊サガスンジャー』の主人公レッド・シャーロックのフィギュア。これは番組放映当時、某テレビ局と某玩具メーカーと某出版社がタイアップして作り出した非売品である。確か漫画雑誌の読者プレゼントだったはずなのだが、応募期間中に漫画雑誌を発行する出版社が、まさかの倒産。そのため実際にプレゼントを手にした子供たちは、ごく僅かだったと噂されている。そんな曰くつきの品物だから、ネット上でオークションにかければ、おそらく三万円は下らないはずだ。

現在二十九歳、独身。子供のころ『サガスンジャー』を夢中で見ていた啓介は、そのあたりの裏事情をよく知っていた。彼はフィギュアの収集などには、さほど興味のない男だが、古い玩具を右から左に受け渡すだけで数万円の利ざやが稼げるといった儲け話には、充分過ぎるほどの興味を抱く男である。

――よし、買おう！

啓介は一瞬で決断し、棚に並ぶ赤いフィギュアに向かって右手を伸ばした。だがそのとき、彼の真横からほぼ同じタイミングで伸びてくる、もう一本の手があった。金色の飾りボタンが並ぶ茶色の袖口。そこから覗く細い手首と小さな掌。その白い指が赤い人形に届こうとする直前、啓介の指が相手の指先に偶然触れた。「あッ」という可憐な女性の声とともに、白い指がスッと引っ込む。啓介も思わず手を止めて隣を見やった。

そこに佇《たたず》むのは、先ほど見かけた高校生らしき制服姿の女子だった。茶色のブレザーに白いブラウス、チェックのミニスカート、足許は紺色のソックスに黒のローファーだ。ロングの黒髪を顔の両側で二つ結びにしている。その顔をよくよく眺めれば、高校生にしては若干濃い目のファンデーションに赤すぎるチーク。作り物めいたその顔は良くも悪くもお人形のようだ。彼女はその整い過ぎた顔を啓介のほうに向けると、恥らうように顔を伏せ、後ずさりしながらか細い声を震わせた。

「……あ、あのぉ……どうぞぉ……」

そんな彼女の態度に、啓介は素直に感動した。目の前のお宝を見ず知らずの男性に無条件で譲るなんて、なんと控えめで奥ゆかしい女性だろうか。いまどきの女子高生とは思えない譲り合いの精神は賞賛に値する。啓介は白い歯を覗かせて百点のスマイルを彼女に向けると、「やあ、ありがとう」と心からの感謝の言葉。そして迷うことなく目の前のフィギュアに手を伸ばした。

瞬間、制服姿のお人形めいた顔に、「マジか！」といわんばかりの愕然とした表情が浮かんだように見えたが、きっとそれは気のせいだ。おしとやかで控えめな女子高生は、「マジか」なんていわないだろうし、そんな顔をするはずもない。啓介は念願のフィギュアを手にした。

さっそく女主人が店番を務めるレジへと向かう。だがレジにたどり着く直前、突如として背後に迫る異様な殺気。それに続いて、「ちょおっと待ちーやッ」と西日本のどこかの方言が彼を呼び止めた。「ん!?」啓介はふと足を止める。と次の瞬間、いきなり背中に激しい衝撃。「――うをッ！」

叫び声を発した彼は、赤いフィギュアを手にしたままドウッとばかりにレジ前の床に倒れこんだ。

いったい何が起きたのか。一瞬、訳が判らず唖然とする啓介。だが背中の痛み具合から察するに、どうやら背後から誰かに蹴られたらしい。「痛テテ……」背中を押さえながら膝立ちのまま振り返ると、目の前に立ちはだかるのは白い短パンと、そこから伸びるニーハイソックスの二本の脚。足許は有名スポーツブランドのシューズだ。顔を上げると、赤いパーカーを羽織った見知らぬ女が強気な視線を彼に向けていた。男の子みたいな短い髪を茶色に染めた女子だ。その背後には、先ほどの控えめな制服姿の女子の姿も見える。二人は仲間同士なのだろうか。

よく判らないまま啓介は立ち上がると、パーカーの女に対して声を荒らげた。

「どういうつもりだ、いきなり後ろから蹴るなんて。いったい僕が何をした！」

するとパーカーの女は腕組みしながら、「自分の胸に聞いてみるっちゃ」と奇妙な言葉遣いとともに啓介ににじり寄った。「さっきの場面、あの振る舞いはなんなんよ、あんた？」

「なんなんよって……」啓介はスーツの胸に手を当てながら首を捻《ひね》った。「はあ？」

「はあ、じゃないっちゃ。ホンマは喉から手が出るほど欲しいお宝フィギュアを、女の子のほうから『どうぞ』って譲っちょるのに、あんたのあの態度はなんなんかって聞いとるんよ。『やあ、ありがとう』って、そねえな言い方あるかいーや。そういうときはあんたも一緒になって『いや、ワシはええですけえ、お嬢さんこそどうぞ』って譲り合うのが常識じゃろーが。それでこそ、その優しさが互いの胸に刻まれて、やがてそれが恋愛感情に発展するっちゅう流れじゃろーがね。それをあんたは、よくもまあ……」

「は!?　なんで僕が『ワシはええですけえ』とかいうんだよ。僕は広島の人間じゃないぞ」

「ウチだって広島じゃねーっちゃ！」

「ああ、そうかい。悪かったね」べつに広島だろうが岡山だろうが、どこだっていい。啓介は逸《そ》れかけた話を元に戻した。「君がいうような場面って、普通は本屋でよくあるパターンじゃないのか」

いいや、よくあるどころか、現実には一度もお目にかかったことのないパターンだが、それはともかく――「ここはアンティークショップだ。本屋じゃない。譲るも譲らないも僕の自由ってもんだ」

「いいや、アンティークショップでも同じっちゃ。とにかくあんたも譲るっちゃ。それが礼儀っちゅうもんっちゃ」

やれやれ、ちゃっちゃちゃちゃっちゃとうるさい奴だ。ウンザリ顔の啓介は彼女の言葉に渋々と従った。

「ああ、判った判った。譲るよ、譲る。ほら、お嬢さん、どうぞ」

赤いフィギュアを差し出すと、パーカー女の背後にいた制服の女子がツインテールを揺らしながら、猛然と前に進み出てくる。彼女は啓介の手から赤いフィギュアを奪い取ると、レジに立つ女主人の前に勢いよくそれを差し出した。「こ、これッ、これ、くださぁーい」

財布を取り出し、速攻で支払いを済ませようとする制服女。だが次の瞬間、啓介の伸ばした右手が、財布を持つ彼女の腕をグイッと強く摑んだ。「おいこら、ちょっと待て。やっぱり納得いかん！」

こんなやり方ってあるか。こんなんじゃ恋愛感情だって芽生えるはずがない！

不満を抱く啓介に対して、制服の女子は摑まれた袖口をブンと振った。「それは駄目ですぅ。たったいま、あなたは私にこのフィギュアをお譲りになりましたぁ。ならば殿方のご好意にお応えするのが淑女の務めですからぁ」妙に間延びした口調でいうと、彼女は女主人のほうに向き直りながら、「はい、九八〇〇円ですねッ。ではカード払いで分割でッ。え、分割は駄目。ではリボ払いとかは!?」と結構テキパキした口調で算段を始めた。おしとやかで控えめな態度は、いったいなんだったのか。

すっかり騙された気分の啓介は、「待て待て！　譲るのはやめだ。僕が買う。現金払いだ！」

「それはズルイですぅ」「そうじゃ、もう遅いっちゃ」「いいや、最初に見つけたのは僕だ」「違いますぅ、私ですぅ」「ええけえ、あんたは引きーや」「引くのはそっちだろ」「えー、なんで私がぁ」「引くのはそっちじゃろ」「なんだとお」

レジ前で小競り合いを始める三人。するとそのとき、「ハッ」と制服女の顔色が変わる。そして彼女はいったん取り出したクレジットカードを再び財布に仕舞いこむと、傍らで気炎を上げる茶髪女の袖を引き、その耳元に何事か小声で囁《ささや》きかける。すると、まるで魔法の呪文でも耳にしたように、茶髪女の表情も一変。先ほどまでの強引さは影を潜め、なぜだか急に及び腰になりながら、「よ、よし判った。そこまであんたが欲しがるんじゃったら、しょうがない。このフィギュアは泣きの涙で譲っちゃるけえ、あんたがゲットしたらええっちゃ」

そして茶髪女はその場でくるりと踵《きびす》を返すと、「ほいじゃ、おばちゃん、またくるけえ」とレジの女主人に向かって一方的な別れの挨拶。それから彼女は制服女のブレザーの背中に手を回すと、女二人、仲良く肩を並べながら店を出ていった。

ひとり取り残された啓介はいきなりの展開に首を捻りながら、「なんなんだよ、あいつら?」と怪訝な顔で二人の背中を見送るばかり。だが、とにもかくにもお宝は譲ってもらえたらしい。

あらためてレジを向き、財布の中から一万円札を取り出す啓介。だが女主人の前にそれを差し出そうとした瞬間、ピタリと止まる彼の右手。その目はカウンターに置かれた赤いフィギュアの左手に釘づけになった。

レッド・シャーロックといえば左手に持つ英国製ステッキが最大の武器。なのに目の前のフィギュアは、その先端が僅かに欠けている。なぜだ。先ほどまでは一部の欠損もない完璧な保存状態と思えたのに。

「――ハッ！」

啓介はいまさらながら理解した。あの茶髪女のせいだ。彼女の蹴りによって床に倒れた啓介。その衝撃でフィギュアの一部が欠けたのだ。いち早くそれに気づいた制服女が彼女に耳打ちして、それで二人は慌てて退散していったのだ。弁償させられる危険性を回避するために。

――畜生、なんて奴らだ！

啓介はいったん手にした一万円札を再び財布に戻して、顔の前で両手を合わせた。

「ゴメン、やっぱり僕も買うのやめとく。悪いね、おばちゃん」

言うが早いか、くるりとレジに背を向ける啓介。だが、そんな彼の襟首《えりくび》を、女主人の伸ばす右手がむんずと摑んだ。「ちょいと待ちな。ウチの商品を台無しにしながら逃げる気かい？」

くそ、やっぱり駄目か！　啓介は暗澹《あんたん》たる思いを胸に「ハァ」と溜め息を漏らすのだった。

2

その後、女主人との「払え」「払わない」の押し問答は三十分以上にも及んだ。それでも二人の主張は平行線のまま。最終的には女主人が他のお客に対応している隙に、啓介が店を飛び出して逃げる、というあまり褒められない形で二人の交渉は幕切れを迎えた。

店を出た啓介は環八《かんぱち》通り方面へと向かう。知人との約束の時刻まで、あと五分しかない。

「くそ、とんだ時間の無駄になっちまった。あの二人のせいだ」

女たちへの恨み言を呟きながら環八通りの交差点を渡ると、その先に広がるのは都内でも有数のお屋敷町だ。様々な意匠を凝らした邸宅が、住人の財力と社会的地位を無言のうちに競い合う。そんな町並みの中に知人の家はあった。

長々と続く石塀に守られた広大な敷地。入口にはレンガを積み上げた厳《いかめ》しい門柱。掲げられた表札は光沢を放つ御影《みかげ》石だ。そこに彫り込まれた『法界院《ほうかいん》』の文字を確認すると、啓介は緊張した面持ちでスーツの埃を払い、緩んだネクタイの結び目を両手で締め直した。袖から覗く腕時計に視線を走らせると、時計の針はいままさに午後八時を示すところだ。

「ホッ、間に合った」胸を撫で下ろしながら、啓介は門柱にあるインターフォンのボタンを押す。

「成瀬と申します。午後八時に法子《のりこ》さんとお会いする約束をいただいているのですが……」

すると間もなく、目の前の頑丈な門扉が秘密基地の格納庫の扉のごとくに、自動的に開きはじめた。

驚嘆しつつ門の中へと足を踏み入れていく啓介。そんな彼を暗がりの中で迎えたのは、黒っぽいワンピースに純白のエプロンドレスを纏った女性。幼い顔立ちに長い黒髪が似合う少女だ。家政婦というよりメイドという呼称のほうがしっくりきそうな彼女は、啓介に向かってまず一礼。それから彼の持つ鞄をまるで奪い取るかのように手にした。

「や、やあ、ありがとう」

啓介がぎこちなく微笑みかけると、少女は恥らうような笑みを浮かべ、またペコリと一礼して歩き出した。どうやら案内してくれるらしい。啓介は少女と肩を並べるように、暗い庭先を進んだ。

「君、このお屋敷の家政婦さん？　ここにきて長いのかい？」

啓介の問いに、少女は黙ったまま二回頷《うなず》いた。言葉を発する気はないらしい。

しばらく進むと、暗がりの中からもうひとりの若い女性が姿を現した。こちらはスレンダーな身体にグレーのスーツを纏った長身の美女だ。膨らんだ胸元と引き締まったウエスト。なによりも腰に張りつくようなタイトスカートとそこから伸びる太腿のラインがずば抜けて艶《なまめ》かしいので、啓介は目のやり場に困らなかった。

彼女はきびきびとした脚さばきで彼のもとに歩み寄ってくると、ハイヒールの足許を綺麗に揃えて立ち止まる。そして艶《つや》めく唇を開いた。「成瀬様ですね」

「え、ええ、はい」啓介は頷きながら、彼女の顔を間近に見る。肩で切り揃えたストレートヘア。尖った顎に高く伸びた鼻。シルバーフレームの眼鏡がよく似合う切れ長の目。知的な印象を与える黒い眸《ひとみ》は痺れるほどにクールだ。啓介はそんな彼女の眸を覗き込みながら名乗った。「成瀬です。啓介です。成瀬啓介です。啓介って呼んでください。なんなら啓ちゃんでも構いませんが」

「…………」啓介の意外すぎる申し出に、彼女は戸惑いの表情。だが、すぐに元のクールな雰囲気を取り戻すと、「わたくし、会長秘書を務めさせていただいております、月山静香《つきやましずか》と申します」

どうぞよろしく、と美人秘書は丁寧に初対面の挨拶。そんな彼女の好感を得たいと願う啓介は、彼の頭の中にある『口説き用語広辞苑』のページを素早く捲《めく》って、この場に相応《ふさわ》しい褒め言葉を探す。一瞬の後、彼はどんな女性に対しても有効で絶対に間違いのない魔法の言葉を探し当てると、臆面もなくそれを口にした。「へえ、月山静香さんですか。素敵な名前ですね!」

すると静香はクールな外観に似合わず「あら、そんな」と恥らうような素振り。その姿を見て、啓介はやはりこの魔法がすべての女性に対し有効であることを再確認する。そんな彼の視線をかわすように、静香はすぐさま身体の向きを変えた。「では、さっそく屋敷のほうへ。エリカさんもご一緒に」

エリカとはメイド服の少女のことらしい。啓介は静香とともに歩き出す。そのすぐ後ろに鞄を持ったエリカが続いた。広い庭を建物のほうに向かいながら静香が聞いてきた。

「成瀬様は会長のご親戚だと伺いましたが」

彼女のいう「会長」とは法界院法子のことだ。啓介は微妙な顔つきで頷いた。

「そうですよ。といっても、随分遠い親戚ですがね。法子さんの曾祖父の兄弟の息子が愛人に産ませた子が僕の祖父の成瀬信義《のぶよし》で僕はその孫、みたいな——判りますか、この話？」

「はあ、なんとなく……」

曖昧に頷く静香。その後ろではエリカが黙って首を左右に振っている。

「実は僕自身、何べん聞いてもサッパリなんですがね」頭を掻きながら啓介は説明を続けた。「でもまあ、そんなことはどうでもいいんです。実は僕の家は最近までは世田谷だったんですが、二十年ぐらい前は西荻窪にありましてね。そのすぐ傍に法界院家の別邸があったんですよ。そこに法子さんがよくきていました。当時、小学生だった僕のことを彼女は凄く可愛がってくれていたんです。だからまあ、たぶんホントの親戚なんだと思いますよ」

「そうだったんですか。では、こちらの屋敷へは過去に何度も？」

「いいえ、ここを訪れたのは今回が初めてですよ。まあ、富豪として名高い法界院家だから豪勢なお屋敷だろうとは思ってましたが、想像した以上に広いですね。——ああ、やっと着いたのかな。ふーん、敷地は広いけど、建物は小ぶりなんですねえ」

「いえ、違います、成瀬様。これは離れです。本館はこの向こう側ですから」

「あ、そーですか。どうりで小さすぎると思った」

苦笑いする彼の前に建つのは、バンガロー風の小さな平屋建て。カーテンが半開きになった窓の向こうに明かりが見える。ムーディな間接照明に照らされた部屋の中では、大画面テレビが映画か何かを映し出しているように見えた。ハリウッド製の派手なアクション映画だろうか。激しく明滅する明かりを指差しながら、啓介は隣の美人秘書に尋ねた。「この離れには、誰かが住んでいるんですか」

「ええ、いまは真柴晋作《ましばしんさく》さんという方がお住まいになっています。わたくしも詳しくは知らないのですが、法界院家の遠縁に当たる方なのだとか」

「へえ、真柴晋作ねえ。だけど真柴なんていう苗字、法界院家の親戚にいたっけか」

いちおう法界院家の親戚筋である啓介は首を傾《かし》げて考える。だが当然のように思い当たる節はない。

「その真柴って人、本当に親戚かな？」

「さあ、わたくしにはなんとも。法界院家は名家ですので、どうしても訳の判らない親戚が増えるのでしょう。あ、成瀬さんがそうだといっているわけではありませんよ」

慌てて言い繕う静香に、啓介は邪気のない笑みを向けた。「もちろん、うちは間違いなく親戚ですよ。なにせ法子さんの曾祖父の兄弟の息子が愛人に産ませた子が僕の祖父の……」

まさしく《訳の判らない親戚》であることを再度説明する啓介。すると静香は、「あーはいはい」と美人秘書らしからぬ苦笑い。エリカは黙ったままで、うんうん、と頷いた。

そうして三人は離れの脇を通り抜ける。すると目の前に聳《そび》えるのは二階建ての西洋建築だ。レンガを模した壁面には緑の蔦《つた》が絡まり、白い窓枠の向こうには橙色の明かりが灯る。その建物はまさに豪邸と呼ぶべき貫禄ある佇まいを示していた。月明かりに照らされる浮世離れした光景に、啓介はここが中央線荻窪駅から徒歩十五分であることを、うっかり忘れそうになる。

月山静香は建物の玄関を手で示しながらいった。「こちらが法界院家の本館です。さあ、どうぞ成瀬様。会長が首を長くしてお待ちですわ」

広々とした玄関ホールを入って右。長い廊下をしばらく進んだところで、月山静香はふと立ち止まった。ガラスの嵌《はま》った扉の向こう側を覗き込むと、「少々お待ちを」と頭を下げてから、扉をノック。どうぞ、と返事があるのを待って、彼女はひとり扉の向こうへと足を踏み入れていった。扉のガラス越しにこっそり眺めてみると、そこはどうやら食堂らしい。純白のテーブルクロスが掛かった巨大なテーブル。そこに向き合って座る四人の男女の姿があった。食事が済んだ後なのだろう。四人は珈琲カップを手にしながら談笑中のようだった。

そんな中、鮮やかな真紅のドレスを着た中年女性の姿がひと際目を引く。だが派手なのは服装だけではない。目許を強調する濃いアイシャドウ。唇に引かれた真っ赤なルージュ。全体的に厚めの化粧が施されたその顔は、まるで舞台女優を思わせる迫力がある。茶色く染めた髪には緩やかなウェーブがかかっている。毎朝のセットには相当の時間を要するだろう。

美人秘書はその中年女性の傍らに歩み寄り、耳元に何事か囁いた。瞬間、女性の表情に妖艶な笑みが浮かび、その視線が扉のほうに向けられた。啓介と中年女性の視線がガラス越しに交錯する。なぜか身の危険を感じた啓介は、とっさに扉の前から離れた。

——目が合った途端、石にされてしまうかも！

妙な心配をする啓介。その目の前で扉が開かれ、再び静香が顔を覗かせた。「どうぞ、中へお入りになってください。会長がみなさんを紹介したいとのことですので」

「あ、ああ、そうですか」

啓介はスーツの襟を引っ張りながら緊張した顔で頷いた。メデューサの部屋へと飛び込むような覚悟で食堂へと足を踏み入れる。彼は両手を大きく広げて、中年女性のもとへと自ら歩み寄っていった。

「やあ、法子さん、お久しぶりです。覚えていますか、僕のことを」

すると赤いドレスの中年女性、法界院法子夫人も立ち上がりながらこう答える。

「忘れるわけないじゃないの、啓介君。何年ぶりかしら。立派になったわね。いまお幾つ？」

「もう二十九歳ですよ、ははは」照れくさそうに頭を掻く啓介は、激しい緊張のあまりか、それとも逆に油断したのか、目の前の女性に思わず聞き返した。「そういう法子さんは？」

「……え、私……？」たちまち、夫人の笑顔が凍りつく。

いや、凍りついたのは夫人の顔ばかりではない。温かだったはずの食堂の空気そのものが、いきなりマイナス一〇〇度の冷気に晒《さら》されたように凍りついた。異常な空気の中、啓介は自らの失策に気づいた。

確か法子夫人は啓介より二十歳年上だったはず。ならば現在四十九歳であることは簡単な足し算で判ること。本人に確認する必要など全然なかったのだ。

だが慌てる啓介の前で、法子夫人は再び笑顔を取り戻してこう答えた。

「ええ、私ももう四十六よ。すっかりおばさんだわ」

「…………」なぜか三歳、サバ読んでる！　四十九歳も四十六歳も大して違わないのに！

だが文句はいえない。そもそも中年女性にうっかり年齢を聞いた自分が馬鹿だったのだ。啓介は自分の犯した凡ミスを誤魔化すべく話題を変えた。「と、ところで法子さん、この方たちは？」

啓介は夫人と同じ食卓を囲む三人に目をやった。ひとりはスーツ姿の中年男性、もうひとりはポロシャツ姿の若い男。最後のひとりは年のころなら十七、八か。薄いブルーのプリーツスカートに純白のブラウス、その上にふんわりとしたピンクのカーディガンを羽織っている。ロングの黒髪には茶色いカチューシャ。いかにも良家のご令嬢といった雰囲気を漂わせた美少女だ。ちなみに男性二人と彼女との間で描写の分量に違いがあるのは、単に啓介の興味の持ちように差があるからであって、それぞれの身なりに極端な差があるわけではない。三人とも立派な装いに身を包む上流階級の人々である。

法子夫人は若い男と美少女を手で示しながら紹介した。「彼は息子の博史《ひろし》、二十五歳。うちの会社で働いているわ。娘の雪乃《ゆきの》は十八歳。この春から大学生になったばかりなの」

へえ、そうでしたか、と頷きながら、しかし長男が二十五歳ってことは、法子夫人は二十一歳の女子大生のころに赤ん坊を産んだことになりますけど、それでいいんですか。早くも《四十六歳説》に破綻《はたん》が見えはじめていますよ——と啓介は心の中で苦笑する。

そんな彼に向かって、博史と雪乃の兄妹は揃って椅子を立ち、丁寧に頭を下げた。

「博史です。成瀬さんのお話は母からよく聞いております」

「雪乃です。お目にかかれて嬉しいです。昔の母のお話を聞かせてくださいね」

ええ、喜んで、と笑みを漏らす啓介の前で最後のひとり、スーツ姿の中年男が席を立つ。男のほうを見やりながら、法子夫人が紹介した。「この方は私のいとこ、日比野忠義《ひびのただよし》さん。いまはうちの関連会社で社長をやってくれているわ」

会長である夫人の言葉を受けて、偉そうに咳払いをする中年男。やがて張りのある低音が食堂全体に響き渡った。「日比野だ。『法界院不動産』で社長を務めさせていただいている。成瀬君は法子さんの遠い親戚だそうだね。だったら私とも親戚だ。よろしく頼むよ」

「は、はい。よろしく頼みます」

いったい何を頼んでいるのかサッパリ判らないまま、啓介はなんとなく頭を下げる。

ひと通りの挨拶が終わると、法子夫人は傍らの美人秘書に命じた。「それじゃあ、月山さん、啓介君を書斎にお連れしてあげて。後で私もすぐにいくから」

「承知いたしました」と静香は会長の指示に頷く。それから啓介に目で合図を送ると、一礼しながら食堂を出ていった。啓介も彼女の後に続いて廊下へと出る。

廊下では待ちくたびれたエリカが鞄を抱えながら、「ふぁ〜ッ」とアクビを漏らしていた。

3

食堂を出て廊下を鉤形に曲がった突き当りの角部屋。その重厚な扉を開けると、月山静香は啓介を室内へと誘った。「どうぞ、お入りになってください」

緊張しながら恐る恐る室内へと足を踏み入れる啓介。一方、彼の背後に付き従うエリカは慣れた動作で彼の鞄をテーブルに置くと、ペコリと可愛く一礼して、駆け出すように部屋を出ていった。

――結局、あの娘《こ》、ひと言も喋らなかったな。

そんな感想を抱きつつ少女の退出を見送った啓介は、あらためて室内に目を転じた。

そこは書斎というより仕事部屋、もしくは執務室といった雰囲気の空間だった。中央の窓寄りには大きなデスクとプレジデント・チェア。天板の上では万年筆や文鎮といった古風な文房具と、最新式のノートパソコンとが違和感なく並んでいる。壁際の本棚には経営学や法律関係の専門書、宣伝やマーケティングに関する書籍、統計学や心理学、話題のベストセラーから一部のマニアが偏愛する本格ミステリに至るまで、ありとあらゆる本が並んでいる。すると、そこへ法子夫人が姿を現した。

「おまたせ、啓介君。本当によくきてくれたわ。急に呼び出したんで迷惑だったでしょ」

いえ、とんでもない、と首を左右に振る啓介。夫人は正面のデスクに向かうと、プレジデント・チェアに悠然と腰を落ち着けてから、真っ直ぐ彼を見詰めた。「ところで最近どうなの、啓介君？」

「はい、おかげさまで、その……最近まではつつがなく……」

啓介は曖昧に言葉を濁す。法子夫人はすぐさま彼の意図するところを汲み取っていった。

「ええ、聞いているわ。お父様、急な病でお亡くなりになったそうね」

「はい、そうなんです。なんというべきか、急な病で」

啓介は夫人の前で悲痛な表情を浮かべながら、黙って頷くしかなかった。

啓介の父、成瀬義男《よしお》がこの世を去ったのは、ほんの半年前のことだ。成瀬家は代々『成瀬食品』という食品メーカーを経営してきた一族。父はその三代目の社長であり、啓介はそのひとり息子。当然、四代目の座を引き継ぐ立場だったのだが、現実には彼が社長の座に就くことはなかった。父は傾きかけた会社の存続のため、銀行から多額の借り入れをおこなっていた。そのため所有する会社の株式、および世田谷の自宅などを抵当に入れていた。そんな大事なときに父を襲った急な病――もっとも大好きな酒をガブガブ飲んだ挙句の急性アルコール中毒が《急な病》と呼べるかどうか、その点はなはだ疑問ではあるのだが――ともかく父は呆気なく天国へと旅立ったのだった。

舵取り役を失った成瀬食品はたちまち経営に行き詰まり、多額の借金は返済のメドが立たなくなった。抵当に入れた株式も自宅も銀行に差し押さえられた。すぐさま銀行は会社に新たな経営陣を送り込んできた。会社は存続したものの、それはもはや成瀬家の会社ではない。社名も変わった。『さわやか・フーズ・カンパニー』という、なんらポリシーを感じさせない名前だ。新たに生まれ変わった会社にとって、成瀬家四代目の存在は疎《うと》ましいものでしかない。そのことを肌で感じ取った啓介は、自ら会社を去った。現在は充電期間と称しながら、虚ろな日々を過ごすばかりである。

そんな宙ぶらりんな毎日を送る啓介のもとに、突然掛かってきた一本の電話。「たまには、うちに遊びにいらっしゃい」と陽気に誘うその声の主こそが法界院法子夫人だった。

法界院法子といえば、『法界院商事』を筆頭に様々なグループ企業を従える法界院家の女王。先代が築き上げてきた膨大な資産と地位をそのまま受け継ぐ財界の名物女性である。そんな彼女も啓介にとっては、子供のころよく遊んでくれた綺麗な親戚のお姉さん（二十年前は若くて美人だった）に過ぎない。

突然の呼び出しには面食らったが、とりあえず顔を出さない手はないだろう。ひょっとしたらお小遣いくらい貰えるのかもしれないし——と甘い期待を抱きつつ今日のこの日、啓介は法界院家へと馳せ参じたのだが、そんな事実を口にすれば貰えるものも貰えなくなりそうなので、仕方なく啓介はギュッと唇を噛み締めながら、拳を強く握り締めた。「さぞかし父は無念だったことだろうと思います」

「そうでしょうね。判るわ、お父様の気持ち。それで、あなたはどうなの？」

「僕ですか。僕はただ、成瀬家の再興を願いながら、臥薪嘗胆《がしんしょうたん》の日々を送るばかりです！」

ところで『臥薪嘗胆』という四文字熟語の使い方は、これで正しいのだろうか。若干の不安を覚える啓介の前で、法子夫人はニヤリと残酷な笑みを浮かべていった。「あら、そうなの。へえ、毎日毎日、新宿のバーやスナックで臥薪嘗胆ってわけね。ふん、いったいどこに臥《ふ》せって、何を嘗めているんだか……」

瞬間、啓介は突風に煽られたように「わ、わわッ」と叫び声を発しながら二、三歩後退。偶然そこにあったひとり掛けの椅子にドスンと腰を落とすと、肘掛を握り締めながら目の前の夫人に聞いた。

「な、なんで、そんなこと知ってんスか！」

「なんでって？　全部、直美《なおみ》ちゃんに聞いたのよ。直美ちゃん、とっても嘆いていたわ。『あの子は堕落した。駄目になった。昔はあんな子じゃなかったのにぃ〜』ってね」

直美ちゃんとは啓介の母親、成瀬直美のことである。母親と法子夫人がいまだに連絡を取り合う仲であることを、啓介はこのとき初めて知った。「ず、ずるい。ずるいぜ、おばさん。そうと知ってりゃ、『臥薪嘗胆』なんて言葉、絶対使わなかったのにぃ！」

無理して背伸びした分、余計に恥ずかしいではないか。啓介は椅子の上で羞恥心に身悶える。そんな彼を法子夫人は鋭い口調でたしなめた。「うるさいわよ、啓介君。子供みたいにギャーギャーわめくんじゃありません。――それから！」夫人は槍のような鋭い視線を啓介に向けると、ドスの利いた声で強烈な注意を与えた。「私のことを、二度とおばさんって呼ばないでちょうだい。もういっぺん呼んだら％＆＃￥＄※するわよ！」

「え、え？」啓介は目を白黒させながら、「いま、なんておっしゃいました、おば――」

「え、なになに？」夫人はわざとらしく耳に手を当てながら、「おば――なんですって？」

「いやいや、違います、違いますって、おば――いや、お姉さん！　いえ、法子さん！」

啓介は思わず立ち上がり、夫人の前で直立不動の体勢をとる。

それを見て法子夫人は「そう、それでよろしい」と満足顔。そして再び本題に戻った。

「とにかく啓介君のことを放っておけないわ。だからといって、わざわざ説教するためにここに呼んだんじゃないのよ。私はただ、あなたにチャンスをあげようと思っただけ。私、あなたに立ち直るチャンスを与えようと思うの」そういって夫人はプレジデント・チェアから立ち上がると、彼のもとに自ら歩み寄り、真剣な表情で告げた。「啓介君、あなた私の下で働いてみる気はない？」

「法子さんの下――ってことは会長の下だから、え、取締役ですか？」

「馬鹿なの、啓介君？　それとも冗談のつもり？」夫人は深い溜め息を漏らすと、「秘書よ、秘書。私の秘書にならないかっていってるの！」

「秘書ですか。ああ、なるほど、そっちね。いや、しかし……」啓介は夫人の傍らに控える月山静香を指差しながら、「秘書なら彼女がいるじゃありませんか」

「馬鹿ね。私クラスの人間になると秘書の数なんて、えーっと、ひとり、二人、三人……五、六？まあ、いいわ。とにかく秘書は何人いても構わないの。秘書の数は多いほうが私は助かるし、月山さんたちの負担も減る。啓介君も社会復帰できる。一石三鳥じゃないの。文句ある？」

「うーん、文句はありませんけど、僕、秘書とか向いているかなあ。どっちかっていうと、他人の上に立つ職業のほうが向いてると思うんですけどねえ」

「あなたマジで馬鹿なの!?」法子夫人は心底呆れた表情を浮かべながら、「あなた、この期に及んで贅沢いえる立場じゃないでしょ。それとも、このまま転落の人生をひた走る気？　ああ、直美ちゃんが可哀想……死んだ義男さんもきっと成仏できないわ……」

悲しげに俯《うつむ》きながら右手で顔を覆う法子夫人。だが開いた指の隙間から、鋭い視線が油断なく啓介の様子を観察している。そんな彼女の振る舞いから、おおよその雰囲気を察した啓介は、芝居がかった仕草で自らの胸に手を当てた。

「判りましたよ、法子さん。どうやら僕には選択肢も拒否権もないらしい。そうなんでしょ。まあ、そりゃそうだ。あなたの権力と財力をもってすれば、会社を追われて路頭に迷う好青年のひとりぐらい、従わせるのは簡単なこと。いいでしょう。あなたの好意、ありがたく受け取ることにしますよ」

それに美人秘書と一緒にお仕事できるのは悪い話じゃありませんしね――と不純な動機を心の中で呟きながら、彼は夫人に向かって堂々といった。「この成瀬啓介、喜んであなたの秘書になってあげようじゃありませんか！」

「なぜ、あなたが私に対して上から目線になれるのか、サッパリ理解できないけれど――まあ、いいわ」法子夫人は感情のこもらない声でいった。「とにかく頑張ってちょうだいね、啓介君。期待してるわよ」

「ホントに期待してます、法子さん？　目が腐ったサバみたいですよ」

「正直、この数分間で期待の大半は不安に変わったわ。でも希望は捨てていないわよ」

法子夫人はあくまでも前向きな女性だった。彼女はこのポジティブな姿勢で法界院グループの頂点に君臨しているのだ。そんな彼女に啓介は、さっそく尋ねた。

「で、具体的に僕は何をやればいいんですか」

「仕事はおいおい覚えてもらうとして、とりあえずあなたの立場は見習い秘書ね」

「見習い秘書？」啓介は自分の顔を自分で指差しながら、「――というと？」

「まあ、いってみれば雑用係ね。文句ないでしょ」問答無用でそう決めつけると、夫人は傍らに控える見習いじゃない秘書に顔を向けた。「さてと、月山さん、見習い秘書に任せる手頃な雑用として、何か相応しい仕事がありそうかしら？」

「はい、会長。これなどはピッタリの雑……いえ、ピッタリの案件ではないかと」

月山静香はなんとか言い繕《つくろ》ったが、彼女が法子夫人に差し出したファイルには、ハッキリと「雑用」の判子が押してあった。そのファイルに形だけ視線を走らせた夫人は、「ああ、この件ね。これはまさしく啓介君向きの事案だわ」とニンマリ。そしてあらためて見習い秘書へと顔を向けた。「ねえ啓介君、あなた法界院家の別邸が西荻窪にあったのを覚えているわよね」

「覚えてるもなにもありません。法子さんがその別邸に頻繁にきていたから、僕はあなたに可愛がってもらえたんでしょ。そういえば、あの別邸はそもそも何だったんですか。法子さんが若いころ愛人と密会するために利用していた隠れ家ですか」

「そうそう、夫の存命中には、あの隠れ家に若い男を連れ込んで――って違うわよ！」

夫人は華麗なるノリツッコミを披露すると、何事もなかったかのように説明を加えた。「あの別邸は私が遥か昔、女子大に通っていたころに住んでいた家よ。大学まで歩いてすぐで便利だったし、ひとり暮らしの気分も味わえたしね。卒業してからは仕事場として利用したり、休日にひとりで寛いだり、結婚後は夫と二人で過ごしたり……」

「あるいは愛人と二人で過ごしたり……」

「そうそう、夫のいない隙にときどき二人で――って違ぁう！」

言葉の勢いに任せて、夫人は手にしたファイルを啓介に向かってぶん投げる。啓介はそのファイルを綺麗にキャッチし、ノリツッコミの上手な夫人に尋ねた。「で、その別邸がどうかしたんですか。ていうか、あの家っていまでもあの場所にあるんですか」

「ええ、もちろん昔のまんまよ。中身はリフォームしてあるけどね」

「ふーん。それで、いまその家には誰が住んでいるんです？」

「だから、いまその家には私の若い愛人が――って、違うっていってんでしょーが！」

「なんにもいってませんよ、僕は！」啓介は目を吊り上げて猛抗議。

すると美人秘書が「コホン」と小さく咳払いをしてから冷静に口を開いた。「確かにいまのは、会長の悪ふざけが過ぎたケースではないかと」

「あら、そういえばそうね、月山さんのいうとおりだわ」法子夫人は自らの言動に頬を赤らめる。それから再び真面目な顔に戻って啓介に聞いた。「えーっと、何の話だったかしら？」

「法子さんの愛人の話ですよ」啓介がわざとまぜっ返すと、

「違います。別邸に住んでいるのは誰か、という話です」静香が話を元に戻す。

「そうそう、その話よ」法子夫人は手を叩いていった。「別邸はいま、三人の女性たちに貸してあるの。いずれも三十歳前後の独身女性よ。彼女たちは一軒の家を分け合って使っているわ」

「へえ、いま流行のシェアハウスってやつですか」

「そのとおり。ところが今年に入って以降、家賃が滞っているのよねえ。このままだと出ていってもらわなくちゃならないんだけど、あんまり無慈悲なことはしたくないし……」

判るでしょ、というように夫人は微妙な視線を送ってくる。

啓介は、やれやれ、というように肩をすくめた。「判りましたよ。要するに僕がその三人に会って嫌われ役になればいいんでしょ。任せといてください。ガツンといって丸く収めますから。お望みなら明日にでもいってみましょう。なーに、大丈夫。昔住んでた街だから地図も必要ありません。リフォームされたといっても、外観は昔のままなんでしょ？」

「ええ、そうよ。あ、だけど建物の名前が昔とは変わってるから気をつけてね」

「へえ、いまはなんて名前で呼ばれているんですか、あの家？」

啓介の問いに、法子夫人はどこか得意げな笑みを浮かべながら、こう答えた。

「いまは『かがやき荘』っていうの。素敵な名前でしょ」


そんなこんなで、体よく啓介に雑用を押しつけた法子夫人は、すっかり上機嫌。書斎兼執務室からリビングに場所を移すと、「見習い秘書の誕生祝いよ」といって高級ワインのボトルを大胆に開けた。啓介と法子夫人はワイングラスで乾杯。月山静香はウーロン茶のグラスを手にしながら二人の祝杯に付き合った。

ソファに座る三人の前には簡単な、しかしひと目で高価な食材を用いたと判るツマミの品々が、エリカの手によって綺麗に並べられた。三人はしばし仕事の話を離れて雑談を楽しんだ。やがて酔いも回ってきたころ法子夫人がいった。

「啓介君、あなた今夜泊まっていきなさい。部屋を用意させるわ。離れが空いていれば、そこに泊まってもらうところなんだけど、生憎ここ最近ずっと埋まっていてね」

「ああ、そういえばもう一人いたんでしたね、同居人が」

「同居人っていうより居候ね」迷惑そうに眉をしかめながら、夫人が窓の外に視線をやる。

カーテンの開いたリビングの窓越しに、ちょうど離れの建物が見える。先ほどの窓辺から見えていたハリウッド映画は、いまはもう終わってしまったらしい。離れの窓越しには間接照明に照らされた薄暗い空間が窺えるばかりである。その様子を眺めながら、啓介は何気なく夫人に尋ねた。

「真柴という人だそうですね。その人いったい何が目的で居候を？」

「なーに、お小遣いでも貰えたなら儲けもん、とかそんな甘いことを考えてやってきただけの遠い親戚よ。うちぐらいのお金持ちになると、ときどき現れるのよね、そういう輩《やから》が」

「――ドキッ！」思わず左胸を押さえる啓介。

「あら啓介君、いま、あなたの心臓、『ドキッ！』っていわなかった？」

「いってません、いってません！　いうわけないじゃないっスか。だって僕の心臓には口も声帯も付いてないんですから、喋ったらおかしいでしょ？」

「それもそうね」夫人はいちおう納得した顔で頷くと、小さく溜め息を漏らした。「とにかく困った親戚だわ。いちおう日比野さんの知人だというから信用はしているけれど、もしこのまま居座るような態度を見せたときには、あなたに始末を頼むことになるかもね」

「始末って、殺《や》るんですか!?」

「殺らないわよ！　そうじゃなくて、追い払ってもらうことになるかもっていってるの」

「ああ、そういうことですか。では『かがやき荘』の件が片づいた後にでも」

啓介は手許のグラスを傾ける。視線の先には、薄明かりの漏れる離れの光景。居候は明かりを点けたまま寝てしまったのだろうか。真柴らしき男が窓辺に姿を現すことは、その後もいっさいないのだった。

やがてグラスを傾けながらの談笑も小一時間を経過したころ、「それでは、私はこのあたりで」といって月山静香がソファを立った。結局、彼女はお酒を一滴も飲んでいない。車で帰宅するためにアルコールを控えたのだ。おかげで彼女は最初に会ったときのクールな美貌を、そのままの状態で保っている。

「月山さん、車でお帰りなんですね。だったら僕が門のところまで送っていきましょう」

啓介が優しさと下心の溢れる申し出をおこなうと、「いいえ、とんでもない」と静香は慌てて手を振り、彼の申し出を断った。まるでこちらの下心を見透かしたかのような反応である。

しかし、この程度でひるむ啓介ではない。「でも、誰かが門の開閉をしなくちゃいけないんでしょ。だったら僕が……」

「いいえ、車は門を自由に出られますし、出れば門は自動で閉まるんです。この家の門ってマンションのオートロックみたいな仕組みなんですよ」

二人の会話を傍らで聞きながら、法子夫人がニヤリとした笑みを浮かべた。「月山さんのいうとおりよ。啓介君、お見送りは玄関までになさい。それ以上は月山さんの身が逆に心配だわ」

「………」うーむ、こちらの下心を見透かしていたのは法子夫人のほうだったか。

啓介は咄嗟に言葉を失い、残念そうに呟いた。「そうですか。では玄関まで」

こうして啓介は法界院家の玄関まで月山静香を送った。重たい書類でも入っているのだろうか、大きめのトートバッグを肩から提げた静香は、扉の手前で振り返りながら、「では、失礼いたします」と啓介に向かって丁寧に頭を下げる。啓介は照れくさそうに右手を振った。

「嫌だなあ。さっきの法子さんの話を聞きましたよね。僕は見習い秘書になったんですよ。だったら月山さんは僕の先輩じゃないですか。『失礼いたします』っていうのは変でしょう?」

「ああ、そうですね。ええ、確かにそうだわ」納得した表情の静香は陽気な笑顔を浮かべながら、先輩らしく右手を挙げて見習い秘書にしばし別れの挨拶を告げた。「じゃあ、また明日ね」

「はい、お気をつけて」

手を振る啓介に対して、静香も手を振り返しながら屋敷を後にしていった。明日から彼女は自分のことを何と呼ぶのだろうか。成瀬君? それとも啓介君? なんなら啓ちゃんでもいいのだけれど……

そんなことを思いながら、啓介は屋敷の玄関扉を閉めたのだった。

4

翌朝、普段と違うベッドの感触で目覚めた啓介は、目を瞑《つむ》ったまま考えた。

いったい自分は誰のベッドで寝ているのか。まさか行きずりの女と一夜を共にしたとか、そんな破廉恥なことはしていないはずだが。ああ、そうだ、思い出した。ここは法界院家の屋敷だ。今日から自分は法子夫人の秘書として働く身なのだ。

早く起きて身支度を整え、夫人に朝の挨拶をしなくては——

そう思って啓介はようやく薄らと目を開く。

瞬間、彼の眼前、数センチの至近距離に迫る黒髪の少女の顔。キラキラ輝く円《つぶ》らな眸がマジマジと彼の寝起きの顔を覗き込むのを見て、啓介は一瞬、「自分はまだ夢の続きを見ているのだろうか」と訝《いぶか》しく思った。と同時に、「夢なら触っても平気なはず」と現状を都合良く解釈した啓介は、迷わず不埒な右手を彼女の頬に伸ばす。柔らかな肌の感触が実にリアルだ。くすぐったそうにする少女の吐息すら感じる。いや、待てよ。「……ゆ……ゆゆ……夢じゃない！」

眠気は一瞬で吹っ飛んだ。啓介は銃弾を避けるヒーローのように真横に三回転し、そのままベッドから床へと転がり落ちる。体勢を立て直し、ベッドの端から恐る恐る顔を覗かせると、目の前にはメイド服を着たエリカの姿。彼女は下着姿の啓介に向かってペコリと一礼すると、何もいわずに綺麗に畳まれた部屋着一式を両手でずいと差し出した。

「え!? ああ、これを着ろってことかい。う、うん、判ったよ、ありがとう」

オドオドと頭を下げながらそれを受け取ると、少女は嬉しそうに笑顔を覗かせ、そのまま何もいわずに部屋を出ていった。啓介は思わず「ふう」と溜め息をつく。「なんなんだよ、いったい……」呟きながらベッドの下から立ち上がった啓介は、さっそく渡された部屋着に着替えた。茶色いスウェットパンツに白いトレーナー。ボサボサの頭を適当に撫でつけながら一階へ降りていく。

食堂には昨夜に挨拶した三人、博史と雪乃の兄妹、それから法界院不動産社長の日比野忠義の姿があった。日比野は昨日と同じくスーツ姿。博史は長袖のTシャツを着ている。雪乃は昨日とは色違いのカーディガンにパンツルックだ。啓介が「おはようございます」といって食堂に足を踏み入れると、三人もそれぞれに朝の挨拶を返してくれた。

「よく眠れたかね」とすでに食事を終えた日比野が珈琲カップ片手に聞いてくる。

「ええ、おかげさまでぐっすり」と啓介は当たり障りのない返事を口にする。実際は日比野のお陰でぐっすり、だったわけではない。熟睡は寝心地の良いベッドと上質なワインのお陰である。「ただ、エリカさんには驚かされましたがね」

「ん、彼女が何か粗相でも!?」

驚いた様子で博史が聞いてくる。啓介は慌てて顔の前で手を振りながら、「いえいえ、粗相だなんて……ところで、法子さんは、まだ起きていないんですかね？」

話題を変えるようにキョロキョロとあたりを見回すと、雪乃がティーカップを口に運びながら、

「いいえ、母はこの家ではいちばん早起きなんです。もう朝食も終えて、いまは庭を散歩していますわ。それより、どうぞお座りになってくださいい、成瀬さん。いまエリカに朝食の支度をさせますから」

すると雪乃の言葉を受けて、博史が窓の外を指差した。「エリカなら、まだ、あそこにいるよ。ほら、離れにいる真柴さんに朝食を届けにいくところだ」

見ると確かに博史のいうとおり。メイド服を着た少女の背中が庭に見える。その足は真っ直ぐ離れの玄関へと向かっている。両手には朝食の載ったお盆か何かを抱えているようだ。エリカは啓介たちに見られているとは思っていないのだろう。玄関の前でいったん立ち止まると、彼女は目の前の扉を右手と左足を器用に使って開け放ち、お盆を持ったまま離れの中へと姿を消していった。それを見ていた雪乃がクスリと笑みを漏らす。

「あらあら、お行儀の悪いこと」

「いやいや、可愛いじゃないですか」と啓介はニヤニヤ笑いながら、そのまま離れの玄関を見詰める。すると、そのとき意外な光景が彼の視界に映った。

メイド服の少女が離れの扉を思い切り開け放ち、外へと飛び出してきたのだ。何かに躓《つまず》くような乱れた足取りだ。手には何も持っていない。遠目にも彼女の慌てた様子が手に取るように判る。

「ん、どうしたんだね、あの家政婦さんは？」日比野が啓介の背後から声をあげる。

「判りません。随分慌ててるみたいですが」啓介はそう答えるしかない。

「離れで何かあったのかしら？」雪乃が心配そうに呟く。

「とにかく、いってみましょう」博史の言葉に一同が頷いた。

四人はいっせいに食堂を飛び出し、玄関から庭へと向かった。広い庭の中央付近で、博史が少女のもとに駆け寄った。「どうしたんだ、エリカ!? え、離れがどうしたって!?」

博史の問いに答えるように、エリカは震える指先を真っ直ぐ離れへと向けた。やはり、あの建物の中で何かが起こっているらしい。ならば中を覗いてみるまでだ。

啓介は蛮勇を振るい、先頭を切って離れの玄関へと向かった。他の三人も彼の後に続く。啓介は開いた木製の扉から建物の中へと足を踏み入れた。入ってすぐのところが小さな靴脱ぎスペースだ。靴を脱いで上がりこむ。短い廊下を進むと、もう一枚の扉が半開きになっている。扉を押し開くように中へと一歩足を踏み入れる。

そこはリビング兼寝室といった感じの広い空間だった。床いっぱいに敷かれた絨毯。壁際に置かれたベッド。中央には二人掛けのソファとローテーブル。テーブルの上では、先ほどエリカが運んできたお盆が逆さまの状態になっていた。お盆の上に載っていたはずのトーストやサラダがあたりにぶちまけられて天板を汚している。どうやらエリカは驚きのあまり、お盆をひっくり返してしまったらしい。では彼女は何を見て驚愕したのか。

それは現場を見れば一目瞭然だった。

問題はテレビだ。ソファの正面の位置に黒いテレビ台がある。相当大きなテレビが置ける横長のタイプだ。だが台の上には肝心のテレビがない。テレビは台の上からソファの方向にバッタリと倒れているのだった。画面を下向きにして背面を露《あらわ》にした大画面テレビ。サイズは六十インチ前後だろうか。大画面テレビが当たり前になった現在でも、このサイズのものは一般家庭ではそうそう見かけない。それが倒れているというのも、滅多に見ることのない光景だ。

だが真の驚きは転倒したテレビではなかった。

その大画面テレビから、なぜか二本の足がにょきりと伸びていたのだ。いや、もちろん最新家電に足などあるはずがない。倒れたテレビの下で人が下敷きになっているのだ。

――では、いったい誰が？

思い当たる人物はひとりだけだが、この状態で決めつけるのは早計というものだろう。

「き、君たち、このテレビ、持ち上げてみたまえ！」

日比野の指示は的確なものだったが、自分で汗を掻くつもりはないらしい。多少の不満を覚えながらも、啓介は博史と目と目で頷きあった。テレビの左右に二人が付いて、「それッ」とばかりに、六十インチの大型家電を持ち上げる。啓介たちは持ち上げたテレビをそのまま台の上へと戻した。隠れていた絨毯が露になり、そこに倒れている男の正体が明らかになった。

それは啓介にとっては初めて見る顔。ハーフパンツにフリースのパーカーを羽織った三十代ぐらいの男性だ。男は首筋から血を流していた。絨毯を染める真っ赤な鮮血とは裏腹に、顔には血の気がない。男がすでに息絶えていることは、脈を診なくても明らかだった。その顔を見るなり雪乃が悲鳴をあげ、博史が声を張りあげた。「――ま、真柴さん！」

やはりというべきか、テレビの下敷きになった男の正体は離れに暮らす居候、真柴晋作だった。

だが、なぜこんなことに？　まさかテレビに押し潰されて絶命したわけでもあるまいに――

眉をひそめながら首を傾げる啓介。と、そのとき突然「ひっ」と引き攣《ひつ》った叫び声。驚いて振り向くと、日比野が震える指で絨毯の上を示していた。「こ、これって、まさか玩具じゃないよな」

そういって日比野が示したもの。それは絨毯に転がる一丁の拳銃だった。

「拳銃……血を流して死んでいる男……」

呟きながら啓介はテレビ台の上に戻されたばかりの大画面テレビに視線を向ける。巨大な液晶パネルには、まるで蜘蛛の巣のような放射状のヒビが入っている。その中央に何かが深々とメリ込んでいる。間近に顔を寄せて確認してみると、間違いなくそれは銃弾だった。真柴晋作の命を奪った一発の銃弾が液晶パネルに突き刺さっているのだ。銃弾の周辺には、死体から飛び散ったらしい鮮血が、まるでスプレーをひと吹きしたかのような赤いグラデーションを描いていた。

と、そのとき突然、窓の一枚が外側から開け放たれた。続いて室内の一同に向かって呼びかける声。

「あら、どうしたのよ、みんな？　そんなところに集まって」

庭を散歩中の法子夫人だった。窓から顔を覗かせた夫人は、ただひとり状況を把握していないらしい。彼女の声は無邪気なまでに明るく能天気なものだった。

もちろん、その声が恐怖の絶叫に変わるまでに、ほんの数秒しか、かからなかった。

5

それから瞬く間に一週間ほどが経過した。法界院家で起きた殺人事件は、いまだ真相究明にはほど遠く、捜査は長期戦の様相を呈していた。当初、警察は法界院家の内部犯説を有力視していたが、捜査が行き詰まるに連れて、外部犯の可能性を探りはじめている——と、そのような状況に思われた。いずれにしても事件解決のメドは付いていないらしい。メディアは大富豪の屋敷で発生した今回の殺人事件について連日、激しい報道合戦を繰り広げていた。

そうして迎えた、とある平日の昼間。

成瀬啓介は中央線の電車に揺られてＪＲ西荻窪駅へと降り立った。

彼がわざわざこの街を訪れたのは、もちろん事件解明のためではない。それとはまったく無関係な案件を処理するためである。シェアハウスの困った住人に対してガツンといって丸く収めるという例の『雑用』。本来なら、もっと早く手をつける予定だったのだが、殺人事件のごたごたのせいで、今日まで延び延びになっていたのだ。

駅の北口を出た啓介は、狭い商店街の通りを進んだ。途中、何度かバスに轢《ひ》き殺されそうになりながら、その道を東京女子大方面へと向かう。子供のころ暮らしていた街の様子を懐かしく思い出しながら、記憶のみを頼りに目的の建物を捜す。すると間もなく――「おおッ、あった、あった!」

たどり着いたのは女子大から程近い住宅街の一角。目の前に建つのは、サイコロに窓と扉を取りつけたような四角四面の二階建てコンクリート建築だ。キュビスムに影響を受けた斬新な設計か、あるいはデザイン性を放棄した無粋な建造物か。いまとなってはどちらとも判別しかねる建築様式だが、一度見たら忘れがたい印象を残す外観であることは間違いない。この建物こそは法界院家が、かつて別邸として使用していた家である。

その昔、「法界院」の表札があった小さな門柱には、いまは『かがやき荘』というネームプレートが掲げられている。名前ほどには輝いていないそのプレートを横目で見ながら、啓介は門を入り玄関扉の前へと進む。呼び鈴を鳴らすと、すぐさま扉が開いた。

「はい、どなたですぅ?」開いた扉の向こうから、ひとりの女性が顔を覗かせる。

その姿に啓介は一瞬キョトン。それから思わず「あッ」と声をあげた。長い黒髪の房を顔の左右にぶら下げた見覚えのある顔。茶色のブレザーこそ着ていないが、白いブラウスとチェックのスカートは、あの夜に見た制服女のイメージそのままだ。意外な再会に啓介は言葉を失った。「………」

一方の彼女は、このまま恋に落ちるのでは、と思えるほどの長時間「ジーッ」と彼の顔を凝視。しかし結局なんら言葉を発しないまま、まるで臭いものに蓋でもするように、突然「バタン」と扉を閉めた。

仮にも来客を相手にそんな対応があるものか。唖然とする啓介は、目の前の扉を拳でドンドンと叩きながら、「おいこら、なにすんだ！ もういっぺん顔見せろ！」

大きな声をあげると、彼の目の前で再び扉が開かれた。顔を覗かせたのは、黒髪ツインテールではないもう片方、中国地方の言語を操る茶髪のショートヘア。前回会ったときと同じく赤いパーカーを羽織った彼女は、両手をポケットに突っ込みながら、「なんよ、このあいだのお兄ぃちゃんやないの。どねーしたん？」と何事もないかのように聞いてきた。「例のフィギュアやったら、こっちが譲ってやったんじゃけえ、文句いわれる筋合いはないけーね」

「ああ、べつにその件で文句をいいにきたんじゃない。だいいち、あのフィギュアは僕も買わなかった。危うく、店のおばさんから弁償させられそうになったがな」

君たちが逃げた後、三十分以上も押し問答があったんだぞ！ 大変だったんだからな！ と真剣な顔で訴える啓介を、パーカー女はうっとうしそうな目で見詰めた。

「へえ、そうなん。それで、いったいウチらに何の用よ？ ていうかあんた、なんでウチらがこの家に住んでるって知っとるん？ まさかこっそり後をつけてきたとか？」

「いいや、べつに知っていたわけじゃないし、尾行したわけでもない。君たちがこの家の住人だってことは、たったいま知ったんだ。だがまあ、そうと判れば話が早い」啓介は扉の隙間にぐいと顔を突っ込むようにしながら、大きな声でいった。「僕の名前は成瀬啓介。法界院家の法子夫人の代理人として参上した。さあ、滞納中の家賃を払ってもらおうか！」

瞬間、シマッタという焦りの色が女の顔に浮かぶ。そして彼女は咄嗟に何をどう慌てたのか、いきなり扉のノブを掴むと、思いっきりそれを手前に引いた。大きな扉が啓介の顔を挟み込む。彼の口から「ぐえッ」と蛙の鳴き声に似た悲鳴が漏れる。だが、これでは扉が閉まるわけがない。むしろ、もう少しで彼の首が絞まるところだ。啓介は扉に顔を挟まれた状態のまま、目の前の女たちに必死の思いで訴えた。

「やめろ、馬鹿、無茶するな！　落ち着け、とにかく冷静に話をしようじゃないか――なッ！」

数分後。さすがの茶髪女もこの扉を閉めることは不可能と悟ったらしい。扉は再び開かれ、啓介の顔は苦痛から解放され、そして彼はようやく『かがやき荘』へと足を踏み入れることに成功した。

邪魔するよ、といちおう断ってから靴を脱ぎ、短い廊下を進む。扉を開けると、そこは広々としたリビングだった。なるほど、この建物はシェアハウスとしてリニューアルされているらしい。小学生当時に訪れた法界院家の別邸とは随分と趣が違っている。

どうやら一階は共有スペースらしい。トイレや浴室などは全部一階にある。リビングに繋がるキッチンはお洒落なアイランド・タイプだ。リビングの天井は吹き抜けになっている。見上げれば二階には四角い回廊があり、四方にひとつずつ扉が見える。扉の向こうが個人の居室なのだろう。二階の回廊と一階のリビングは、ひとつの階段で繋がっていた。

もっとも、啓介は入居するためにここを訪れたのではないので、建物の詳しい構造など、実はどうだっていい。彼はリビングの中央の床にどっかと腰を落ち着けた。女たち二人はソファの上に並んで腰を下ろす。啓介は単刀直入に用件を切り出した。

「法子夫人からもらった資料によれば、このシェアハウスの家賃は今年に入って三ヶ月間、丸まる滞っているらしい。この家賃はここに住む三人がそれこそシェアして支払うべきものなんだろ。つまり三人の住人が一軒分の家賃を払うシステムだ。それが払われていない。どういう事情で払いが滞っているのか知らないが、いずれにしてもこれは連帯責任だ。払う気がないのなら、三人揃って出ていってもらわなくちゃならないんだが――」啓介はリビングの様子をざっと見渡しながら、「どうやら、払う気はないらしいな」と断言した。

「ちょ、ちょっと待ちいや、お兄ぃさん。そねえ決めつけんでもええやん。べつにウチら払う気がないわけじゃないそ。ただ今年に入って、その、なんちゅうか、手許不如意っちゅーか、先立つもんがないっちゅうーか」

「ほう、先立つものというのはカネのことか？」

啓介は女たち二人をギロリと睨みつけた。「先立つもののない奴が、なんでレッド・シャーロックのフィギュアなんぞに九八〇〇円もポンと払うんだよ！」

啓介の当然の指摘に、反論してきたのはツインテールの彼女だ。

「そんなにポンとは払っていないですぅ。カード払いの、しかも分割ですぅ」

「んなこといってるんじゃない！　無駄な買い物する余裕があるのかって聞いてるんだ」

「無駄じゃないですぅ。本来なら、あのフィギュアには三万円以上の価値があるんですものぉ」

「なるほど。では、あれを売り払って利ざやを稼ぐつもりだったのかい？」

啓介の問いに、曖昧に頷く二人。啓介は部屋の一角にある空間を指差しながら鋭く尋ねた。

「じゃあ聞くけど、そこのテレビの隣にある飾り棚、ガラスケースの中に並んでいるのは『探偵戦隊サガスンジャー』の非売品フィギュアだよな。ブルー・ポアロ、ピンク・マープル、グリーン・ヴァンス、そしてイエロー・キンダイチ。あとはレッド・シャーロックが揃いさえすれば……」

「そうなんよー、念願のコンプリートなんよー」方言女子が悔しそうに指を弾く。

「でも、レッドだけが、どこにもないんですぅ」制服女子が悲しそうに首を振る。

「ほら見ろ！　やっぱり単なる趣味のコレクションじゃないか」

思わず声を荒らげる啓介に、制服女子がツインテールを振り回して訴えた。

「だって好きなんですもん、『探偵戦隊』が。特にレッドが！」

「あのなあ、いくら好きでも、家賃のほうが優先順位は上だろ。そもそも君は『サガスンジャー』世代じゃないはずだ。あれはむしろ僕らの世代のヒーローで――ん!?　待てよ」

啓介はふとした違和感を覚え、鞄の中から慌ててファイルを取り出した。書類には住人の年齢性別、名前や勤務先等が記されている。だが、そのリストに十九、二十歳の女子の名前はない。いちばん若い住人でさえ三十近いはずなのだが、これはいったいどういうことなのか――

「ええっと、つかぬ事を聞くけど君が関礼菜《せきれいな》って娘かい？　ここには二十九歳って書いてあるんだけど。何かの間違いなのか？」

「そう見えますかぁ!?　だったら、きっと間違いですぅ」とぼけるような口調でいうと、彼女は満面の笑みで自己紹介した。「はい、私が関礼菜、見た目どおりの十九歳ですぅ」

「……………」間違いなく二十九歳だ。この図々しさは十九歳ではあり得ない。思わず眉をしかめる啓介は、続けてもう片方の女性にも確認してみた。「ええっと、じゃあ君は？」

「ウチか？　ウチは占部《うらべ》美緒《みお》……三十っちゃ」

まるで、その数字を口にしたら負け、といったような口調である。啓介は意外な事実に驚きながらも、おかげで少しだけ合点がいった。「なるほど。だったら『サガスンジャー』世代のド真ん中だな。二人とも僕と完全に同世代だ」

とはいえ、これほど親近感の湧かない同世代も珍しい。啓介はすぐさま敵対する債権者の顔に戻ると、手許のファイルを見やりながら彼女たちを問い詰めた。「関礼菜、二十九歳。西東京銀行荻窪支店勤務と書いてある。だけど銀行なら三時までは開いているはずだよな」

啓介の言葉に、礼菜は長い髪を揺らしながら無言のまま顔を伏せた。

「占部美緒、三十歳。家電量販店販売部勤務と書いてあるが、今日は『〇〇〇カメラ』は定休日なのかい？」

美緒はガックリ肩を落とすと深々と溜め息を漏らした。二人の反応を間近で眺めながら、啓介はおおよその事情を察した。「さては君たち、もうとっくに会社員、辞めてるな」

「辞めたんじゃないっちゃ！」猛然と抗議するように美緒が声を荒らげる。

「そうですぅ。辞めたわけではありませぇーん」礼菜も泣きそうな顔で訴える。

「そうか」啓介は瞬時に理解した。「じゃあ、辞めさせられたんだ」

「まあ、それは確かに……」

「否定はできませぇん……」

二人は渋々ながら自らが会社を追われた身であることを認めた。まあ、当然のことだ。まともな会社員が平日の昼間に自宅でゴロゴロしているわけがない。啓介は溜め息混じりに二人を諭した。

「まあいい。苦しい台所事情は理解するよ。だが法子夫人も道楽でこの家を他人に貸しているわけじゃない。住んだ分の家賃は払ってもらわなくちゃな。といっても、仕事がないんじゃ払えるわけもないか」

啓介は腕組みしながら、いちおう尋ねてみた。

「君たち、新しい仕事のアテとかは、ないのかよ？」

「アテなんてないですぅ」礼菜が世にも情けない声でいう。「でも働く気はあるんですよぉ」

「ホンマなんよ。なんなら法界院家のお屋敷の窓ガラス全部磨いてやってもええんよ」

「そうですぅ。皿洗いでも車のお掃除でも、いっていただけたらなんだってやりますからぁ」

「そうそう、法界院家で何か困ってることとかないん？　ウチらなんでもするっちゃよ。それでもう少しの間、ここに住まわせてもらえるんやったら、ホンマになんでも」

「うーん、そうだなあ。ガラス拭きや皿洗いはエリカさんがやるだろうから、べつに君たちに頼むことじゃなさそうだし……ああ、法界院家の人々がいまいちばん困っていることといえば、例の事件だよ。知ってるだろ、法界院家の離れで殺人事件が起こったって話。犯人がまだ捕まっていなくてね。メディアは面白おかしく騒ぎ立てるし、ネットでも変な噂が巻き起こる。法界院グループにとっては甚だしいイメージダウンだ。おかげで法子夫人も相当参っているらしい。『誰が犯人でもいいから、とにかく早く捕まえて！』それが法子夫人の心からの願いってわけなんだが――ん!?　どうした、君たち」

ふと気づけば、美緒と礼菜の二人の顔に、いままでにない希望の色が差している。だが彼女たちはいまの話のどこに希望を見出したのか。首を傾げる啓介の目の前で、

「それよ、それ！　それこそ、ウチらにうってつけの仕事になるっちゃ」

「そうですぅ。まさに願ったり叶ったりですぅ」

二人は揃って手を叩きながら歓声をあげる。だが、いったい何がうってつけで、どこが願ったりなのか。殺人事件の解決は、元銀行員や元家電販売員に向いている仕事だとは思えないのだが――いや、待てよ。

「そういや、このシェアハウスってもうひとりいるはずだよな」啓介はあらためてクリアファイルの記載事項を確認する。「ええっと、小野寺葵《おのでらあおい》、三十一歳か。この人はどんな人なんだ？」

「葵ちゃんはウチらの中でいちばんの切れ者っちゃ。名探偵なんよ」

「ええ、葵さんなら必ず事件解決の力になれますぅ。名探偵ですぅ」

なぜだか知らないが、二人の小野寺葵に対する信頼感は絶大だった。おそらくは『かがやき荘』の中でリーダー的な存在なのだろう。ならば、いったいどれほどの逸材であるか、ぜひとも対面してみたいものだ。そして願わくば警察でさえ持て余す今回の事件を、綺麗に解き明かしてほしいものだ。そうなった暁には、きっと法子夫人も滞納した家賃ぐらいは、喜んでチャラにしてくれることだろう。もっとも、どれほどの賢者であろうと所詮はズブの素人。警察が頭を抱える難事件に、歯が立つはずもないのだが——

と、そんな啓介の思考を遮るかのように、そのとき突然、玄関先に人の気配。その人物は慌しく玄関扉を開け放ち、激しい音を立てて靴を脱ぎ捨てる。そして短い廊下を駆け足で通り抜けたかと思うと、啓介たちのいるリビングに勢いよくその姿を現した。一同が黙って見守る中——

「はッ……はッ……はッ……」

乱れた息を整える獣のような喘《あえ》ぎ声が、リビングに響く。

それは長身痩軀《そうく》の色白の女性だった。尖った顎と高慢な印象の高い鼻。切れ長の目は無粋な眼鏡のレンズに覆われているが、その分、ミステリアスな印象だ。無造作にただ伸ばしたような黒髪は、腰に届くほどの長さ。着ているものは至ってシンプルだ。細身の黒いパンツに白い長袖シャツ。アクセサリーの類はいっさい身につけていない。長い髪の毛がなければ、痩せた男と間違えたかもしれない。

彼女こそは『かがやき荘』の三人目。ただいま噂になっている小野寺葵に違いない。

だが、それにしても彼女は何をそう興奮しているのか。啓介は問い掛けるように、美緒と礼菜を見やる。だが、彼女たちもまた怪訝な顔を互いに見合わせるばかりのようだ。

すると、そんな彼女たちの目の前で、長身の女はニヤリとした笑み。鼻の上の眼鏡を指先で軽く押し上げると、啓介の存在などまるで視界に入らないかのように、

「美緒、礼菜！　驚かないでね。いいえ、違うわ。むしろ驚きなさい。そして心から歓喜するがいいわ！」

意味の判らない言葉を口走ったかと思うと、次の瞬間、彼女は背中に隠し持っていたその物体を高々と頭上に掲げた。「ほらッ、二人とも、これをご覧なさい！」

その瞬間、啓介、美緒、礼菜の三人の口から同時に漏れる「ううッ」という呻《うめ》き声。

小野寺葵、三十一歳。彼女の右手が握り締めていたのは見覚えのある赤いフィギュア。『探偵戦隊サガスンジャー』のレッド・シャーロックだ。ぶら下がった値札には確かに九八〇〇円と書かれている。となれば、もはや左手のステッキの先端が欠けていることは確認するまでもない。

偶然の悪戯《いたずら》を前にして、唖然となる啓介たち。それを前にして、やたらハイテンションの彼女は、

「どーよ、どーよッ、これにて『探偵戦隊』コンプリ〜〜〜ト〜〜〜ッ！」

と、ひとり達成感に浸っている。傷物を掴まされたことに気づきもせずに、だ。

「………………」啓介はいっとき言葉を失い、それから俯き気味になっている美緒と礼菜に、念のため確認してみた。「ええっと、彼女が噂の葵ちゃんかい？」

残念そうに頷く二人。啓介は溜め息混じりに呟くしかなかった。

「うーむ、いちばん駄目な奴、登場だな……」

6

　翌日の昼下がり。成瀬啓介は、『かがやき荘』の三人組——小野寺葵、占部美緒、関礼菜——を全員引き連れて法界院邸を目指していた。本来なら法界院家の高級車で送迎してやってもいいところだが、この三人組、無闇に甘やかすと、どこまで付け上がるか判らない。なので、敢えて車は使わない。西荻窪から荻窪までは電車。そこからは徒歩で屋敷へと向かう。

　うららかな春の陽気の中、駅から歩くこと十数分。突然、足を止めた啓介が、「ここだよ」と巨大な門扉を指差すと、彼女たちはいっせいに驚きの表情。すぐさま顔を寄せ合ったかと思うと、無関係な通行人にもハッキリ聞こえるような大声で《密談》をはじめた。

「そ、想像よりも大きな屋敷だわ」と白シャツに黒いパンツ姿の葵が、顔の眼鏡を押し上げながら、言葉を震わせる。「ふ、ふ、雰囲気に飲まれちゃ駄目よ、二人とも」

「わ、判っとる」赤いパーカーを着た美緒は、強がるように拳を握って懸命に仲間を鼓舞する。「え、ええね！　ひ、卑屈になったらウチらの負けっちゃよ！」

「そ、そうですぅ」と女子高生の制服スタイルの礼菜がツインテールの黒髪を揺らしながら、か細い声で訴える。「な、なんといわれようと、貸主と借主は対等な立場ですからぁ」

　——そういう台詞は、家賃をきちんと払ってからいってほしいものだな。

　心の中で呟きながら啓介は、巨大な門扉を暗証番号で開ける。傍らでは、三人の女たちが円陣を組み、「ファイト」「オー」の掛け声で気合を入れている。これから彼女たちは、滞納した家賃分を賄《まかな》うべく、この屋敷で探偵としての労働に勤しむのだ。

滞納家賃を探偵活動で相殺する。この突飛な提案については、昨夜のうちに法子夫人の了解を取りつけてある。提案を聞いた夫人は、持ち前の好奇心を大いに刺激されたらしい。目を大きく見開きながら、

「まあ、そんな名探偵が『かがやき荘』で燻《くすぶ》っているなんて知らなかったわ。だったら、ぜひその力をお借りしようじゃないの」

と意外にも前向きな態度だった。啓介が不安を覚えたことは、いうまでもない。

「本気で期待しているんですか、おば――いや、法子さん」おっと、危ない危ない！　啓介は冷や汗をかきながら夫人に忠告した。「名探偵が存在するのは、本格ミステリとテレビの中だけ。現実世界の西荻窪にいるわけがない。いたら事件ですよ。それに、あのリーダー格の小野寺葵という女、他の二人からは名探偵と呼ばれていましたが、詳しく聞いてみればなんのことはない、単なるミステリ・マニアの推理オタクです。前職が警察官とか探偵事務所勤務とかいうんならともかく、実際は輸入品を扱う商事会社で経理事務をやっていただけ。探偵としての経験は、主に本とゲームと妄想の中だけらしいですよ」

「いいじゃないの。名探偵かどうかは、仕事振りで判断できるでしょ。啓介君、明日にでも彼女たちをうちに連れてらっしゃい。現場を見せてあげるといいわ」

結局、夫人のツルの一声で話は決まり、アラサー女子三人が法界院邸の門前で円陣を組むに至ったというわけである。事情を知らない人が見たら何の集会だと思うだろうか。

「恥ずかしい真似してないで、さっさと中に入れ。円陣なら中で組め」

急《せ》きたてるようにして、啓介は女三人を広大な敷地に招き入れる。門を閉めて、さっそく離れへ向かって歩き出そうとすると、背後から再び聞こえる「ファイト」「オー」の掛け声。振り向くと、三

人の女たちは本当に敷地の中でもう一度円陣を組み、気合を入れ直しているのだった。弱い野球チームほど円陣を組みたがる。そんな《草野球あるある》を頭に浮かべながら、啓介は三人組を連れて歩き出した。

彼女たちは法界院邸の広大な敷地に、あらためて度肝を抜かれた様子だった。

「ぶち広いやん。いったいこの家、どんだけ金持ちなんよ？」

美緒が感嘆の声を発すると、礼菜がツインテールを揺らしながら頷く。

「本当ですねぇ。戦隊モノでいうなら、いちばん悪い黒幕の住処って感じですぅ」

「いわれてみるとホンマ、まるでラスボスの秘密のアジトみたいじゃが！」

完全に悪口だ。すると最後尾を歩く葵が、しみじみとした口調で呟く。「ああ、私たちの払ってる家賃が、この贅沢な暮らしを支えているのかと思うと、なんだか虚しくなるわね……」

だから、そういうことは家賃を払ってからいえっての！　それから厳密にいうと、おまえらの払う家賃ぐらいじゃ、この贅沢な暮らしは五秒も支えられねーからな！

次第にイライラが募る中、啓介は問題の離れへとたどり着いた。「真柴晋作が拳銃で撃たれて殺害された離れだ。中を見たいか？」

「もちろんよ」と指先で顔の眼鏡を押し上げながら、葵が応える。「現場を見るために、私たち、わざわざ荻窪くんだりまで足を運んだんじゃないの」

「そうか。でも、それは西荻《にしおぎ》に住む人間が口にする台詞じゃないと思うぞ」

荻窪あっての西荻窪だ。西荻窪の人間に《荻窪くんだり》とか呼ばれる筋合いはない。

ムッとしながら啓介は離れの扉を開け放った。扉の向こうは静まり返った空間と、どんよりと湿った空気があるばかり。当然ながら現在、この離れは使用されていない。ひと通りの現場検証が済んで以降は、警察の出入りも減ってきている。啓介自身、この離れに足を踏み入れるのは、事件発覚の日以来、久しぶりのことだった。

玄関で靴を脱ぎ、短い廊下を進み、木製の扉を開ける。すると、そこはもう殺人現場だ。リビング兼寝室とも呼ぶべきその空間に、恐る恐る踏み込む三人。たちまち「きゃあ」と悲鳴を発したのは、いちばん年下の礼菜だった。「そ、そこの絨毯の赤いシミ、ひょっとして血ですかぁ」

礼菜が震える指で差したのは、絨毯に染み込んだ被害者の血痕だった。

「そうだ。その赤いシミの付近に被害者は倒れていたんだ」

だが事件発覚当時に比べれば、現場はかなり見られる状態になっている。絨毯の上に転がっていた死体は、いまはもうない。死体に覆いかぶさるように倒れていた大画面テレビは、テレビ台の上に戻されている。放射状の亀裂が入った液晶画面はそのままだが、亀裂の中央に喰い込んでいた銃弾は、すでに取り除かれている。銃弾とそれを発射した拳銃は、いまは警察の手で厳重に保管されているはずだ。

「で、死体発見時の状況は、どうだったわけ？　詳しく教えてほしいんだけど」

室内の様子を見回しながら葵が要求する。彼女の態度が妙に上から目線なのが気に入らないが、これも会長秘書としての仕事のうちだ。啓介はぐっと堪《こら》えて、事件発覚の朝の様子を丹念に説明した。

黙って耳を傾けていた葵は、彼の話が終わるのを待って、すぐさま口を開いた。

「ふーん、死体を発見したあなたたちは一一〇番に通報。やがて警察の手で捜査が始まったという流れね。それで警察はなんていっているの？　死因とか凶器について」

「その点は見た目どおりだ。真柴晋作は銃で首筋を撃ち抜かれて死んだ。死因は失血性のショック死。即死かそれに近い状態だったはずだ。凶器は死体の傍に転がっていた拳銃で間違いないらしい」

「凶器が拳銃って珍しいわね。そう簡単には手に入らないと思うんだけど」

「なーに、あるところにはあるんだろ。ネットとか使えば、手に入るのかもよ」

啓介が肩をすくめると、葵はアッサリと話題を変えた。

「ところで死亡推定時刻について、警察は何かいってなかった？」

「検視の結果によれば、被害者が死亡したのは死体発見の前夜、午後七時から九時までの二時間と推定されるらしい。ただし、実際には犯行がおこなわれたのは午後八時以降だ。つまり午後八時から九時までの一時間に真柴晋作は銃で撃たれたってわけだ」

「ん、なんでなん？」美緒が横から割り込む。「なんで、そう決めつけられるん？　犯行は午後八時以降っていうふうに」

「あ、ひょっとしてぇ」と礼菜も口を挟む。「被害者の姿が午後八時に目撃されているから、実際の犯行はその後とか、そういうことですかぁ？」

「いや、そうじゃない。離れにいた真柴の姿は誰も見ていないんだ。ただ事件の夜の八時といえば、ちょうど僕が法界院家を訪れた時刻だ。僕は門のところで秘書の月山さんと家政婦のエリカさんの出迎えを受け、三人で屋敷の本館へと向かった。そのとき、この離れの傍を通ったんだ。真柴の姿は見なかったが、窓越しに大画面テレビの映像が見えた。たぶん、ＤＶＤで洋画でも見ていたんだろう」

啓介はテレビ台の下の段に設置されたＤＶＤプレーヤーを指で示した。

「僕だけじゃなくて、月山さんやエリカさんも同じ光景を目にしている。つまり、その時点では、まだ六十インチのテレビは壊れていなかったんだよ。銃撃事件が起こって液晶画面に銃弾が突き刺さったのは、それ以降ってわけだ」

「ふーん、それやったら、確かに犯行は午後八時より後っちゃねえ」

「そうだ。で、検視の結果とあわせて考えれば、犯行時刻は午後八時から九時の間という結論になるってわけだ。べつにおかしくないだろ?」といって啓介が葵の賛同を求めたところ、

「ええ、確かに、おかしくはないわ。けれど……」と葵はなんだか腑《ふ》に落ちない顔。

するると、そのとき傍らで話を聞いていた礼菜が、「あのぉ、話を戻すようで恐縮ですけどぉ」といって素朴な疑問を口にした。「被害者は首筋を撃たれて、亡くなったんですよねぇ。だけど私、首筋を銃で撃たれた死体って、あんまりイメージにないですぅ。犯人なら普通は胸やお腹を狙うんじゃないでしょうかぁ。そっちのほうが狙いやすいと思うんですぅ。私なら絶対そっちを撃ちますぅ」

「…………」最後の台詞は聞かなかったことにして、啓介は自分の見解を口にした。「たぶん、この犯人だって胸や腹を狙ったんじゃないかと思う。けれど銃を向けられた側は、必ずしもジッとはしていないだろ。結果、放たれた銃弾は被害者の首筋に命中し貫通した。そういうことなんじゃないか」

「そうですかぁ」礼菜はいちおう納得の声をあげ、そして残念そうに目を伏せた。「もし、そうだとすれば、随分もったいないことでしたねぇ」

ルームメイトの謎めいた呟きに、美緒が疑問を差し挟む。「何がもったいないん?」

「これですぅ」といって礼菜が指差したのは、壊れた大画面テレビだった。「もし犯人の撃った銃弾が、被害者の胸やお腹に命中していれば、その銃弾はたぶん被害者の身体に留まったと思いますぅ。その場合は、身体を貫通した弾丸が液晶画面を撃ち砕くこともなかったはずですぅ」

「ああ、そういうことかいや」美緒は納得の表情を浮かべた。「確かにそれやったら、六十インチのテレビは無事やったはず。いわれてみるとホンマにもったいない話っちゃ」

「そうですぅ。一瞬で六十万円がパアですぅ」

「はあ、六十万円!? あのなぁ礼菜、《大画面テレビは一インチ一万円》ちゅうのは、大昔の相場観

ちゃよ」かつて家電量販店で働いていた美緒は呆れ顔でツッコミを入れる。そして真顔に戻ると、小首を傾げていった。「ま、それはそれとして、実際の犯人の行動は、どういう感じやったんじゃろ？」

この問いに答えたのは、リーダー格の葵だった。

「事件の夜、犯人は午後八時から九時までのどこかの時刻に、この離れを訪れた。離れには真柴晋作がひとりでいて、テレビで映画などを見ていた。犯人は玄関扉をノックした――」

「ノックはおかしいですぅ。殺人犯はノックなんかしませぇん」

「そうかしら。でも顔見知りの関係だとしたら、ノックしたかもよ。室内に招き入れられた犯人は、そこでいきなり拳銃を取り出し、真柴に突きつけた。おかしくないでしょ？」

「では、顔見知りではなかった場合は、どうなるんですかぁ？」

「その場合は、玄関扉をこっそり開けて中に侵入したってことになるわね。多少の物音は、映画の大音量に掻き消される。真柴は映画に夢中で、犯人の侵入に気がつかなかった。玄関が施錠されていなかったとするなら、それも充分ありうる話だわ」

どう思う？　と話を振られて、啓介は即座に頷いた。

「実際、真柴という男は戸締りのルーズな男だったらしい。離れの玄関が施錠されることは滅多にならなかったそうだ。離れへの侵入は誰にでも可能だったってことだな」

葵は満足そうに頷き、さらに犯人の行動に思いを巡らせていく。

「犯人はこの部屋に足を踏み入れ、真柴に拳銃を突きつけた。そして、いきなり引き金を引いた……いや、それとも『カネを出せー』とかなんとか、いったのかしら……？」

「『カネを出せー』とは、いわんじゃろー。押し込み強盗やないんじゃけえー」

「そうですぅ。強盗でしたら、離れではなくて本館を狙うと思いますぅ」

「それもそうね」葵は苦笑いを浮かべながら頭を掻く。「でも待って。じゃあ、犯人は何のために真柴晋作なんていう穀潰しの駄目男を、わざわざ手に掛けたのかしら？」

「ホンマ、こんな家賃も払えんような居候を殺して、何の意味があるんやろ？」

「まったくですぅ。アラサーのくせにロクに働いてもいなかったみたいですしねぇ」

三人は横一列に並びながら、「ホントなんでかしらね？」と同じ角度で首を傾ける。

《ロクに働きもせず家賃も払えない穀潰しのアラサー》に、突発的な殺意を抱く人物なら、君たちの目の前にも一名いるぞ。啓介はそういってやりたかったが、このような皮肉が彼女たちに通用するとも思えない。なので、彼はやんわりと別の提案をおこなった。

「動機に関する考察は、脇に置いておこう。ここで考えても、結論が出るとは思えない。いや、ひょっとすると、犯人を捕まえてみるまで、動機については判らないのかもしれない。事件解決のためには、動機の解明よりも、もっと別のアプローチが必要だと思うな」

「じゃあ、いいわ。動機のことは脇に置いて――と」

葵は目の前の見えない箱を脇に退《ど》かす動作をしながら、話を進める。

「ともかく、犯人は真柴に向けて拳銃を構えた。二人の間にどんなやり取りがあったのかは判らない。『話せば判る！』『問答無用！』と、そんな感じだったのかもね。犯人は引き金を引いて真柴を撃った。銃弾は真柴の首筋を撃ち抜いた。真柴は絨毯の上に仰向けに倒れる。一方、真柴の首を貫通した銃弾は、テレビの液晶画面に突き刺さった。それから……ええっと、それから、どうなったのかしら？」

葵は迷うような眸を啓介に向けた。「確か、死体はテレビの下敷きになっていたのよね？」

「ああ、まるでテレビから足が二本、にょきりと生えているみたいな、そんな感じだった」

「それって、どういうことかしら。犯人は既に致命傷を負った被害者の上に、わざわざテレビを倒したってこと？　いったい、何のために？」

「そうですねぇ」礼菜が顎に手を当てながら呟く。「駄目押しのつもりでしょうかぁ」

「いいや、駄目押しなんて必要ないじゃろ。むしろ、これは犯人の被害者に対する底知れぬ悪意の表れっちゃ。犯人は真柴を銃殺するだけでは飽き足らず、その死体を大型テレビの下敷きにすることで、胸の中の鬱憤を晴らしたんよ。そうに違いないっちゃ」

勢い込んで自説を展開する美緒。その言葉に耳を傾けていた葵は、腕組みしながら「うーん」と難しい顔で唸り声を発した。「死者に敢えて鞭打つ行為は、確かにあり得るわ。だけど、そのためにテレビの下敷きにするってやり方は、どうかしらね。そんなことするぐらいなら、いっそ拳銃の弾をもう二、三発ぶち込んでやればいいじゃない。そのほうが犯人だってスカッとするでしょ」

「ホンマ、そっちのほうがスカッとするなぁ！」

「確かに、そっちのほうがスカッとしますぅ！」

スカッとするなよ、おまえら！　啓介は恐怖に満ちた視線を彼女たちに向けた。

「たぶん犯人は銃声を何発も響かせることを嫌がったんだろう。いくら消音器を使ったとしても、銃を撃てば、それなりに音は響くはずだから」

「あら、テレビを倒したって、きっと大きな音が響くわよ。だったら同じことでしょ」

葵の的確な指摘を受けて、今度は啓介が「うーん、確かに」と唸り声を発する番だった。

二人の会話が途切れたところで、礼菜が啓介に聞いた。「警察は倒れたテレビについて、どう解釈しているんでしょうかぁ？」

「テレビは自然に倒れた。警察はそう考えているようだったな」

「自然に倒れたんですかぁ。この大きなテレビがぁ？」

「要するに反動だよ。被害者の首筋を貫通した銃弾は、テレビ画面に突き刺さった。その衝撃は大きかったろう。テレビはバランスを崩して後方に倒れようとする。だが、そこにあるのは硬い壁だ」そういって、啓介はテレビの背後に隠れた白い壁を指で示す。「後方に倒れたテレビは壁に当たった反動でハネ返り、今度は前方に倒れた。結果、倒れたテレビは死体を下敷きにしてしまった、というわけだ」

「でも、実際そういうふうになるかしら?」葵は半信半疑の面持ちで息を吐いた。「なんだか無理やりこじつけた解釈のようにも聞こえるわね」

「じゃあ、君はどう考えるんだ? 犯人がなんらかの腹いせでテレビを両手で引き倒し、そのまま現場を立ち去ったと考えるのか。犯人は腹の虫が収まらない酔っ払いか?」

「うーん、そうは思わないけど、反動で自然に倒れたとも思えないのよねえ」

何かきっと意味があるはず。そう呟きながら、葵は離れのガラス窓の向こうに視線を送る。そこに建つのは、法界院家が誇る豪勢な西洋屋敷だ。葵は眼鏡の端を指で持ち上げながら、興味深そうな表情。そして彼女はニヤリとした笑みを啓介に向けると、

「犯行現場は、もう充分に見たわ。今度は本館を見たいんだけど、いいわよね!」

疑問形の『いいかしら?』ではなく、『いいわよね!』と聞いてくるあたりが、実に図々しい。

そして啓介は不安を覚えた。いくら法子夫人の同意を得ているとはいえ、平日の昼間から探偵の真似事に興じている、この頼りなくもかしましい三人組を、ホイホイと屋敷に上げてしまって大丈夫なのだろうか。なにせ本館は離れとは違って、貴重品や美術工芸品なども多くあるのだ。彼女たちが帰宅した後になって、銀の食器がきっちり三枚なくなっていたりしたら、夫人にどう説明する?

万が一の事態を想定して、深々と思い悩む啓介。

その内心の葛藤を知ってか知らずか、葵が気安く彼の肩をポンと叩いた。
「なに悩んでるの、成瀬君？　大丈夫よ、私たち、何も盗んだりしないからさ」

7

結局、啓介は小野寺葵の要請を断りきれずに、渋々と彼女たちを本館に誘った。事件当夜の屋敷の様子について、彼女たちに説明を加えながら、邸内を案内する啓介。広々とした食堂や、法子夫人の書斎兼執務室。それらを見て回りながら、あの晩、屋敷に居合わせた人々や当時の啓介自身の行動、本館から見た離れの様子などを詳細に語っていく。

葵はそんな啓介の話に、まあまあ真剣に耳を傾けている様子。だがその一方、食堂では占部美緒がテーブルの燭台に手を伸ばしながら、「うわ、これ金っちゃよ、金！」と物欲しそうな歓声をあげ、書斎兼執務室では関礼菜が棚に飾られたウサギの置物を見詰めながら、「この子、可愛いですぅ〜」と、うっとりした表情を浮かべたりするので、啓介はその度に警戒の視線を彼女たちに向けなくてはならなかった。

――畜生！　これじゃあ事件の話に集中できないじゃないか。

憤りを覚えながらも、啓介がひと通りの説明を終えたころ、一同は屋敷のリビングにたどり着いていた。事件のあった夜、啓介と法子夫人、月山静香の三人が軽く乾杯したリビングだ。葵は勧められたわけでもないのに中央のソファにどっかと腰を下ろすと、悠然と脚を組む。そして例によって意味不明の上から目線で啓介に質問してきた。「ところで容疑者なんだけど、あなたの他に何人いるの？」

「………………」はは〜ん、どうやら彼女、真剣に話を聞いているようでいて、実際は何も聞いていなかったらしい。「お言葉を返すようで悪いね。生憎と僕は容疑者には含まれていないんだ」

　すると三人のアラサー女たちはいっせいに、納得いかない、という表情を浮かべた。

「なぜ、そうなるの？」と真っ先に聞いてきたのは葵だ。「だって事件の夜に、成瀬啓介という路頭に迷うネズミが一匹、屋敷に迷い込んでいたわけでしょ？」

「そうそう、あからさまに怪しいやん。普通なら、いちばん最初に疑われるはずじゃが」

「なのに、どうして容疑者にならずに済むんですかぁ。不思議ですぅ」

　不思議？　いやいや、不思議に思うのは、むしろこっちだ。なぜ自分は彼女たちから、そこまで疑惑の目で見られなくてはならないのか。こっちが路頭に迷うネズミなら、そっちだってシェアハウスに巣食うゴキブ……いや、そこまでいっちゃアレだから、まあ、野良猫ぐらいに負けといてやるが、とにかく彼女たちから無闇に疑われる筋合いはない。啓介は胸を張って堂々と主張した。

「僕にはアリバイがある。さっきもいったように犯行がおこなわれたのは午後八時から九時までの一時間。一方、僕はといえば、事件の夜の八時に屋敷の門を入った直後にエリカさんと月山静香さんに迎えられ、その後、食堂で法子夫人に会い、そのまま書斎へ。その後は法子夫人と月山さんと僕の三人で仕事の話。それからリビングに移動して軽い飲み会になった。その飲み会は午後十時ごろまで続いた。つまり、僕は事件の夜の八時から十時ごろまで、ずっと法子夫人や月山さん、あるいはエリカさんたちと一緒にいたってわけだ。どうだ。間違いのない証人がこれだけいるなら充分だろ。これで僕を疑うというのなら、そいつは成瀬啓介に対して個人的な恨みを抱いていると見なすべきだな」

「なんだ、そういうことか」葵はつまらなそうに呟くと、「じゃあ、屋敷にいた他の人たちは、どうなのよ？　法子夫人の子供たちである博史と雪乃の二人、それから法界院不動産社長の日比野忠義。その三人のアリバイは、どうなの？」

「彼らのアリバイは揃って曖昧だ。僕が屋敷を訪れたとき、博史、雪乃、日比野忠義は法子夫人と一緒に食堂にいた。その後、法子夫人は僕や月山さんとともに、彼女の書斎で過ごしたわけだが、その一方で、食事を終えた博史と雪乃はそれぞれ自室に引っ込んでいったそうだ」

「じゃあ、日比野忠義は？」

「彼には来客者専用の居室が与えられていて、食後は彼もその部屋にひとりでいたらしい」

「要するに、その三人は自分の部屋にひとりでいたと主張しているわけね」

「ちゅうことは……」と横から美緒が口を挟む。「その三人はこっそり離れに侵入して、真柴晋作を撃ち殺すことが可能だったはず」

「そうなるわね」葵は頷くと、再び啓介のほうを向いた。「ところで、家政婦のエリカって娘は、どうなの？　彼女はずっとあなたたちと一緒だったわけじゃないんでしょ？」

「ああ、エリカさんというのは神出鬼没な家政婦でね。常に屋敷の中を自由に動き回っている。あの晩もそうだった。彼女のアリバイを証明できる人物は、誰もいないはずだ。彼女が仕事の合間にこっそりと離れを訪れた可能性は、否定できないな」

もっとも印象でいえば、殺人者からいちばん遠いのはエリカだ。だが印象だけで無関係と決めつけるわけにもいかない。啓介はエリカの名前も容疑者リストに加えた上で、「ただし！」と続けた。「法界院邸のセキュリティはしっかりしているほうだが、それでも難攻不落の要塞ってわけじゃない。敷地は高い塀に囲まれているが、その気になれば、よじ登ることも充分に可能だ」

「つまり、外部犯の可能性は否定できないってことね」

「そうだ。事実、いまでは警察もそっちの線で捜査を進めているようだしな」

「で、その結果、事件は迷宮入り寸前ってことね」

皮肉な口ぶりからは、葵が外部犯の可能性を軽視していることが窺えた。ということは、彼女の疑いはアリバイのない容疑者たち、すなわち博史、雪乃、日比野忠義、そしてエリカの四人に向けられているはず。だが、まるでここが自宅のリビングであるかのようにソファで寛ぐ彼女の様子からは、その頭の中をいっさい窺い知ることはできないのだった。

「とりあえず外部犯については、ウチら素人では手が出せんけえ。そっちのほうは警察に任せて、ウチらは内部犯について考えたほうがええんと違う？」

「そう思いますぅ。だけど、いったい何をどう考えたらいいのか、サッパリですねぇ」

難しそうな顔を互いに見合わせる美緒と礼菜。ソファから立ち上がった葵は、落ちている餌を探そうとする野良犬のごとく、広いリビングを右に左にと歩き回る。

するとそのとき、いきなり開くリビングの扉。現れたのはメイド服に身を包んだ家政婦、エリカだ。手にしたお盆の上では、四人分の珈琲カップが白い湯気を立てている。そんな彼女の姿を目の当たりにした瞬間、啓介は「シマッタ！」と舌打ちして頭を搔いた。「やあ、ごめんごめん、エリカさん。言い忘れていたけれど、彼女たちはお客様でもなんでもない、単なる《家賃を払わない人たち》なんだよ。だから、珈琲でおもてなしする必要なんて、まったくないんだ。それどころか、無闇に甘やかすような真似は、もともと図々しい彼女たちをさらに付け上がらせるだけで――痛ッ！」

いきなり後頭部を襲う邪悪な衝撃。頭を押さえながら慌てて振り向くと、正面には何食わぬ顔の葵の姿。啓介は声を荒らげながら、「――こら、なにすんだよ、君！」

すると葵は「あら、私じゃないわ」といって隣を指差しながら、「美緒がやったのよ」

美緒は「ウチ関係ないっちゃ」といって、さらに隣を指差すと、「謝るっちゃ、礼菜」

礼菜は礼菜で、「私じゃないですぅ」と身をよじりながら、「葵ちゃんが悪いんですぅ」

なるほど、そういう誤魔化し方があるのか。三人いるって便利だな……

彼女たちの研ぎ澄まされた連係プレーを前に、啓介は黙り込むしかない。そんな彼を横目で見ながら、葵は図々しくもエリカへと歩み寄った。「まあ、いいじゃない。わざわざ用意してくれたんだもの。エリカちゃんの心遣いを無駄にしちゃ悪いわ。せっかくだから、私たちで飲んであげましょ。さあ、エリカちゃん、そのお盆、私がいただくわ――」

「こら、勝手なことをいうな」啓介は、お盆を渡すまいとして、横から腕を伸ばす。「そもそも贅沢な思いをさせるために、君たちを屋敷に入れたんじゃない」

「なによ、珈琲ぐらい贅沢のうちに入んないでしょ！」

葵はエリカから受け取ったお盆を死守するべく、両手に力を込める。こうなると啓介も意地だ。いつしか珈琲を載せたお盆を巡って、二人の間で《綱引き》ならぬ《お盆引き》が始まった。醜い争いを見守るエリカは、あたふたしながら戸惑いの表情。その傍らでは美緒と礼菜が、「頑張るっちゃ、葵ちゃん！」「葵ちゃん、負けないでぇ！」と身内の勝利だけを願って拳を振り上げる。

二人の声援を受けて、葵は大声で主張した。「ほら、手を放しなさいよ。珈琲がこぼれるでしょ！」

だが、孤軍奮闘の啓介も黙ってはいない。

「いいや、そっちが放せ。そもそも君は僕に命令できる立場じゃない！」

「なによ、こっちだって、あんたに命令される筋合いはないわよ！」

「な、なんだと！」怒りの沸点に達した啓介は、うっかり決定的な言葉を口にした。「ぼ、僕は法子夫人の秘書だぞ。僕の命令は、大家である法子夫人の命令だあッ。手を放せぇッ！」

瞬間、葵が「ん、それもそうね」と素直に頷いてパッと手を放したから、たまらない。

「わわわ、馬鹿ぁ――――ッ！　手を放すなぁ――――ッ！」

矛盾した叫び声を発しながら、自ら後方に向かって猛烈な勢いで倒れこんでいく啓介。彼の手を放れて、高々と宙を舞うお盆。直後には珈琲の雨が降り注ぎ、四つの珈琲カップが床の上で四通りの破壊音を響かせる。壁際の大型テレビに後頭部から突っ込んでいった啓介は、「痛タタタッ！」「熱チチチッ！」と二種類の叫び声をあげながら、頭を押さえて床の上でしばし悶絶。やがてスーツを珈琲色に染めた彼は、怒りの形相とともに立ち上がった。「ち、畜生！　いきなり手を放す奴があるか！」

「はあ、なにいうちょるん？」美緒がとぼけるような顔で言い返す。「あんたが――いや違う、大家さんが放せっていうけえ、葵ちゃんは手を放したんよ。当然の行為じゃがね」

「そうですぅ。葵ちゃんは悪くないですぅ。私たち、大家さんには逆らえませぇん」

くそ、こういうときだけ、大家の言葉に従順なんだな。なんて都合のいい奴らだ！

啓介はやり場のない怒りにブルブルと拳を震わせながら、葵のほうを見やった。

「と、とにかく危険すぎるだろ。もうちょっとで大ヤケドと脳震盪《のうしんとう》のダブルパンチを喰らうところだった――って、おい、どこ見てるんだ、君。テレビがどうかしたのか！」

地団太を踏む啓介の前で、葵は壁際のテレビをジッと見詰めていた。離れにあった六十インチのものよりは、ひと回り小さいが、それでも充分に大画面と呼んでいい最新型の液晶テレビだ。テレビ台の上に真っ直ぐ立ったそのテレビを指差しながら、葵はポカンとした顔で呟いた。

「倒れてないわ……」

「ああ、倒れてないさ。倒れてたら、それこそ大惨事だ」

ホッと胸を撫で下ろす啓介の隣で、葵は心底不思議そうに首を傾げた。

「なんで倒れなかったの？　あなたは結構な勢いでテレビにぶつかったはず。その衝撃を受けてテレビは後ろの壁に向かって倒れた。とすると、今度はその反動で前に倒れるんじゃないの？　だとすれば、いまごろあなたの身体は、液晶画面の下敷きになっていたはず。あの可哀想な被害者のようにね。それなのに、なんで今回はそうなってないの？　ねえ、なんで、なんで？」

「君、そんなに残念か？　僕がテレビの下敷きにならなかったことが」

こっちは、そうならずに済んでホッとしているというのに。だが実際、不思議なことには違いないので、啓介はいちおうテレビの背後をヒョイと覗き込んでみる。

　すると、たちまち彼の疑問は氷解した。

「ああ、このテレビ、ちゃんとストッパーが付いてるんだよ」

　ストッパーといっても原理は簡単。要するにテレビ台の後部とテレビの背面が、一本の細いベルトで結びつけられているだけのことだ。地震やその他の災害、あるいは成人男性がうっかり後頭部からテレビに激突するなどして、テレビ本体が前方に倒れそうになると、このベルトがピンと張り詰める。それによってテレビは転倒を回避できるという仕組みだ。

「要するに、このテレビは後ろに倒れることはあっても、前には絶対倒れないんだ。ま、当然の予防策だよな。こんな大きな物体が、いきなり前にバッタリ倒れてきたら、危なくて仕方がない。テレビを設置したときにストッパーを付けておくのは、普通のことだ」

「そうね。確かに普通だわ」と葵は頷く。そして大袈裟に首を傾げて続けた。「だとすれば変ね。どうして離れにある六十インチのテレビにはストッパーが付いていなかったの？　ストッパーさえ付いていれば、銃弾を受けたあのテレビが、反動で前に倒れることはなかったはずよねえ」

「そりゃあ、そうだ。うん、なんでかな？」啓介もいまさらながら首を捻る。「よく判らないけど、テレビを設置したとき、ストッパーを付け忘れていたんじゃないのか。どうせ大きな地震なんか起きないだろうと高を括《くく》ってさ。そもそもストッパーの有る無しにかかわらず、テレビは映るんだし……」

啓介の苦しい言い分を聞きながら、葵は「確かに、そうかもね」とアッサリと頷いて、「だけど」と続けた。「こっちのひと回り小さいテレビにストッパーが付いているのよ。さらに大きなあの六十インチのテレビにも、当然ストッパーは付いていた。そう考えるほうが自然じゃないかしら」

「確かにな。だが現実に、離れのテレビは前方に倒れていた。つまりストッパーは付いていなかった。これは、どういうことなんだ？」

「犯人がテレビのストッパーを自らの手で外した。そういうことじゃないかしら」

「犯人がわざわざ？　何のために？」

「決まってるじゃない」葵は事も無げに答えた。「テレビを前に倒すためよ」

「だから何のために、そんなことをする必要があるのかって聞いてんだよ。やっぱり、アレか？　死者に鞭打つための行為ってやつか？」

「ううん、それは違うと思う。そんなんじゃなくて、犯人にとって、もっとちゃんとした理由があったはず。それじゃなきゃ、わざわざ時間と労力を掛けてまで、ストッパーを外したり、テレビを倒したりしないはずよ。きっとあるはずよ、犯人がそうせざるを得ない合理的な理由が……そう、合理的な理由……理由……理由……」

葵はまるで床の上に落ちている《合理的な理由》を探し回るように、リビングの床の上をウロウロ。その傍らでは、いつの間にかバケツに水を汲んで戻ってきたエリカが、珈琲で汚れた床を雑巾で拭いている。美緒と礼菜は、割れたカップの欠片を拾って、エリカの掃除のお手伝い。啓介は悩む葵の姿を眺めながら、しかし殺人現場でテレビを倒す意味なんて本当にあるのか、と内心少し疑っていた。

すると、そんな中――「むッ！」

小さな呻き声とともに、葵の足がピタリと止まる。そして彼女は、あらためて大画面テレビに歩み寄ると、白い壁とテレビの間を覗き込む仕草。そして小さな声で、「そっか！」と呟くと、なにかひとつ腑に落ちたような表情で、ニヤリとした笑みを浮かべるのだった。

8

翌日の夜。法界院邸のリビングには事件の関係者が一堂に集まっていた。

真っ赤なドレスに身を包む法界院法子夫人は、ひとり掛けのソファに悠然と腰を下ろしている。

傍らに控えるのはグレーのスーツ姿がさまになるクールビューティー、会長秘書の月山静香だ。

夫人の子供たち、博史と雪乃の二人は、ロングソファに兄妹並んで座っている。

法界院不動産の社長、日比野忠義は不安そうな顔つきで、窓辺をせわしなく歩いている。

家政婦のエリカは、飲み物などを提供するために、忙しく動き回っている。

そんな中、啓介は一同の様子を見渡しながら内心気が気ではなかった。チラチラと腕時計の針に視線を落としながら、

「なにしてんだ、あいつら。まさか、この期に及んで逃げたんじゃあるまいな……」

事件の関係者を集めてちょうだい。――そう要求したのは小野寺葵だった。

その口調から察するに、関係者たちを前にして、事件の真相を明らかにしようという魂胆らしい。

だが、そんな芝居がかった真似して本当に大丈夫か？　赤っ恥かいても知らないぞ！

大いに不安を覚えた啓介だったが、葵の自信ありげな表情と、「私に任せて」の言葉を信じて、結局その要求を呑んだのだが――畜生、騙された。「小野寺葵はこない。占部美緒も関礼菜もだ……」

ひょっとすると、いまごろ『かがやき荘』では、荷物を纏めた三人が夜逃げの真っ最中なのではあ

るまいか。明日『かがやき荘』を訪れたなら、そこはもうもぬけの殻で、ガランとした部屋の中に「謎解き失敗、申し訳なく候」の書置きが一枚残されているだけなのでは……

果てしなく悪い想像を巡らせる啓介。そのときふいに日比野忠義が窓辺で足を止めた。

「おや!?」と声をあげた日比野は、窓の向こうに広がる闇へと目を凝らしながら、「あのぉ、会長、ひょっとして離れに誰かいるのですか？」

しかし法子夫人は怪訝な表情だ。「いいえ、離れには誰もいないはずよ。離れがどうかしたの？」

日比野は窓の向こう側を指で示した。「ええ、誰かが離れでテレビを見ているようなのですが」

「そんな馬鹿な……」夫人は呆れ顔でソファから立ち上がる。「離れのテレビは壊れているのよ。何も映るはずがないじゃありませんか」

「ああ、そういえばそうでしたね」日比野は困惑の表情で、なおもガラス窓の向こうを指差しながら首を傾げる。「では、あそこに見えているテレビはいったい……？」

日比野の言葉に誘われるように、リビングの全員が窓辺に集結する。啓介もガラス窓に顔を寄せて、夜の闇へと目を凝らす。庭の向こうに離れがあり、その窓に僅かながら明かりが見える。その薄暗い室内に、テレビの映像らしきものが確かに見えている。事件の夜と同じく、ハリウッド製のアクション映画を連想させる、派手な感じの映像だ。

「そんなはずはない」啓介は思わず呟く。「離れのテレビは確かに壊れていたはず」

混乱する啓介。その隣で法子夫人が張り詰めた口調でいった。

「とにかく、みんなで離れにいってみましょ！」

一同はリビングから駆け出すと、屋敷の玄関を揃って飛び出した。庭に出てみると、すでに離れの窓辺にはテレビの明かりは見えない。角度的に見えなくなっただけなのか、それとも室内にいる誰かがテレビを消したのか。釈然としないまま啓介は、他のみんなとともに離れの玄関へと向かった。先頭に立つ博史がノブに手を掛けて、玄関扉を開け放つ。靴を脱いだ一同は、短い廊下を進むと、突き当たりの扉を開け、雪崩を打つように室内へと飛び込んでいった。

そこはリビング兼寝室。真柴晋作が殺害された現場である。ベッドとソファとローテーブル。壁際にはテレビ台があり、その上には壊れたテレビが置いてあるはず――と、そう思い込んでいた啓介は、目の前の意外な光景に思わず「あッ」と驚きの声を発した。

テレビはテレビ台の前方にバッタリと倒れていた。液晶画面を下にした状態だ。無機質な背面の様子が露になっている。事件発覚の朝に見たのと、ほぼ同じ光景だ。愕然とする一同は、しばしの間、言葉もない。そんな中、真っ先に我に返ったのは法子夫人だった。

「啓介君、このテレビを起こしてみてちょうだい」

いわれて啓介はテレビの本体の端を摑む。博史に手伝ってもらって、倒れたテレビを台の上に戻す。液晶画面には見覚えのある放射状のヒビ。その中央には銃弾の喰い込んだ痕跡。間違いなく、これは事件の夜に破壊された六十インチのテレビだ。ということは、いったいどういうことになるのか。

疑問の声をあげたのは、博史と雪乃の兄妹だった。

「おかしい。この壊れたテレビが映像を映し出せるはずがない。じゃあ、さっき僕らがリビングから見たテレビは何だったんだ？」

「判らないわ。他にもう一台、別のテレビがあるってことなのかしら？」

すると次の瞬間、兄妹の問い掛けをあざ笑うかのように響き渡る、何者かの笑い声があった。

「――ふッふッふッ、ふッふッふッふッ！」

床から這い上がってくるような怪しげな哄笑《こうしょう》。たちまち一同の間に緊張が走る。だが、その緊張感も一瞬のこと。「誰だ。姿を見せろ！」真剣な声で博史が叫ぶと、謎めいた哄笑はそのボリュームをいっそう高くしながら、「ふッふッふッ！」「うひゃひゃひゃ！」「おーほッほッほッ！」と三種類の馬鹿っぽい笑い声に変化した。瞬間、啓介は声の主に思い至り、思わずどこかに逃げ出したくなった。

——いったい何を考えてるんだ、あの三人組は！

頭を抱えながら悶絶する啓介の隣で、法子夫人が凜とした声で叫ぶ。

「コソコソ隠れていないで、出ていらっしゃい！」

すると夫人の呼び掛けが届いたのだろう。三人のいい歳した女たちが、ぞろぞろとベッドの下から這い出してきたので、事情を知らない人々は揃って唖然とした表情を浮かべた。

いちおう事情の判っている法子夫人は、「やっぱり、あなたたちだったのね」と小さく頷きながら、「噂には聞いていたけど、なかなか愉快な人たちのようね、啓介君」

「全然、愉快じゃありません」溜め息まじりに答えた啓介は、すぐさま葵のほうに向き直った。「こんなところで、なにやってんだ、おまえら？」

すると小野寺葵は白シャツに付いたホコリを払いながら、「仕方がないでしょ。この部屋、他に隠れる場所が全然ないんだから」とまるで答えになってない答え。場所がない、とかいう以前に、そもそも隠れる理由がないと思うのだが、それはともかく——

「さっきのアレは、おまえたちの仕業なんだな？　いったい何をしたんだ？」

「何をしたように見えた？」

「よく判らないが、さっきまでは確かに、この部屋でテレビが点いているように見えた」

「へえ。この銃弾を受けたテレビが点いていたっていうの？　随分、根性のあるテレビだこと」

「いや、それはあり得ない。てことは、君たちが他のテレビを持ち込んだってことか」

「だとするなら、この離れのどこかに持ち込んだテレビがあるはずよね。捜してみる？」

よし、いいだろう、と頷いて啓介は目立つ場所を捜してみる。ベッドの下、布団の中、家具の背後やトイレ、それから玄関や窓の外も覗いてみたが、結局どこにも、もう一台のテレビを発見することはできなかった。そもそも成人女性が三人いるとはいえ、大画面テレビというものは、そう簡単に右から左へと移動させられるものではない。「ということは……どういうことなんだ……？」

捜索を諦めた啓介は首を捻りながら、三人の女たちを見やる。白シャツ姿の葵は勝ち誇るような笑みを浮かべている。赤いパーカーを着た美緒はとぼけるような顔で天井に視線を向けている。女子高生ルックの礼菜は、紺色のスクールバッグを肩にしながらニコニコ顔だが——ん、スクールバッグ!?

啓介の視線は礼菜のバッグに留まった。彼女の女子高生ファッションはもはや見慣れた姿だが、いままではバッグなど持っていなかった。それを今日に限って、なぜ？

疑問を抱いた啓介は、真っ直ぐ礼菜に向かって右手を差し出した。

「おい、関礼菜。そのスクールバッグ、やけに重そうだな。中に何が入ってるんだ？」

「えッ、これですかぁ」礼菜は嫌々をするように身をよじりながら、「これはなんでもありませぇん。中に六十インチのテレビが入ってるなんてことは絶対にありませんから、気にしないでくださぁい」

「んなこたぁ、判ってるよ。いいから見せてみろ！」

大きな声で命令すると、礼菜は急に大人しくなってスクールバッグを肩から下ろした。

「仕方がありませんねぇ。成瀬さんの言葉は、大家さんの言葉ですしぃ」

礼菜はすっかり諦めた顔で「それじゃあ、はい、これ」といって自分のバッグを啓介に手渡す。

受け取ったバッグの意外なほどの重量感に、啓介は驚いた。——な、なんだ、これは!?

バッグをテーブルの上に載せて、恐る恐るファスナーを開ける。開いた口から中を覗くと、案の定、そこには奇妙な物体が仕舞い込まれていた。もちろんテレビではない。むしろ往年のビデオデッキを思わせる黒い箱形の物体だ。だが、もちろんビデオやDVDデッキでもない。啓介は慎重にその物体をバッグから取り出して、テーブルの上に置いた。大きなレンズを備えた特徴的なフォルム。それは、どこの家庭にもあるわけではないが、映像にこだわるマニアにとっては御馴染みの家電製品。あるいは会社の会議室でよく見かける、プレゼンテーションの必需品。啓介は叫ぶようにその名を口にした。

「これって、ビデオプロジェクターじゃないか！」

9

「なるほどね」と真っ先に頷いたのは法子夫人だった。「私たちが先ほど見た映像は、大画面テレビが映し出したものではなかった。それは白い壁に投影されたプロジェクターの映像だった。映像だけを見ながら、私たちはついそこに大画面テレビがあるものと思い込んだ。そういうことなのね」

「ええ、そういうことよ」と、なぜか夫人に対してもタメ口の小野寺葵は、テレビ台の下段に設置されたDVDプレーヤーを指差した。「私たちは持ち込んだプロジェクターを、そこにあるDVDデッキに繋いで、映画を再生していたの。壊れているはずのテレビが点いているように見えたでしょ。でも実際には、壊れたテレビはご覧のとおり、テレビ台の前方に倒れていたってわけ」

「白い壁をスクリーンとして利用するためには、そうする必要があったのね」

「そういうこと。事件の夜の犯人も、たぶん同じ理由でテレビを前に倒しておいたんだわ」

「なに!?」短い叫び声をあげたのは、日比野忠義だ。「では君は、あの殺人現場のテレビが、犯人の手でわざと倒されていたというのか？　銃弾が命中して、その反動で倒れたのではなくて……」

「ええ、そうよ。事件の夜、犯人は拳銃とプロジェクターを持ちながらこの離れを訪れた。そして、この部屋で真柴晋作と一対一になった犯人は、彼を銃で脅してテレビの前に立たせた。あるいは跪《ひざまず》かせたのかもしれないわ。そして犯人は被害者の首筋を撃った。なぜ、犯人は相手の胸や腹ではなく首を撃ったのか。私にはなによりそれが疑問だった……」

「それは葵ちゃんじゃなくて、私が言い出した疑問ですぅ」と抗議の声をあげる礼菜。

するとと葵は礼菜の声を掻き消すように、「だけど、その疑問は解けたわ！」と大きな声で断言して続けた。「これはけっして、胸や腹を狙った銃弾が逸れて首筋に命中した、などという偶然の出来事ではない。これは犯人にとって予定の行動。その狙いは、被害者の身体を貫通した銃弾が、その背後にあるテレビを破壊することにあった。真柴晋作が絶命するのと同時に、テレビもまた壊れて映らなくなった。そういう状況こそが、犯人のアリバイ工作にとって必要だった。被害者の首筋を撃ったのは、そこがもっとも銃弾の貫通しやすい急所だったからに他ならないわ」

葵の言葉に、水を打ったように静まり返る一同。葵はなおも芝居がかった説明を続けた。

「真柴晋作を撃ち殺した犯人は、テレビの背面に装着されたストッパーを自ら外して、テレビを前方に倒した。なぜか？　死体をテレビの下敷きにするため？　いいえ、そうじゃないわ。何を隠そう、犯人の真の狙いは、テレビの背後に広がる白い壁をスクリーンとして利用することにあったのよ」

「それ、さっき大家さんがいうてたっちゃよ」と美緒が小声で突っ込む。

葵は再びそれを掻き消すような大声で、「さてと、重要なのはここからよ！」といって自らの推理を続けた。「犯人はプロジェクターとＤＶＤデッキを繋いで、白い壁に映像を映した。ＤＶＤで再生する映像はなんでも構わないわ。ただし、プロジェクターによる投影が十分か二十分程度で終了するように、電源部分にはタイマーがセットしてあったはず。その状態で、犯人は離れを離れた――いえ、けっして駄洒落ではなくて」

急に恥ずかしそうに俯く葵。そんな彼女に対して「大丈夫ですぅ。誰も駄洒落だなんて思ってないですからぁ！」「頑張れーや、葵ちゃん。ウチらが付いてるっちゃ！」とルームメイトたちの励ましの声が飛ぶ。仲間たちに勇気づけられた葵は凜々しく顔を上げると、自信に満ちた視線を啓介へと向けた。

「そんなふうにして壁に映し出された映像を、何も知らずに目撃させられたのが、あの夜、午後八時に屋敷を訪れたあなたってわけよ、成瀬君。そして、あなたはその壁に映った映像を見て、離れの中で誰かがテレビを見ているものだと勘違いした」

「な、なるほど」確かに葵が推理したとおり、事件の夜の午後八時、自分が庭先から見たのはテレビの映像ではなく、壁に映った映像、ただそれだけだったのかもしれない。テレビはあのときすでに壊れていたのかも――「ん、待てよ。てことは君の推理のとおりだとすると、真柴晋作が銃で撃たれたのは、午後八時よりも前ってことなのか？」

「そうよ。離れのテレビが壊れたのも、同じく午後八時よりも前のこと。しかし、午後八時以降も離れのテレビは映像を映し出していたと、あなたは警察の前でそう証言したはず。その結果、『真柴晋作が銃撃されたのは、午後八時以降である』という誤った判断が下された。それこそが犯人の目論んだアリバイトリックだったってわけね」

「ふむ、ということは……」啓介は一同の顔を順繰りに見渡しながら、「僕らは事件発生を午後八時から九時までの一時間と思い込み、博史君や雪乃さんや日比野さんらを容疑者だと見なしてきたが、結局それは間違いだったんだな」

「当たり前だ、君！　なんで私たちが君ごときに疑われなきゃならんのだ！」

気色ばむ日比野の隣で、博史と雪乃も声を揃えて「そうだ！」「そうよ！」と不満を叫ぶ。

「いや、まあ、お気持ちは判りますが、そうお怒りにならないで……」と憤る三人を宥《なだ》めながら、啓介は慌てて話を元に戻す。「てことは、むしろ容疑者としてピックアップするべきは、午後八時以前のアリバイがない人物ということだな」

「と同時に、八時以降のアリバイを持っている人物こそ、怪しむべきね。犯人はわざわざトリックを用いて犯行時刻を八時以降だと信じさせた。ならば、その時間、犯人は必ず誰かと一緒にいて、しっかりとしたアリバイを用意しているはずよ」

「ふむ、事件のあった夜の八時以降のアリバイを持つ人物といえば、僕と法子さん、そして月山静香さんってことになるな。この三人は八時ごろに顔を合わせて以降、ずっと一緒に十時ごろまで過ごした。てことは、犯人はこの三人の中にいる……はッ！」

瞬間、啓介は電流に打たれたような衝撃を受け、愕然とした表情を浮かべた。

「そ、そうだったんですか、法子さん。いや、法界院法子！　おまえだったんだな。おまえは自らの企てた犯罪計画の中で、この僕を善意の目撃者として利用しようと考えた。そのために、この僕をわざわざ、あの日の夜の八時に屋敷に呼びつけ、偽アリバイの証人に仕立てた。すべてはおまえが計画し、裏で糸を引いていたってわけだ。もはや全部お見通しだぞ。おとなしく観念しろ、法界院法子！」

勢いに任せて断言してはみたものの、流れる空気は実に微妙だった。啓介は思わず「ゴクリ」と唾を飲み込み、慌てて視線を宙に泳がせる。シンと静まり返る一同の中、法子夫人は涼しい顔。その隣で小野寺葵が無表情のまま「ゴホン」とひとつ咳払い。そして、おもむろに口を開いた。

「成瀬君、あなた自分でいった言葉を忘れたの？」

「――は!?」

「犯行は午後八時より前なのよ。その時間、法子夫人はどこで何をしていたかしら？」

「ええっと、そうだ。法子夫人は八時前には、食堂でみんなと一緒に夕食を……」

「そう、その法子夫人が食事の最中に『ちょっとトイレ』とかいって中座して、離れで殺人を犯した挙句、何食わぬ顔でまた戻ってきた――なんて話、想像できる？　そんな真似したら、きっと夫人は汗びっしょりで息も上がってるはずよ。いったいトイレで何してたんだって話になっちゃうわ」

夫人と食事を同席した博史と雪乃、そして日比野忠義が揃って頷く。当の法子夫人も啓介に対して冷静な口を開いた。「そもそも私が犯人なら、たとえ素人探偵だとしても、彼女たちのような赤の他人を自宅に招いて、わざわざ事件について調べさせると思う？　そんなことするわけないじゃない」

「で、ですよねえ！　もちろん、おばさ――いや、法子さんのおっしゃるとおりですとも。僕も法子さんだけは犯人ではあり得ないと、そう思っていましたよ。心の中では」

ぎこちない作り笑いを浮かべながら、猛スピードで態度を翻す啓介。そんな彼を横目で見ながら、葵は「ハァ」と小さく溜め息。そして彼女は、いきなり指を高々と上げたかと思うと、その指先を正面に立つ、もうひとりの容疑者へと向けた。「月山静香さん、犯人はあなたですね」

問われた瞬間、美人秘書の肩がビクリと揺れる。きつく唇を閉じたまま俯く彼女に対して、葵は畳み掛けるように自らの推理を語った。

「あなたは事件の夜、午後八時になる少し前、ひとりで離れを訪れ、真柴晋作を銃で殺害。プロジェクターのトリックを仕込んだ後で、離れを出た。そしてあなたは、午後八時には何食わぬ顔で正門付近に現れ、成瀬君を迎えた。あなたと成瀬君、そしてエリカちゃんの三人は揃って庭を歩き、離れの前を通った。そのとき成瀬君が自ら離れの様子を話題にしたわけだけれど、これはあくまで偶然の出来事。もし彼が離れのことを話題にしなければ、あなた自身がそれを話題にして、窓越しに見えるプロジェクターの映像を見せつけていたはずだわ。結果的に、あなたはそんなワザとらしい芝居をするまでもなく、成瀬君とエリカちゃんという二人の目撃者を得ることに成功した。それ以降、あなたは成瀬君や法子夫人と一緒に午後十時ごろまで過ごした。これで、あなたのアリバイは完璧。あなたは頃合を見て、屋敷をひとり辞去する。そして最後の仕上げ。ひとりになったあなたは再び離れに忍び込むと、プロジェクター及びＤＶＤソフト、タイマーなどを回収し、現場から持ち出したんだわ」

「トートバッグだ！」啓介が思わず手を叩く。「月山さんは、あの夜、妙に大きなトートバッグを肩に提げながら、屋敷の玄関を出ていった。僕が門まで送ろうとするのを必死に断って……そうか。あの直後、彼女には証拠隠滅という大きな仕事が待っていた。だから僕についてこられちゃ迷惑だった。そういうことだったんですね、月山さん！」

　啓介の問いに、一同の視線がいっせいに月山静香へと向けられる。そんな中、美人秘書はクールな仮面を脱ぎ捨てると、「違うわ、私じゃない！」と怒りに満ちた声を張りあげる。そして、いきなり啓介の顔を真っ直ぐ指差しながら、「そういうあなたこそ、真柴晋作を殺害した張本人なんじゃないの？」

「ええ、僕がぁ!?　いやあ、それはないなあ。僕は人殺しとかは絶対にしない人だから」

　完全無欠な反論を口にしたつもりの啓介。隣で葵が「あんた神!?　それとも馬鹿なの!?」と呆れた表情を浮かべる。当然、月山静香はここぞとばかりに啓介を攻め立てた。

「成瀬啓介君、あなたは事件の夜、午後八時になる前に塀を乗り越えて屋敷に侵入した。そして離れで真柴晋作を殺害。プロジェクターのトリックを仕込んでから再び塀を越えると、今度は何食わぬ顔で屋敷の門前に現れ、インターフォンのボタンを押した。そういうことだって充分に考えられるはずだわ」

「うッ……」啓介は思わず言葉に詰まる。

自分は真柴晋作を殺していない。そのことは啓介自身がいちばんよく判っている。だが、月山静香の無理やりな反論は、それなりの説得力があったらしい。複数の疑惑の視線が自分に向かって注がれているのを、啓介は痛いほどに感じた。その中には、法子夫人の視線も含まれている。マズい。この人の信用を失ったら、自分はせっかく得た職をまた失うことになってしまう。だが、いったいどうすればいい？

自分自身の無実をいかにして立証するべきか、真剣に思い悩む啓介。すると、そのとき——

「なああ、ちょっと成瀬ぇ、あんた、なに悩んどるん？」

不思議そうに声を掛けてきたのは美緒だ。隣の礼菜もキョトンとした顔で訴える。

「そうですよぉ、成瀬さん、話は歴然としていますぅ」

——え、歴然って、どこが？

首を傾げる啓介を前にして、やれやれ、とばかりに美緒が肩をすくめた。

「よう、思い出してみーよ。事件の夜の八時になる前、あんた、自分がどこで何してたか」

「え、あの日の午後八時より前？　この屋敷を訪れる前に僕がいたのは——はッ！」

啓介はようやく決定的な事実を思い出し、歓喜の声をあげた。「そうだ！　僕は荻窪駅近くのアンティークショップにいた。そこで君たちと出会って、レッド・シャーロックのフィギュアを奪い合っていたんだ。その諍《いさか》いが午後七時から二十分ほど続いて、その後はレジのおばちゃんに呼び止められて、またそこで三十分以上足止めを食った。それで午後八時の五分前になって、慌てて店を出た僕は、真っ直ぐ法界院家の屋敷に駆けつけたんだ」

啓介の言葉を聞いて、葵が意外そうに声をあげた。

「あら、そうだったの。じゃあ、成瀬君にもアリバイがあるってことね」

よかったわね、と無表情に呟く葵。その言葉に美緒と礼菜が揃って頷いた。

「そうっちゃ。午後七時から八時の直前まで駅前商店街のアンティークショップにおった成瀬が、この離れで人を殺すのは、絶対無理じゃけえ」

「そうですぅ。私と美緒ちゃんとレジのおばさんが証人ですから、間違いないですぅ」

おお、なんと力強く、有り難みのある言葉だろうか。自分の無実を証明してくれる人物が、意外に近いところにいたことに気づき、啓介は不覚にもジンとなった。いままで、どこかパッとしないくすんだ物体としてのみ認識されていた三人の女性たちが、いまの啓介には親しく頼もしい存在に思える。『かがやき荘』に住みながら、けっしてかがやいていなかったアラサー女たちが、信じられないことではあるが、ほんのちょっとだけかがやいて見える。——これって目の錯覚か？

思わず手の甲で目をゴシゴシと擦る啓介。

その一方、絶体絶命の淵に追い込まれた美人秘書は、端整な顔を苦しげに歪《ゆが》めて絶句。と次の瞬間、強気だった彼女の口から、一転して激しい嗚咽の声が漏れはじめた。

「……そうです……私が真柴晋作を殺したんです……」

そして月山静香は罪の重さに耐えかねるごとく、ついに絨毯の上に膝を屈したのだった。

10

自らの罪を認めた月山静香は、法子夫人と啓介に付き添われながら、おとなしく荻窪署に出頭した。

そうして事件が解決した、数日後――

法子夫人の代理として『かがやき荘』を訪れた啓介は、共用リビングで小野寺葵、占部美緒、関礼菜の三人との再会を果たした。話題になったのは、もちろん事件の話である。

月山静香の自ら語ったところによると、その犯行の内容は、小野寺葵が見抜いたとおりだった。プロジェクターは犯行のために中古品を購入したもの。凶器の拳銃はネットの闇サイトを通じて入手したものだった。事件の細部を啓介から伝え聞いた葵は、最後に残った大きな疑問点について尋ねた。

「――で結局、動機はなんだったわけ？」

「うん、そのことなんだが」といって啓介はおもむろに口を開いた。「月山静香は秘書の仕事を得る以前、一時期、職にあぶれたことがあったらしい」

たちまち、三人の口から「まあ、そうなの！」「可哀想っちゃ！」「私たちと同じですぅ！」と同情の声があがった。彼女たちの共感ポイントは、実に単純で判りやすい。

「で、その時期、彼女はあまり感心できない形で生活費を稼いでいたらしい。判るな、この意味？お宝フィギュアを右から左に売り渡すような話とは、次元が違う話だからな」

「う、うん、なんとなく判るっちゃ」

「あの人、美人さんでしたもんねぇ」

真剣な表情で頷く美緒と礼菜。啓介は話を続けた。

「その後、月山静香は法子夫人の秘書に納まった。もちろん、過去の不都合な経歴は隠してだ。ところが、そんな法子夫人の屋敷の離れに、遠い親戚である真柴晋作が現れた。真柴の顔をひと目見た瞬間、月山静香は愕然としたそうだ」

「彼女は過去に真柴と面識があったってわけね」

「そうだ。真柴は彼女の不都合な過去を知る存在だった。となると、その後の展開は想像がつくだろ。真柴はのらりくらりと法界院邸に居座りながら、陰で月山静香を脅していたわけだ。過去のことをバラされたくなければ、カネをよこせとね。そうして窮地に立たされた月山静香は真柴の口を封じることを決意し、あの夜、ついに犯行に及んだ――とまあ、そういった流れだったらしいな」

意外にも深刻な啓介の話を耳にして、三人のアラサー女たちは、しばし沈黙。やがて互いに顔を寄せ合うと、「とんだ、穀潰し野郎だわ！」「ホンマっちゃ、ロクに働きもせんで！」「お金持ちの遠い親戚ってだけの男がぁ！」と口々に怒りの感情をぶちまける。

彼女たちの言葉が、なぜだか自分に向けられているような気がして、啓介はなんだかいたたまれない気分。どうやら、これは余計な火の粉を被らないうちに、退散したほうが得策らしい。そう判断した啓介は、早々と話を切り上げ、すっくと立ち上がった。

「あ、そうそう、そういや法子夫人からの伝言があったんだ」

そもそも、それを彼女たちに伝えるために、ここにきたのだ。啓介は夫人の言葉を口頭で伝えた。

「法子夫人は今回の君たちの仕事振りに大いに満足されたそうだ。その活躍に免じて、いままでの滞納家賃はすべてチャラにしてくれるとのことだ。――良かったな」

瞬間、三人の顔に浮かぶ歓喜の表情。いまにも万歳三唱が始まりそうな浮かれた雰囲気がリビング全体を覆う。だが、そんな彼女たちのお祭り気分に釘を刺すように、「ただし！」と啓介は続けた。

「ただし来月の家賃は今回の件とは別なので、ちゃんと月末までに支払うように――以上だ」

突きつけられた甘くない現実。その困難さに思い至ったのだろうか。

三人の女たちは、いったん浮かべた歓喜の表情を、そのまま凍りつかせるのだった。

Case 2

洗濯機は深夜に回る

1

風薫る五月。ゴールデンウィークも終わり、学校では生徒たちの五月病の話題が深刻さを増す季節。だが関礼菜に限って、その心配はなかった。茶色いブレザーにチェックのミニスカート、紺色のソックスを穿き、ツインテールの黒髪をなびかせながら街を闊歩する礼菜。その姿は正面以外のどこから見ても女子高生。だが、ひとたび正面に回って疑り深い視線で彼女の様子を眺めれば、その肌、その髪、その目許、何よりも全体的な質感が十代のものではないことに気づくだろう。実際のところ関礼菜は、心は夢見る乙女でも、実年齢は二十九歳。現実の高校は十年以上前に卒業しているので、

「いまさら五月病になんて、なりたくてもなれませぇん……」

と街ゆく現役女子高生に羨望のまなざしを向けざるを得ない。それが礼菜の現状である。

ちなみに、そんな礼菜特有の女子高生ファッションは、彼女の内なるコスプレ趣味の自然な発露であり、彼女にとってけっして特別なことではない。コスプレ以外にも礼菜の趣味は多岐に渡っており、マンガ、アニメ、特撮、ゲーム、アイドル、探偵そしてBLと幅広い。——いや訂正、むしろ幅は結構狭い。偏っているといってもいい。だが、それらに注ぐ愛情は間違いなく深く濃いと自認する礼菜だった。

それが証拠に、彼女はつい数ヶ月前、勤めていた金融機関をクビ同然に辞めさせられたばかり。理由は、多くの趣味に精を出すあまり本業がおろそかになったから。それしか思い当たる節がない。以降、礼菜は複数のアルバイトを掛け持ちしながら食いつなぐ、綱渡りの毎日だ。会社員時代に住んでいた寮からも当然のごとく追い出され、路頭に迷った挙句、現在の礼菜は《ほぼ似たような境遇にある》ルームメイトたちと一軒のシェアハウスで共同生活を送っている。これも家賃を切り詰め、出費を抑えるための工夫のひとつだ。

もちろん家賃をどうこうする以前に、「趣味にかける努力と時間を現実的な労働に回せば良いのでは？」との指摘はもっともであるが、そもそもそれができるならば、元いた会社を辞めずに済んだはず。それができないのが関礼菜という女の性《さが》なのだった。

そんな礼菜は今宵、都内某所で開催された某女性アイドルグループのコンサートに参加した。コンサートは大盛況。優れた音響と派手な照明、キャッチーな楽曲とアイドルたちの上手か下手か判らない絶妙な歌唱力が渾然一体となり、ファンは熱狂、会場は燃えに燃え、揺れに揺れた。そしてライブ終演後は会場で遭遇した同類たちと、安い居酒屋で愉快に飲みニケーション（古いか）。すると結構イケメンの男性店員が申し訳なさそうな顔を礼菜に向けながら、「あのー、うちは高校生にはアルコールを提供できないのですが」などと真面目くさっていうものだから、礼菜はすっかり嬉しくなった。

――やった、私、現役女子高生と間違われてるッ！

後になってみれば、あれは店員の巧妙なリップサービスだったと気づくのだが、とりあえず礼菜は機嫌が良い。枝豆、串焼き、モツ煮にエイヒレ――彼女はバンバン注文を出し、グイグイと飲んだ。

結果、礼菜が中央線の電車で西荻窪駅に到着したのは、ちょうど午前零時のことだった。

高校の制服姿の若い女性（といってもアラサーなのだが）、それが深夜に真っ赤な顔で酒臭い息を吐きながら千鳥足で歩く姿は、西荻窪の道ゆく人々の目には、どのように映ったのだろうか。素行不良の女子高生に見えたか、酔っ払ったコスプレ・バーの女の子に見えたか。おそらくは後者の可能性が高いと思うが、おかげで礼菜は誰にも補導されることなく、無事に夜道を歩くことができた。

すると東京女子大学方面へと向かう道すがら、「おやぁ?」礼菜は気になる光景に目を奪われ、思わず足を止めた。「あれは、ひょっとひれ美緒ちゃんらいれすかぁ?」

全然呂律《ろれつ》の回ってない礼菜の視線の先には、あまり広くはない駐車場。その片隅に赤いパーカーを着た髪の短い女性の姿があった。腕組みしながら、なにやら大きな箱のような物体を眺めている。礼菜はふらつく足取りで、パーカーの女性のもとへと駆け寄った。「わあ、やっぱり美緒ちゃんですぅ」

「ん!? なんよ礼菜、いまごろお帰りかいや。——うわッ、なッ、酒臭ッ!」

赤いパーカーの女は顔をしかめると、慌てて鼻を摘んだ。

彼女の名は占部美緒。礼菜とともにシェアハウスで暮らす《ほぼ似たような境遇にある》ルームメイトのひとりである。年齢はひとつ上の三十歳。同じ屋根の下に暮らす同性同士ということで、礼菜に対して遠慮というものがない。——にしても、会うなり「酒臭ッ!」は酷いのでは?

憤りながらも礼菜は気を遣って、同居人から一歩距離を取った。「美緒ちゃんは、バイトの帰りですかぁ? 随分、遅いんですねぇ」

「ああ、牛丼屋のバイトが延びたんよ。急に欠員が出て、深夜までやってくれって頼まれたけえ、引き受けたら遅くなった。けど、お陰でええもん見つけたっちゃ」そういって美緒は傍らの大きな箱を自慢するように掌でバシンと叩いた。「見ぃーよ、これ」

いわれて礼菜は、あらためてそこに置かれた箱形の物体に視線を向けた。

「ふーん、これ洗濯機ですねぇ。ここに落ちていたんですかぁ?」

「そういうこっちゃ。『落ちていた』ちゅう表現が適切かどうかは知らんけど、とにかくここにあった。一槽式の全自動洗濯機。ドラム式に対して縦型とかって呼ばれるタイプじゃね。特にこれは洗濯機としては、かなり大きいサイズじゃけえ、容量八キロか、あるいは十キロちゅうところじゃろう。某国産メーカーが昨年発表した割と新しいタイプっちゃよ」

美緒は家電に詳しい。なにしろ大型家電量販店の販売員をつい最近クビになったという、輝かしくも哀しい経歴の持ち主だ。そんな美緒に礼菜が尋ねた。「もしかして、まだ使えますかぁ？」

「おう、可能性は充分あるっちゃ」美緒が力強く頷く。

だがそれは願望も含めてのことだろう。というのも、実は礼菜たちのシェアハウスで活躍していた古い洗濯機（いまどき珍しい二槽式）が最近ついに壊れて動かなくなった。したがって現在、彼女たちの洗濯は近所のコインランドリー頼みなのだ。この廃棄された洗濯機が、もし使える状態にあるならば、それはまさに渡りに舟ということなのだが――

「しかし問題がありますぅ」礼菜は洗濯機の上に貼られたＡ４のコピー用紙を指で示しながら、「ほら、ここには《区役所に連絡済》って書いてありますぅ。これって、粗大ゴミとして捨てられているんですよね。きっと明日になれば、区役所の人が回収にくるんでしょう。勝手に持っていっちゃ駄目なやつなんじゃありませんかぁ？」

「いや、そねえなことはない。どうせ、これは不法投棄じゃけえ」

「えー、なぜ判るんですかぁ、不法投棄だと？」

「なぜって、区役所は洗濯機や冷蔵庫みたいな大型家電を引き取ってくれんちゃ。それをやってくれるのは区役所じゃなくて小売店なんよ。ただし、その場合でも結構なお金がかかる。じゃけえ、こういう不法投棄をする輩がときどき現れるっちゃね」

「ふーん、じゃあ《区役所に連絡済》は、いかにもそれらしい嘘ってことですかぁ」

そういって礼菜は洗濯機の蓋を開け、洗濯槽を覗き込む。深夜の暗がりが邪魔をして、洗濯槽の中の様子はあまり判然としなかった。いちおう中はカラッポだ。多少汚れているかもしれないが、洗濯槽がまったく駄目になっている、というような感じはしない。蓋を閉じて筐体《きょうたい》の外側を眺めてみても、目立った傷や凹みは見当たらなかった。首を傾げる礼菜に、美緒が腕組みしながら聞いてくる。

「どーよ、礼菜？　見た目だけなら、まだ全然、使える感じに見えるじゃろ。そう思わん？」

「確かに、見た目はまだ綺麗ですぅ。でも、きっと中身が駄目になっているんですよ。でなければ、わざわざ真新しい洗濯機を捨てるわけがありませぇん」

「いやいや、そうでもないっちゃよ。まだ使える家電製品を訳あって捨てる。そういうケースも多々あるんじゃけえ。たとえば最近、この街に誰かが引っ越してきたとする――」

「お引っ越しのシーズンは、もう過ぎましたけど」

「遅れて引っ越してくる奴も、きっとおるっちゃ」最後まで聞かんかい、とばかりに美緒は礼菜を睨みつけた。「とにかく、その引っ越してきた人物は、大きな洗濯機を持っとった。で、いざそれを新居の玄関から室内に運び込もうとしたところ、そこに思わぬ悲劇が！」

「あ、洗濯機が大きすぎて玄関から入りきれなかった、とか？」

「あるいは玄関は通れたけれど、洗濯機置き場のスペースに入りきれんかった、とか。いずれにしても、その洗濯機は新居のサイズに合わんかった。さて、この場合、新居を捨てるか洗濯機を捨てるか、礼菜ならどっちを選ぶ？」

全然二択になってない。事実上の一択だ。「その状況なら誰だって洗濯機のほうを手放しますぅ」

「じゃろう。そういう迂闊な奴が、この街に引っ越してきた可能性は充分にある」

なるほど、元家電販売員だけあって、美緒の話には説得力がある。彼女の言葉を聞くうちに、礼菜の中にも期待感がむくむくと膨らんでいった。もし美緒の仮説どおりだとするならば、この洗濯機、ここに捨て置くことはない。「うふッ、やりましたね、美緒ちゃん！」

「ひひッ、やったなあ、礼菜！」

美緒と礼菜は互いに共犯者の笑みを浮かべると、その場で喜びのハイタッチを交わした。


ゴロゴロゴロゴロ――深夜の西荻窪に耳障りな音が響く。

雷の音ではない。美緒と礼菜が洗濯機を運ぶ音である。

実におあつらえむきなことだが、駐車場に《落ちていた》洗濯機は、四つのキャスターのついた台車の上に載っていた。なので、女性二人が軽く押すだけで、大型洗濯機は楽々と移動させることができるのだった。そうして近所迷惑な音を響かせること十数分。二人は今宵の戦利品をゴロゴロ転がしながら、無事にシェアハウスの門前へとたどり着いた。

門柱には表札の代わりに『かがやき荘』の文字。これが礼菜たちの暮らすシェアハウスの名前である。輝きそうもない女たちが暮らしていながら『かがやき荘』とは皮肉なネーミングと思わなくもないが、金持ちの大家が思いつきで付けた名前だから文句はいえない。

ちなみに鉄筋二階建ての建物は、サイコロのような四角四面の形状をしており、まるで飾り気がない。やはり『かがやき荘』の名前は実態に合ってはいないようだ。そんなシェアハウスの小さな門扉を全開にして、礼菜は洗濯機の進路を確保した。「ここから先は持ち上げて運ぶしかありませぇん」

「仕方がない。とりあえず玄関先まで二人で運ぶっちゃ」

美緒と礼菜は洗濯機の両側につくと、ここぞとばかりに、「ふんぬッ！」「うをりゃ！」と人目も憚《はばか》らず男性的な唸り声。大きくて重たい洗濯機はゆっくりと持ち上がった。「むぐをぉ！」「ぬをおぉ！」異常な気合を入れながら二人は門を通り抜ける。やがて二人は洗濯機を玄関先まで運び終えた。

礼菜はいったん門前に戻ると、そこに残っていた台車を両手で抱えて、また玄関先へとトンボ返り。一方、美緒は玄関扉を開けて、建物の中にいるであろう、もうひとりのルームメイトに呼びかけた。

「葵ちゃーん！　ええもん拾ってきたよー」

『かがやき荘』に暮らす女性は三人。関礼菜と占部美緒と、あとひとり。その人物は室内にいるはずだ。先ほどから建物の窓に明かりが見えているから間違いない。だが美緒の呼びかけに返事はなかった。顔を見合わせながら首を傾げる美緒と礼菜。礼菜は手にした台車をシューズボックスに立て掛けて置くと、靴を脱いで家に上がった。美緒も後に続く。

短い廊下を進んだ礼菜は、その先の扉を開け放つ。そこは住人たちの共用リビングだ。フローリングの床の上にローテーブルがあり、ソファがある。壁際にはテレビや本棚。お値打ち品のフィギュアを飾った棚などもある。そんな中――「んがーッ、んがーッ」

わざわざ硬い床の上に寝っ転がって、盛大な鼾《いびき》を掻いている女性が約一名。小野寺葵だ。背中にかかる長い髪と知的な眼鏡がトレードマークの三十一歳。三人の中では最も年上だ。最近、勤めていた会社をクビになって――という説明は繰り返しになるから、もう必要ないだろう。要するに彼女もまた礼菜や美緒と《ほぼ似たような境遇にある》ひとりである。

そんな葵は、長袖の白いTシャツにタイトなデニムパンツというラフな装い。その片足はだらしなくソファの端に引っ掛かっている。右手に握られているのは、半分ほど残った焼酎のボトル。テーブルの上には空になったサバ缶二つとグラスがひとつ。この状況が何を意味するかは一目瞭然だ。

「葵ちゃん、ひとりで飲んでて、潰れちゃったんですねぇ」

「だらしないっちゃねえ。しょうがない、洗濯機のお披露目は明日にしよ」

「そうですねぇ。もう夜も遅いですもんね。――じゃあ、洗濯機はあのままで？」

「ああ。まさか、いまどき洗濯機泥棒が現れる心配もないじゃろうけえ」そういいながら美緒は眠そうにあくびを一発。「ほんじゃあ、ウチ、歯ぁ磨いて寝るけえ」

「私もそうしますぅ」といった礼菜はふと気になって、床で鼾を掻くいちばん駄目なルームメイトを指差した。「ところで、葵ちゃんはどうしましょうかぁ？」

するとと美緒は何の心配もないといった顔で、キッパリと断言した。

「大丈夫。目が覚めたら、勝手に自分の寝床に戻っていくっちゃ」


ところが、それからしばらくの時間が経過して――「起きて。ちょっと起きなさいよ、礼菜！」

聞き覚えのある女の声で、礼菜は眠りから目覚めた。いったい誰だろうか。だが礼菜が目を開けようとした次の瞬間、「起きなさいってば！」女はいきなり彼女の頰に火の出るような往復ビンタ。さらに礼菜のパジャマの胸倉を摑むと、鼻を摘んだり頰をつねったりコメカミを拳でグリグリしながら、

「ほらほら、礼菜、起きなさいったら起きなさ……」

「起きとるわぁ――ッ」

ついに堪忍袋の緒がぶち切れた礼菜は、布団もろとも女の身体を蹴り上げた。女は「ぎゃん」と悲鳴をあげて礼菜のベッドから転がり落ちると、床の上にゴツンと頭をぶつけた。

礼菜は慌ててベッドサイドの明かりを点ける。「痛テテテテ……」と後頭部を押さえながら床に転がるのは、髪の長い眼鏡の女性。小野寺葵だった。礼菜は若干の恐怖を覚えながら、年上のルームメイトにベッドの上から問い掛けた。「ど、どうしたんですか、葵ちゃん？　こんな夜中に……って、

いま何時ですかぁ？　わ、まだ三時じゃないですか。なんで私、こんな時間に往復ビンタで起こされなくちゃならないんですかぁ！」

「シッ」葵は礼菜の質問には答えず、いきなり人差し指を唇に当てた。「ほら、聞こえない？」

いわれて礼菜も耳を澄ます。どこか遠くのほうで「んごーッ、んごーッ」と獣の唸り声のような音が響いている。礼菜は首を傾げた。

「なんですか、あの音？　ひょっとして美緒ちゃんの鼾ですかぁ？」

「んなわけないでしょ。美緒だっていちおう女子なんだから、あんな鼾は掻かないわ」

「…………」えーっと、そういう葵ちゃんは、まさしくあんな鼾を掻いてましたけど……

だが迂闊に真実を語れば、相手を深く傷つけるばかりだ。アラサー同士、無駄な血を流す必要はない。そう判断した礼菜は、鼾のことを脇に置き、違う意見を口にした。

「なんだか、よくよく聞くと規則正しい音ですねぇ。『んごーッ、んごーッ』って」

「でしょ。私がリビングの床で目覚めたら、どこからか、あの音が聞こえてきたの。何だか判らないけど、機械的な音みたい。いったい何かしら。不気味だわ」

「はあ、確かに機械的な——ハッ」

礼菜は思わず目を見開き、ベッドから降り立った。「ひょっとして、あれは洗濯機！」

「ん、洗濯機!?」葵は眼鏡の奥から怪訝そうな視線を向けた。「何いってるの、礼菜？　この家の洗濯機は最近壊れてウンともスンともいわなくなったばかりじゃない」

「ええ。それで実は新しいのを——」

「え、買ったの？」

「いいえ、拾ったんです」

「え、拾ったの!? 洗濯機を!? 嘘、呆れた……」といいつつ、葵の右手は『グッジョブ!』といわんばかりに親指が真っ直ぐ立っている。「まあ、いいわ。とにかく確認してみましょ。その洗濯機、どこに置いてあるの?」

「玄関先に置きっ放しになっているはずですぅ」

礼菜はパジャマ姿のまま扉を開けて自分の部屋を出る。葵も後に続く。二階の廊下に出ると、やはり同じ異変に気づいたのだろう、そこには寝間着代わりのスウェットを着た美緒の姿があった。礼菜は彼女のもとに駆け寄りながら、「ねえ、美緒ちゃん、あの音って……」

「うん、たぶん」美緒は小さく頷くと、階段を指差した。「とにかく、いってみるっちゃ」

礼菜と美緒はすぐさま階段を下りる。いちばん訳が判っていない葵が二人の後に続く。一階のリビングから短い廊下。その先にある玄関で三人は靴を履く。謎めいた機械音は、すぐ傍に聞こえている。護身用にと考えたのだろう、葵は玄関にあった長い傘を手にした。

「ええね、いくっちゃよ」

美緒の言葉に礼菜が無言で頷く。葵は両手で傘を握って身構える。

「いっせーの」掛け声とともに、美緒が玄関扉を押し開く。「――せッ!」

礼菜、美緒、葵の三人は揃って玄関先へと飛び出した。敵を威嚇するように長い傘を振り上げる葵。だが結局、葵は振り上げた傘を、そのまま下ろすしかなかった。

「……な、なによ、これ?」

玄関から漏れる明かりの中。そこには確かに先ほど拾ってきたばかりの洗濯機が、ただ一台あるのみ。そしてそれはいままさに洗濯の真っ最中だった。礼菜たち以外、誰の姿もない玄関先で「んごーッ、んごーッ」と回転音を響かせる全自動洗濯機。念のため蓋を開けてみると、洗濯槽の中では大量の汚れた水が渦を巻いている。その様子は、どこか現実離れしたシュールな光景にも思われた。

「せ、洗濯しちょるッ！」

「せ、洗濯してますぅ！」

驚き呆れる二人の横で、葵はブルッと肩を震わせ、こう叫んだ。

「どういうことよ、これ！　なんか気色悪ッ！」

2

「それでは、わたくしはこれで失礼いたします。どうか北沢《きたざわ》様もお風邪のほうをお大事に——じゃなくて、お身体をその、なんというか、そう、お身体、ご自愛くださいませ……」

辞去する際の決まり文句に大失敗して、成瀬啓介はしどろもどろ。玄関扉の手前で赤面しながら頭を下げると、ガウンを羽織った七十代の老婦人は愉快そうに笑みを浮かべた。

「ありがとう。わざわざ、きていただいた上に、いろいろとコキ使ってしまって、ご免なさいね。なにせ普段私の面倒を見てくれている甥っ子が海外旅行中でしょ。そんな最中に、悪い風邪なんてひいてしまったものだから、本当に弱っていたのよ」

そういって老婦人はコホコホと力ない咳を繰り返した。「だけど、あなたがきてくれたおかげで、随分助かったわ。買い物もしていただけたし、部屋のお掃除もできた。おまけにお見舞いの品までいただいてしまって。法子さんには、よろしくお伝えくださいね」

「はい。確かにお伝えいたします。それでは北沢様、また明後日に……」

「ええ、午前十時ね。お待ちしているわ」

マンション特有の無愛想な玄関扉を開けて、啓介は北沢加奈子《かなこ》の部屋を辞去した。廊下に出るなり、ダークスーツの胸に手を当て、ホッと息を吐く。老婦人とはいえ初対面の女性を相手にするというのは緊張するものだ。できれば誰かに代わってもらいたいところだが、仕方がない。

――これも秘書としての雑用のひとつだしな。

心の中で呟く成瀬啓介は、かの有名な法界院財閥の会長、法界院法子の秘書である。

といっても、彼女ほどの大物になれば秘書の数も多い。上から第一秘書、第二秘書、第三秘書……ときて、啓介は自分が何番目であるか、いまだ把握しきれていない。そもそも、法界院法子夫人は世間的には大財閥を牛耳る女傑だとしても、啓介にとっては子供のころから知っている昔馴染みの親戚のおばさんに過ぎない。そんな法子夫人から三顧の礼で迎えられて（といいながら実際は強引な説得に屈しただけだが……）彼が夫人の秘書となったのは、ついこの四月のこと。それから約一ヶ月が経過したものの、啓介が任される仕事は、いまのところ主に雑用ばかりである。

友人知人へのお届け物だとか、お礼状、案内状の作成だとか、運転手代わりに黒塗りのベンツを走らせたりとか、自販機でコーヒー牛乳を買ってきたりとか、コンビニで惣菜パンを買ってきたりとか。まるで運動部の意地悪な先輩から使いっ走りを頼まれる下級生並みの扱われ方である。そういえば西荻窪のシェアハウスに巣食うアラサー女どもに滞納家賃を請求する、なんていう仕事もあった気がする。

そんなわけだから、いまのところ成瀬啓介が上から何番目の秘書であるかは不明であるが、下から一番目の見習い秘書であることだけは疑問の余地がないのだった。

そんな啓介が、本日訪れたのは西荻窪にあるマンション『ハイム西荻』。その五階の一室に暮らす北沢加奈子という女性に、お見舞いの品を届ける。と同時に、風邪で体調を崩している北沢加奈子から要求を聞いて、彼女のお役に立つこと。それが法子夫人から啓介に言い渡された仕事だった。

早い話が臨時のヘルパーというわけだ。

正直、北沢加奈子という女性と法子夫人が、どういう関係にあるのか、啓介はよく知らない。昔、世話になった人らしいのだが、法子夫人は詳しく説明してはくれなかった。部活の帰りに惣菜パンなど奢ってもらった仲だろうか。いや、たぶんそうではあるまい。法子夫人は女傑とはいえ、まだ四十代の後半。七十代の老婦人とは、あまりに年齢が離れ過ぎている。

「まあ、いっか。おばさんとおばあさんの関係性なんて、どうでも……」

とにかくお見舞いの品は渡せた。風邪をひいた老婦人の要求にしたがって、買い物の代行もしたし、部屋の掃除もしてあげた。洗濯機の傍に置かれた洗濯籠の中には、洗濯物が溜まっているようだったから、洗ってあげようかとも思ったのだが、それは彼女のほうが遠慮した。七十過ぎとはいえ女性は女性。初対面の男性にそこまで任せる気にはならなかったのだろう。風邪気味とはいえ、見たところさほど体調も悪くなさそうだったから、法子夫人にはそのように報告すればいいだろう。

「しかし、こんな雑用中の雑用を、また明後日もかよ……」

俺って本当に秘書なのかな？　と素朴な疑問を口にしながら、啓介はマンションの廊下を歩き、エレベーターで一階へと降りる。オートロックのガラス扉越しに、共用玄関が見える。そこにはスーツを着た黒縁眼鏡の中年男性の姿があった。

男は誰かを待つように、ぼうっと佇んでいる。啓介は何ら不審を抱くことなく、オートロックのガラス扉の前に立った。自動で開くガラス扉。啓介は共用玄関へと出た。と同時に、眼鏡の中年男性が閉まりかけたガラス扉をすり抜けるようにして、マンション内へと入っていった。若干の不審を覚えながら啓介は、「――ん!?」と一瞬後ろを振り返る。目の前でガラス扉が閉まった。オートロックだから、もう啓介は中にはいることはできない。「…………」

啓介はガラス越しにあらためて男を観察した。

グレーのスーツを着た小柄な中年だ。頭頂部の髪の毛が薄くなっている。男は啓介がさっき降りたエレベーターの箱に、ひとりで乗り込んでいった。このマンションの住人だろうか。それなら何も問題はない。だが、いまのような侵入方法というのは確か――

「泥棒がマンションに忍び込むときに、よく使う手口だよな」

かといって、もちろん泥棒と決めつける根拠もない。鍵を忘れたマンション住人かもしれないし、単に知り合いを訪ねてきただけの人かもしれない。可能性はいくつも考えられる。

男の乗ったエレベーターが何階に向かったのかは、啓介にも判らなかった。

「ま、いちいち俺が気にすることでもないか……」

呟いた啓介は気を取り直して前を向くと、『ハイム西荻』を後にしたのだった。

3

マンションを出ると、そこは西荻窪の住宅街だ。少し歩けば名門のご令嬢が通う東京女子大、その向こうは善福寺《ぜんぷくじ》公園。緑豊かで閑静な街並みは生活環境として申し分ない。これであとちょっとだけ、杉並区と武蔵野市の境界線が東にずれていたなら、この付近も『西荻窪』ではなく『東吉祥寺《きちじょうじ》』と呼ばれていたはず。いまごろは《若者たちが住みたい街ランキング》の第七位ぐらいにはなっていたかもしれない。そうならなかったことは、この街にとって幸運なのか不運なのか。それは判断の分かれるところだが、ともかく平日の西荻窪界隈は人通りも少なく、どこかのんびりした雰囲気。住宅街の家々を眺めながら駅へと歩く啓介は、このまま携帯の電源を切り、適当に散歩でもして時間を潰したい気分だった。

すると、そのとき――

ふいに啓介の視界に飛び込んできたのは、サイコロのような四角四面の二階建て建築。法子夫人が所有するシェアハウス『かがやき荘』だ。どうやら、ぶらぶらと住宅街を歩くうちに、馴染みの一角に足を踏み入れてしまったらしい。「まあ、そうはいっても平日の昼間だ。あのアラサー女たちも、いまごろはみんな必死になってバイトに精を出してい……」

「あ、成瀬さぁん」

狭い庭と道路を隔てるブロック塀。その向こう側からぴょこんと顔を覗かせたのは、黒髪ツインテールの少女――のフリをしながら二十九歳の日常を送る風変わりな女子、関礼菜だ。啓介は思わず眉をひそめて、彼女の顔を見詰める。すると、なぜか礼菜は妙に慌てた素振り。あたふたと玄関の扉を開けると「大変ですぅ、きました、きましたよぉ」と誰かに呼び掛けながら、いったん建物の中に姿を消した。

「なんだ、いったい？　様子が変だな」

首を傾げていると、再び玄関扉が押し開かれ、今度は中から礼菜を含む三人の女たちがぞろぞろと姿を現した。『いまごろはみんな必死になってバイトに精を出しているはず』なんて思った自分は、どうやら相当な甘ちゃんだったらしい。バイトに精出すどころか、平日の昼間にアラサー女たちは揃いも揃って自宅で過ごしていたのだ。これでは今月分の家賃の支払いも、危ないと考えざるを得ない。

ここはひとつ法子夫人に成り代わって、見習い秘書である自分が彼女たちに一本釘を刺しておく必要がありそうだ。啓介は自ら門扉を開けて、『かがやき荘』の敷地へと足を踏み入れていった。

「おい君たち、悪いがちょっと話がある」

するとニ人組のリーダー格、身長も年齢もいちばん上の女、小野寺葵が自ら一歩前に進み出た。

「ちょうどいいわ、成瀬君。私たちも、あなたに話したいことがあるの」

「ああ、判ってる」皆までいうな、とばかりに啓介は片手を挙げた。「今月分の家賃が払えそうもないから、少しだけ待ってください――とかいうんだろ。まあ、そりゃそうだよな。平日の昼間から三人揃って自宅で寛いでいたんじゃ、一円の稼ぎにもならないもんな」

啓介が精一杯の皮肉を口にすると、三人はすぐさま玄関先で顔を寄せ合いながら、

「ねえ聞いた、いまの?」「ホンマ、腹立つわー」「もはや言葉の暴力ですぅ」「いったい、何様のつもりかしら」「自分のこと棚に上げよって」「正真正銘のロクデナシですぅ」

と大きな声でヒソヒソ話。明らかに、こちらに聞かせるための密談だ。なぜ、自分はこんなにも彼女たちに嫌われているのだろうか。不満を覚える啓介は、三人に問い掛けた。

「いいたいことがあるなら、堂々と話せよ。どうせ家賃の話なんだろ?」

「違うわ」葵がキッパリと首を振る。

「え、違う!?」たちまち啓介は事態が見えなくなった。家賃以外のことで、この三人組に敵視される覚えはない。「な、なんだよ、家賃の話じゃないなら、いったい僕に何の話だ?」

すると再び葵がキッパリと答えていった。「きまってるでしょ、洗濯機の話よ」

「はあ、洗濯機……!?」

目の前で三人の女たちが腕組みしながら、いっせいに首を縦に振る。

啓介には、何のことだかサッパリ意味が判らない――

それからしばらくの時間が経過。『かがやき荘』の共用リビングにて、啓介は三人組から奇妙な話を聞かされたところである。葵の言葉どおり、それはまさしく洗濯機の話だった。

「……なるほど。拾ってきた洗濯機が深夜三時に勝手に洗濯をねえ」

なんだそりゃ、出来の悪い怪談、それとも都市伝説か？　そんな呟きが漏れそうになるのをぐっと堪えて、啓介は真剣な表情で頷いた。「で、それは三日ほど前の出来事なんだな」

「五月十五日金曜日の深夜っちゃ」と美緒が頷く。

「正確には十六日土曜日の未明ですぅ」と礼菜が補足する。

今日は週が変わって十八日月曜日の昼間である。啓介は顎に手を当てながら質問した。

「いまの話でよく判らないところがあるな。まず、洗濯機の電源はどこなんだ？　この家の玄関先にはコンセントがあるのか？」

「はい、ありますよ、コンセント」と礼菜が答えた。「普段はセンサー式の防犯ライトの電源になっているコンセントですぅ。この犯人はライトの電源プラグをコンセントから引き抜き、代わりに洗濯機のプラグをそのコンセントに差し込んで使用したんですぅ」

「じゃあ電源はそれでいいとして、水はどこから？　洗濯槽の中は水が一杯に溜まっていたんだろ」

「水道の蛇口なら庭にあるっちゃ」と美緒が答えた。「庭に水を撒いたりするためのもので、その傍にはホースも置いてあった。犯人はその蛇口とホースを使って洗濯槽に水を溜めたんじゃと思う」

「なるほど、水も問題なしか。では肝心なこと聞くけど」啓介は美緒と礼菜を交互に見やりながら、「結局その洗濯機は何を洗っていたんだ？」

「雑巾よ」と横から答えたのは葵だ。「庭先の物干し竿に使い古した雑巾が何枚かぶら下げてあったの。玄関や窓の掃除に使った、もうボロボロの雑巾よ。それが洗濯槽の中で念入りにお洗濯されていたわ。私たちにひと声かけてくれれば、洗剤を貸してあげたのに」

葵は見えない犯人に皮肉を呟く。どうやら犯人は、洗剤を使わずに水道水だけで数枚の雑巾を洗っていたらしい。それでは洗濯物もさほど綺麗にならなかったはずだが、そもそも雑巾を綺麗にするために、わざわざ他人の家の洗濯機を使ったわけでもあるまい。犯人の行動はまるで意味不明のように思える。

「で、その深夜に回っている洗濯機を発見して、君たちはどうしたんだ？　まさか、そんなことで警察を呼んだりはしないよな」

「当たり前でしょ。気味悪いと思いながら、しばらくは洗濯機が回る様子を眺めていたけど、なにせ深夜三時。洗濯機の音が近所迷惑になりそうだったから、『時間短縮コース』の途中で、停止ボタンを押したわ。それから洗濯槽の水を抜いたの。汚れた排水で庭が水浸しになったけど、仕方がないわ。そうやって軽くなった洗濯機を、三人で建物の中に運び込んだのよ。だって、玄関先に置きっぱなしにしていたら、また誰かが洗濯しに現れるかもしれないじゃない。そんなの嫌だから、さっさと中に入れたの」

「いまは洗面所の洗濯機置き場に、置いてあるっちゃ」

「ちゃんと活躍中ですぅ。まったく問題ありませぇん」

「普通に使ってるのかよ。呆れたな」啓介は、やれやれ、というように首を左右に振った。「だったら、べつに問題ないじゃないか。要するに、その拾った洗濯機はどこも壊れてはいなかったんだろ。儲かったな、新しい洗濯機を買わずに済んで」

「そうはいかないわ。誰が真夜中の洗濯をおこなったか。深夜三時に他人の家の玄関先で洗濯機を回す、その理由は何か。そこを明らかにする必要があると思わない？」

眼鏡の奥から鋭い視線を向ける葵。啓介は思わず首をすくめながら、

「そうかな？　べつに、いいんじゃないか。どうせ誰かの悪戯だろ」

「ただの悪戯にしては、手が込んでいるわ。犯人は洗濯機の電源プラグをコンセントに差し込み、水道の蛇口と洗濯槽をホースで繫ぎ、物干し竿の雑巾を洗濯槽に放り込み、『時間短縮コース』を選択してから、スタートボタンを押した。ここから判ることは、なに？」

「そうだな。犯人は偶然その場にあったものを利用している。臨機応変な犯人像が浮かび上がる、かな？　ま、そんなもん浮かび上がったところで、どうしようもないが」

「そうかもしれないわね。だけど、こういうふうにも考えられると思わない？」

葵は人差し指で眼鏡のブリッジを押し上げながら、意味深な視線を真っ直ぐ啓介へと向けた。

「この犯人は『かがやき荘』の状況に精通している。どこにコンセントがあり、どこに水道の蛇口があるか、それを前もって把握していた」

「なるほど、そういう考え方もあるな」ふむふむ、と頷きながら啓介は、自分に向けられた三人の視線が妙に険しいことに気づいた。「なんだ、君たち。犯罪者を眺めるような目で僕を見て――え！」

事ここに至って、啓介はようやく理解した。彼女たちが、この意味不明な話を自分に対して敢えて語った、その訳を。啓介は自分の顔を指差しながら、上擦った声でいった。

「おいおい、ひょっとして君たち、僕のことを疑ってるのか？　僕が深夜に、この家の玄関先で洗濯機を回したと？　馬鹿な。そんな無意味な真似、するわけないだろ」

「あなたというより、むしろあの強欲なおばさんの仕業ね」

「なんだって。じゃあ、法界院法……」と啓介はうっかりその名を口にしかけながら、「え、強欲なおばさん!?　誰だよ、それ、全然判んねえ」と全力でとぼけてみたが、我ながらワザとらしい演技だ

と苦笑せざるを得ない。強欲なおばさんといえば、その正体は明らかだ。

「よく判ってるじゃない。そう、その人よ。法界院法子夫人のこと」葵は口許にニヤリとした笑みを浮かべながら続けた。「なにせ、あなたは法子夫人の飼い犬だもの。彼女がひと言命令を下せば、あなたは何だってせざるを得ない。そういう立場でしょ？」

「じゃあ、なにか。法子夫人が深夜三時に僕に向かって命令したのか。『啓介君、あなたいまからひとっ走り西荻窪までいって、洗濯機を回してらっしゃい』とか、なんとか」

「さあね。『洗濯機を回してらっしゃい』とはいわないでしょうけど、なんらかの嫌がらせを命じた可能性はあるわ。夫人の命を受けたあなたは、深夜に『かがやき荘』を訪れて、偶然、庭先に洗濯機を発見。臨機応変に電源や水を確保し、その場で洗濯機を回して見せた——え、嫌がらせをする理由？　そんなのきまってるじゃない。家賃滞納の常習犯である私たち三人を、この家から体よく追い払うためよ。そう、今回の洗濯機事件はすべて悪徳大家である法界院法子夫人が仕組んだことだったんだわ。——いいわね、美緒、礼菜！　こんな嫌がらせに屈しちゃ駄目よ！」

「判っとるよ、葵ちゃん。ウチは絶対くじけんちゃ」

「そうですぅ。資本主義の豚どもの言い成りになってはいけませぇん」

「…………」資本主義の豚って、法子夫人のことか？　だけど《豚ども》ってことは、自分も含まれるのかな？　さっきは《飼い犬》とも呼ばれていた気がするが。しかしまあ、犬か豚かはともかくとして、三人組の考えはよく理解できた。要するに彼女たちは、檻の中に囚われているのだ。《被害妄想》という強固な檻の中に。

　啓介は三人組に向かって哀れむような視線を送りながら、静かに口を開いた。

「なんというか、馬鹿馬鹿しくて反論する気にもならないが、いちおういっておこう。僕は洗濯機を深夜に回した犯人じゃない。もちろん法子夫人もだ。べつに無実の根拠を示す必要もないと思うが、敢えていわせてもらうならば、その嫌がらせは家賃滞納の常習犯を追い出すための手段としては、いささか手ぬるいんじゃないか。現に、洗濯機は事件の後もちゃんと使われているんだろ。本気で君たちに嫌がらせをするなら、その洗濯機をもっと滅茶苦茶にする手段が他にあったはずだ。そう思わないか？」

啓介の筋の通った反論を聞いて、葵たち三人は気まずい顔で黙り込む。どうやら彼女たちも、自分たちの仮説に対して、そこまで確信を持っているわけではないらしい。啓介は強気に続けた。

「嫌がらせか悪戯か、あるいは犯人にしか判らない特殊な目的があったのか、それは僕にも正直よく判らない。だけどまあ、なんだっていいじゃないか。結局、君たちに実害はゼロだったんだろ」

啓介の問い掛けに、葵と美緒が揃って頷く。礼菜に至っては「雑巾が少し綺麗になりましたぁ」と実害ではなく、むしろ実益のほうを口にした。

「だったらそれでいいじゃないか」そういって啓介はすっくと立ち上がる。そして別れの挨拶代わりに、三人に対してあらためて釘を刺した。「そんな、くだらない出来事に構っていないで、別の問題を考えたらどうだ？　たとえば今月の家賃をどう捻出するか、とか……」

すると啓介の言葉を聞いたアラサー女たちは、怯えたように身を震わせながら、

「い、いわないでちょうだい！」

「ほ、ほっといてくれっちゃ！」

「か、考えたくありませぇん！」

と彼に対していっせいに背中を向ける。それを見て、啓介は盛大な溜め息をついた。

——やれやれ、《被害妄想》の次は《現実逃避》かよ！

その日の夜。荻窪のお屋敷街。その一角にデンと建つ法界院邸にて。

法子夫人の書斎兼執務室では、ピンと背筋を伸ばした啓介が手帳を片手にしながら、本日の業務報告をおこなっているところだった。「……北沢加奈子様にお見舞いの品物をお届けしましたところ、北沢様はたいそうお喜びになられまして……はい、北沢様のご要望に従い、わたくしが買い物の代行と部屋のお掃除を……ええ、北沢様はお風邪を召していらっしゃるとはいえ、血色も良いご様子で……明後日またお伺いする約束を……以上です」

啓介の報告を黙って聞いていた法子夫人は、ホッとしたように息を吐いた。

「そう、加奈子さんは深刻な状況ではなかったのね。それはなによりだったわ。メールでは気弱なことをいっていたから、心配してあなたを派遣したんだけど」そして夫人はデスク越しに見習い秘書の姿を眺めながら、「ありがとう、啓介君。いつも雑用ばかり押しつけて悪いわね。もう下がっていいわよ」

「はあ、はい……」

答えながら、啓介は法子夫人のデスクの前でそわそわ。そんな彼の様子を見て、夫人は怪訝そうな顔を彼に向けた。「どうしたのよ、啓介君。何か言い足りないことでも？」

「ええ、はい……あの、つかぬことを伺うようで恐縮ですが会長……いえ、法子さん」

といって啓介は遠い親戚である夫人に対して、これ以上ないほど真剣な問いを発した。「最近、西荻窪方面で深夜に洗濯など、なさっていませんか？　僕にだけは真実を話してくださいね……」

すると法子夫人は一瞬ポカンとした表情。そして不思議そうに聞き返した。

「はぁ、深夜に洗濯!?　なんで私がそんな真似するわけ!?」

4

そうして迎えた翌々日、五月二十日水曜日の午前十時前。黒塗りのベンツの運転席に座る啓介は、一路、西荻窪へ向けて車を走らせていた。『ハイム西荻』の北沢加奈子宅を再び訪ねるためである。

だが、この日の啓介はひとりではない。後部座席には真っ赤なスーツを身に纏う法子夫人の姿。彼女はシートの上で優雅に脚を組み、自分と北沢加奈子との関係について、いまさらのように語った。

「加奈子さんはね、私がうら若き女子高生だったころに、家庭教師として法界院家に出入りしていた方なの。いわば、私の先生ね。高校を卒業してからは会う機会も減ったけれど、お付き合いはずっと続いていたわ。そんな加奈子さんも七十歳を過ぎて、最近は体調も良くないみたい――と、そんな噂を聞いていたの。そうしたら、彼女のほうから『風邪をひいたから誰か寄越して』みたいなメールがあったから、ちょうどいいと思って、それで先日あなたを派遣したってわけ。だって、ほら、こちらからいきなり訪ねていって、『ああ、会わなきゃよかった……』みたいなことになったら嫌でしょ」

「はあ。自分の行く末を見るようで嫌だと？」

「そんな意味じゃないわよ！　いろいろ気を遣うことが多いってこと」法子夫人は運転席の啓介を一喝すると、「でも、お元気なら何も問題はないわ。私も久しぶりにお会いしたいと思っていたところだったのよ。いきなり私が顔を出したら、きっと加奈子さんもビックリするわ。ふふッ、楽しみね」

夫人は悪戯好きな子供のように無邪気な笑みを覗かせた。

やがて車は、西荻窪の住宅街に建つ『ハイム西荻』に到着。近くのコインパーキングに車を停めて、二人は車を降りた。マンションの共用玄関を入ると、ちょうど赤ん坊を抱えた女性がオートロックのガラス扉から出てくるところだった。その女性と入れ違いに法子夫人が堂々とガラス扉をくぐる。

あッ、と思いながら啓介も、閉まりかけた扉をすり抜けるように、建物の中へ。

「駄目ですよ、おばさ——いえ、会長」啓介はすぐさま上司に注意した。「いまのは泥棒がマンションに忍び込むときに、よく使う手口ですよ。住人に怪しまれるじゃありませんか」

「あら、そうなの？　扉が開いていたから通っただけよ。べつに問題ないでしょ」

と常識のない大富豪は、まったく意に介さない様子。

恐る恐る振り返ってみると、いま出ていった女性は、明らかに不審者を見るような目で啓介のことを睨んでいた。赤いスーツ姿の法子夫人は別の意味で不審に思われたはずだ。

だが、入ってしまったものはしょうがない。啓介と法子夫人はエレベーターに乗り込み、真っ直ぐ五階へと向かった。廊下のいちばん端の部屋の前に立ち、啓介が呼び鈴を押す。だが返事がない。繰り返し何度か押してみるが、やはり応答はなかった。

「変ね。約束の時間を間違えたかしら」

「いいえ、午前十時ちょうどです。間違っていません。——おかしいな、確かに約束したはずなのに。忘れて出かけちゃったのかな？」

啓介は不躾《ぶしつけ》とは思いつつ、ドアのレバーに手を掛けてみる。ゆっくり力を入れてみると、レバーはアッサリと動いた。「どうやら鍵は掛かっていないみたいですよ」

「あら、そうなの。だけど、それも変な話ね。住人がいないのに、部屋の鍵が開いているなんて。泥棒に入られたらどうする気かしら」

「あ、そうそう、泥棒っていえば……」

そのとき啓介の脳裏に浮かんだのは、先日、このマンションを辞去しようとした際に、共用玄関で見かけた、怪しい中年男性のことだ。啓介はその件について、手短に説明した。話を聞いた法子夫人は、ますます不審の念を強めたようだった。

「なんだか心配だわ。嫌な予感がする。ああ、もう、こうなったら仕方がないわ。――啓介君、会長命令よ」

言うが早いか、夫人はくるりと啓介に背中を向けて、「私はしばらくアッチを向いて、今季のセントラル・リーグの優勝予想をしているから、その間にあなたはあなた自身の判断で、あなたのやりたいように行動しなさい。いいわね」

「………」啓介は一瞬キョトン。そして卑怯な上司に軽蔑のまなざしを向けた。「あのー、会長。いっそのこと『扉を開けて中を覗いてみろ』とハッキリ命令されたらいかがですか?」

「そ、そうはいかないわよ。こっちには社会的な地位があるんだから」

不法侵入の一歩手前みたいな真似を自分の秘書に命じるわけにはいかない、ということらしい。夫人はアッチを向いたまま、「広島かしら巨人かしら……」とブツブツ呟きはじめた。

「やれやれ、仕方がないですね」啓介は小さく溜め息を漏らしながら、「判りました。では、あくまでも僕の一存で、やりたいようにやらせていただきますよ」

そういって玄関扉のレバーに手を掛ける啓介。レバーを回して引くと扉は滑らかに開いた。薄く開いた扉の隙間から、中の様子を覗き見る。一昨日の様子と比較して明らかな相違点がひとつ。啓介はその点を指摘した。「玄関に男物の靴があります。確か、北沢加奈子さんはひとり暮らしですよね」

「ええ、そうよ。普段は甥っ子が面倒を見ているらしいけれど、その甥っ子はあなたの話によれば海外旅行中でいないはずだし……阪神、中日……ヤクルトはないわね……」

あくまでも無関係を装いたいらしい。どこまでズルいんだよ、この人!

内心で腹を立てながら、啓介は思い切って扉を開け放つ。「北沢加奈子さーん。成瀬ですー。約束どおり参りましたー。いたら返事して――ん!?」

そのとき啓介はふと気づいた。扉の向こうに延びる短い廊下。その先にはリビングに通じる扉があるのだが、それが半分ほど開いている。そこから見えるリビングの様子が変だ。

「フローリングの床の上に誰かの脚が見えます。グレーのスラックスに黒い靴下……」

男性の脚だ。床の上に男が横たわっているらしい。上半身は扉の陰に隠れて見えない。スーツ姿の男が床に寝転がって仮眠でもとっているのだろうか。だが、それもおかしな話だ。それに床の上に投げ出された両脚は、どれほど見詰めてもピクリとも動かない。これは、もしかして……

悪い予感に震えながら、啓介は後ろを振り向く。「か、会長ッ」

「やはり今年こそは広島が有力……」

「ああ、もう、会長！　優勝予想なんかしている場合じゃありませんって」

「判ったわ。いくわよ、啓介君」ついに意を決した法子夫人は、自ら先頭を切って、他人の家の玄関に堂々と踏み込んでいった。「加奈子さん、悪いけどお邪魔しますよ！」

乱暴に靴を脱ぎ捨てた法子夫人は、真っ直ぐ廊下を進む。啓介もその後に続いた。半開きの扉を開けると、二人は転がり込むようにリビングの中へ。と、次の瞬間――

法子夫人の口から「あッ」と短い叫び声。啓介も「うッ」と呻き声を発した。

ガランとしたリビングのほぼ中央。長々と横たわるのは、グレーのスーツを着た中年男性だった。

男性はコメカミ付近から出血していた。頭部を中心に赤い血だまりができている。男の身体は微動だにしていない。男がすでに死んでいることは一目瞭然だった。念のため、首のあたりに触れてみたが、脈拍も体温もまったく感じない。と同時に、啓介は男の着ているスーツと頭髪の薄い頭頂部に見覚えがあることに気づいた。「あれ、この男は……」

「え、知ってるの、啓介君？」

「はあ」啓介は戸惑いの表情を夫人へと向けた。「さっき、お話しした男ですよ」

北沢加奈子の部屋で血を流して死んでいた男。それは一昨日に啓介と共用玄関ですれ違った、あの怪しげな中年男性だった。

5

「――で、法子夫人が私たち三人に求めているのは、こういうことね」小野寺葵は眼鏡越しに成瀬啓介の顔を見据えていった。「今月の家賃を払え。もし払えないなら、家賃代わりに、その中年男を殺した犯人を捜し出せ。そういうことなんでしょ？」

「うーん」啓介は首を傾げながら、「近いけど、ちょっと違うんだよなあ……」

『ハイム西荻』での変死体発見から丸二日が経過した五月二十二日の夜。場所は『かがやき荘』の共用リビング。床の上であぐらを掻く啓介は、テーブルの上を指で叩きながら、目の前の三人組を見やった。

テーブルの向こうの葵は、デニムパンツの片膝を抱えこむような姿勢で、啓介の言葉を待っている。赤いパーカーの占部美緒はソファの上で大股を開いて座っている。スクールシャツ姿の関礼菜はソファの下にペタンと座り、チェックのスカートから伸びる両脚を真っ直ぐ投げ出した恰好。二人は何もいわないまま、啓介と葵の会話する様子を見詰めている。

そんな中、啓介は法子夫人から下された極秘任務を伝えた。「今回、君たちに捜してほしいのは中年男を殺した犯人じゃない。北沢加奈子さんだ」

瞬間、リビングに流れる微妙な空気。それを破って葵が口を開く。

「ってことは結局、加奈子さんはいなかったのね。マンションの自宅には男の死体があっただけで」

「そういうことだ」

「それって、要するに加奈子さんが男を殺して、身を隠したってことなんじゃないの？」

「やっぱり、君もそう思うか？」

「そりゃ思うわよ。他に何が考えられるっての？」

「まあ、確かにな。実際、警察も加奈子さんが犯人だと睨んで、その行方を追っている」

「だったら、発見されるのも時間の問題ね」

「ああ、だが心優しい法子様は、恩師である加奈子さんが警察の手で発見されることを望んでいらっしゃらない。できることなら自らの手で発見し、詳しい経緯を聞いた上で……」

「結局、警察に引き渡すんでしょ。同じことだわ」

「いや、できれば海外へ逃がして差し上げたいと、法子様はそういうお考えであらせられるようだ」

法子様の偽らざる本音を伝える啓介。その途端「なんなんよ、それー」と呆れ声を発して、美緒がソファの上からズルリと滑り落ちる。礼菜も「滅茶苦茶ですぅー」といって目を丸くする。葵はデニムの膝に自分の顎を載せた恰好で、苦笑いを浮かべた。「ふーん、そんなことをお考えになられていらっしゃるわけね、あの強欲なおばさんは」

はてさて、《強欲なおばさん》とは誰のことか。啓介は精一杯とぼけて高い天井を眺める。

「どこ見ちょるん、あんた」美緒はソファの上に座り直すと、啓介を真っ直ぐ見やった。「ところで、殺された男の身許や死亡推定時刻なんかは判明しとるん？」

「ああ。被害者は田所信吾《たどころしんご》という四十七歳の男。殺害されたのは死体発見から遡ること二日前、五月十八日月曜日のことだ。要するに、僕が『ハイム西荻』の共用玄関で偶然彼とすれ違った、その日のうちに殺害されたんだな。コメカミに受けた一撃が致命傷だ。鈍器か何かで殴られたらしい」

啓介は知り得る限りの情報を、彼女たちに伝えた。

「ところで、この田所という男なんだが、どうやら北沢加奈子さんの親戚らしい。独身の遊び人で、ときどき加奈子さんのもとを訪れてはカネをせびるような、そんな関係だったそうだ」

「へえ。でも成瀬さん、なぜそんなことまで知ってるんですかぁ?」と礼菜が疑問を挟む。

「敏夫《としお》さんから聞いたのさ。――あ、敏夫さんっていうのは、さっきの話の中でもチラッと話題になっていた、加奈子さんの甥っ子のことだ。大塚《おおつか》敏夫さん。加奈子さんの妹の息子さんだ。加奈子さんの近所に住み、折を見ては彼女の世話をしている人なんだが、事件のときは海外旅行中だった。一昨日、国際電話で事件の報せを受けた彼は、昨日の午後に旅行先から急遽舞い戻ってきたんだ」

「あなた、その甥っ子さんに会ったの?」葵が眸を光らせる。

「ああ、なんせこっちは死体の第一発見者だからな。敏夫さんは当然、詳しい状況を聞きたがるし、こちらとしても彼に伝えておく責任があるだろ。そこで法子夫人は今日の午後に、敏夫さんの自宅のマンションを訪れて、直接彼と面談したんだ。もちろん僕もその場に立ち会った。――あ、ここからは今日のお昼の回想シーンになるけど、いいかな?」

「問題ないわ」「気にしすぎっちゃ」「早く話してくださぁい」とアラサー女たちは揃って啓介に話を促す。啓介はおもむろに口を開き、そのときの状況を彼女たちに伝えた――

大塚敏夫の自宅は、事件のあった『ハイム西荻』から歩いて数分のところにある『善福寺パレス』

という名の瀟洒《しょうしゃ》なマンション。敏夫はその五階の一室で気ままな独身暮らしを満喫しているらしい。法子夫人と啓介はエレベーターで真っ直ぐ五階へと向かった。

呼び鈴を鳴らすと、扉を開けて顔を覗かせたのは、白いポロシャツを着た育ちの良さそうな男だ。彼こそは大塚敏夫、三十一歳。失踪した北沢加奈子の甥っ子だ。そう思ってみると、優しげな顔立ちは啓介の記憶にある老婦人の顔に、どことなく似ているように思えた。

「やあ、お待ちしていました。どうぞお上がりください」

敏夫はすぐさま二人を自宅のリビングに通した。自ら珈琲を淹れて、湯気の立つカップを二人の前に並べると、彼は正面のソファに腰を下ろし、申し訳なさそうに頭を下げた。

「わざわざ、ご足労いただきありがとうございます」

法子夫人は鷹揚に手を振りながら、「いいのよ、気にしないで。私もあなたに会って、直接お話ししたいと思っていたの。驚いたでしょう、旅行中にこんな事件が起こって。ちなみに旅行先はどちらだったのかしら？」

「ベトナムです。僕はこの街で小さな雑貨屋を営んでいるんですが、新しい人気商品を探すためによく東南アジア方面に出かけるんです。今回もそういった趣旨で、先週の十六日土曜日の昼の便で旅立ったんです。もちろん、半分は休暇も兼ねてのことですがね」

「そう。じゃあ、ベトナムにいるあなたのところに、いきなり事件の報せが？」

「ええ、第一報を受けたのが一昨日、二十日水曜日のことです。国際電話をくれたのは埼玉の実家でひとり暮らしをする母でした。母のところには事件直後に、警察から連絡がいったそうです」

「あなたのお母さんも、きっと驚いていたことでしょうね。お姉さんの自宅で男の変死体が見つかったんですもの」

「ええ、母も警察から事情聴取を受けて大変だったようです。電話の向こうで母は、『すぐに帰ってきて』と泣きそうな声でした。もちろん僕もそのつもりだったんですが、その日は帰りの飛行機が手配できなくて、結局、日本に戻ったのは昨日の夕刻でした。詳しい状況も聞かされないまま、いきなり刑事さんから質問攻めに遭いましたよ。でも正直、僕には判らないことだらけでして……」

「無理もないわ。私だって何が起こったのか、サッパリだもの」

そういって法子夫人は目を伏せるようにして珈琲をひと口。そして愛犬に合図を送る飼い主のごとく、いきなりパチンと指を鳴らすと、「啓介君、この方に一昨日のことを説明してあげてちょうだい」

「あ、はい、承知いたしました」

指を鳴らす必要がどこにあるのか、と内心首を傾げながらも、啓介は忠実な態度。そして二十日水曜日の午前、自分たちが北沢加奈子の部屋を訪れ、中年男の死体を発見するに至った経緯について、ひと通りのことを語った。

黙って聞いていた敏夫は、話が一段落するのを待ってから、「ふーむ、そうだったんですか」と深い溜め息をついた。「それで警察は加奈子おばさんのことを疑っているんですね。彼女が田所信吾を殺害して逃亡したものと、彼らは睨んでいる。――まあ、そう思われても無理はありませんけどね」

敏夫の何気ない呟きを聞いて、啓介はふいに首を傾げた。「ん!? それはどういう意味ですか。加奈子さんには田所信吾を殺害する動機があった、ということでしょうか」

「いいえ、動機があるとまではいいません。ただ、田所信吾という男は、私も何度か会ったことがありますが、あまり評判の良くない男でしてね。加奈子おばさんの親戚なんですが――ってことは、僕にとっても遠い親戚には違いないのですが――その縁を頼りに、時折、彼女のもとを訪ねては、なんやかんやと理由をつけてカネを無心する。で、結局そのカネを酒やギャンブルで使い果たして、またカネをせびりにくる。そんな男だったようです。加奈子おばさんも手を焼いていたようですね。――いや、だからって、加奈子おばさんが田所を殺すなんてことはないはずです。いくらなんでも、それはあり得ません」

敏夫は悪い想像を振り払うように首を振った。伯母の無実を無理やり信じようとする素振りだ。

だが果たして、どうだろうか。カネを無心にくる中年男とそれを追い払おうとする老婦人。その二人が狭い室内で言い争いにでもなれば、どんな突発的な出来事が起こったとしても不思議ではない。中年男が老婦人に殴りかかるケースも考えられるし、それに応戦しようとして、老婦人が鈍器を振るうというケースも充分にあり得ることだ。重苦しい雰囲気が漂う中、法子夫人が口を開いた。

「もちろん、私も加奈子さんのことを信じているわ。だけど、彼女の行方が判らなくなっているのも事実なのよねえ。――加奈子さんのことを、おありかしら？」

「そうですねえ。家庭教師時代の教え子が大勢いるはずですから、その中の誰かにかくまってもらっているのかもしれません。でも法界院家には何の連絡もないんですよね？」

「ええ、残念ながら」沈鬱な表情で夫人は頷いた。「なぜ、私に連絡をくれないのかしら。電話一本よこしてくれたら、国外逃亡の手助けぐらいはしてあげられるのに……」

駄目ですよ、会長！　そんな反社会的な台詞を他人の前で口にしちゃ！

啓介は隣の大富豪に咎めるような視線を送りながら、

「と、とにかく加奈子さんのことは心配ですね」

「ええ」と敏夫が溜め息混じりに頷いた。「警察が早く見つけてくれれば、むしろ幸いなのですが」

「――というと？」

「下手に発見が遅れた場合、加奈子おばさんが変に追い詰められた気持ちになって、早まった真似をしてしまわないか。そのことを僕はいちばん恐れているんです」

どうやら敏夫は伯母の自殺を案じているらしい。それを聞いて、法子夫人も顔色を変えた。

「確かに、敏夫さんのいうとおりだわ。どうやら、のんびりしてはいられないみたいね。私もなんとかして加奈子さんの行方を捜してみるわ。そうそう、私の知り合いに、この手の仕事を何でも引き受けてくれる便利な連中がいるの。彼女たちに頼んでみるわ」

法子夫人のいう《彼女たち》というのが、誰と誰と誰のことを指しているのか、啓介には歴然だった。そんな彼に向かって夫人は再びパチンと指を鳴らすと、一方的に命令を下した。

「それじゃあ、啓介君、後のことはよろしくお願いね」

「…………」指を鳴らす意味はやっぱり全然判らない。だが、夫人の意図するところは明確だ。啓介は秘書らしい忠実な態度で、「承知しました」と頭を垂れた。

こうして、この日の夜、啓介はひとり『かがやき荘』を訪れたのだった。


「……とまあ、そういったわけなんだが」

昼間の回想シーンを語り終えた啓介が、ようやく顔を上げたとき、アラサー女たちはテーブルの向こう側で互いに顔を寄せ合いながら、揃って唇を尖らせていた。「聞いた？　私たち《便利な連中》なんだって」「ずいぶん甘く見られてるっちゃ」「これ以上、資本家の横暴を許してはなりませぇん」

どうやら回想シーンでの法子夫人の不用意な発言は、彼女たちの心に怒りの炎を灯したらしい。

葵、美緒、礼菜の三人はテーブルの向こう側で互いに肩を組みながら、射るような視線をこちらに向ける。大富豪の言い成りにはならない、という強い拒絶の意志の表れだと啓介はそう解釈した。

「そうか。気に入らないか。じゃあ仕方がないな」

万事理解した、とばかりに頷いた啓介は軽く手を振りながら、「判った判った。この話は僕から法子夫人に断りを入れておくよ。君たちは普通に今月分の家賃を払ってくれれば、それでいいから。あ、気にしないでくれ。加奈子さんのことなら、警察が捜し出してくれるさ。バイトで忙しい君たちの手を煩わせることはない。それじゃあ用件も済んだことだし、僕はこのへんで失礼するかな……」

すっくと立ち上がって、リビングの出入口へと向かう啓介。その背中に向かって、

「待ちなさい！」「ちょい待ちーや！」「待ってくださぁい！」

三種類の『待て』の言葉がぐちゃぐちゃに混ざり合いながら投げかけられる。よく聞き取れなかったが、おそらく呼び止められたのだろう。そう判断した啓介は、扉の前で立ち止まると、おもむろに後ろを振り返った。「おや、引き受けてくれるのか。べつに無理しなくてもいいんだぞ」

すると三人組はまたしても三つの顔を寄せ合いながら、

「どうする？　不愉快だけど引き受ける？」「加奈子さんを発見できる保証はないっちゃよ」「だけど家賃を払える保証は、なおさらありませぇん」「だったら運を天に任せて……」「おう、イチかバチかじゃけえ……」「どうせダメモトですぅ……」

コイツらはネガティブなのか、それともズバ抜けてポジティブなのか？

正直よく判らないが、それはともかく――

結構大きめの声で三者会談を終えた女たちは、揃って啓介へと向き直る。そしてリーダー格の葵が宣言するようにいった。「いいわ。失踪した北沢加奈子は、私たちが捜し出してあげる。成瀬君は法子夫人に伝えておいて。『もう見つかったも同然です』ってね」

根拠のない自信を覗かせる葵。その隣で美緒と礼菜は引き攣った笑みを浮かべている。

「………」啓介はふと思った。

ネガティブでもポジティブでもない。彼女たちは単に前後の見境がないだけなのではないか——？

6

「ほう、北沢加奈子さんを捜しているとな」

五月二十四日日曜日。買い物客らが行き交う西荻窪駅前の路上にて。関礼菜が声を掛けた白髪の男性は、曲がった腰を伸ばしながら、遠くの空を見やった。「ふむ、加奈子さんなら最近、見かけたぞ」

「本当ですかぁ！」礼菜は期待とともに老人ににじり寄った。「それって、いつ？」

「そう、あれは一週間前の日曜日のことじゃ。加奈子さんは近所のスーパーで買い物をしておった。そういえば、それから何日か経って、彼女の住むマンションの前にパトカーがたくさん停まっておったな。いったい、あれは何の騒ぎじゃったのか……」

「加奈子さんの部屋で男の死体が発見されたんですぅ。死体発見は二十日水曜日。だけど男が殺害されたのは十八日の月曜日。でもって、おじいさんが加奈子さんを最後に見たのは、その前日の日曜日ですね。だったら加奈子さんが失踪する前だから、スーパーで買い物してても全然おかしくありませえん……」

「なに、失踪じゃと!?」

礼菜の言葉を聞いて、たちまち老人の顔色が変わった。「加奈子さんがいなくなったというのかね」

「ええ、そうなんです」

「そんな馬鹿な。加奈子さんなら最近、見かけたぞ。そう、あれは一週間前の日曜日。加奈子さんは近所のスーパーで買い物をしておった。そういえば、それから何日か経って、彼女のマンションの前にパトカーがたくさん停まっておったな。いったい、あれは何の騒ぎだったか……」

「だからぁ、加奈子さんの部屋で男の死体が発見されて、彼女は失踪したんですぅ！」

「なに、失踪!? そんな馬鹿な。加奈子さんなら最近……」

「見かけたんですよね！　一週間前の日曜にぃ！」

「そう、近所のスーパーで買い物を……あのな、お嬢さんや」老人は唐突に礼菜のほうを向くと、非難するような視線を彼女に浴びせた。「こう見えてもワシは忙しいんだ。何度も何度も同じ質問を繰り返さんでもらえるかな」

「そっちが同じ答えを繰り返してんでしょーがぁ！」

ついに堪忍袋の緒がブチ切れた礼菜は、普段と違う太い声で叫ぶ。気がつけば、彼女の両手は老人の胸倉をぐいと摑んでいた。傍から見れば、その光景はツインテールの女子高生が道行く老人を白昼堂々カツアゲしているように映ったはずだ。だがそのとき、礼菜の背後から聞き慣れた声。

「なにしようるん、礼菜!? やめてやりーよ、おじいちゃん相手にみっともないっちゃよ」

咄嗟に振り向くと、そこに立つのは占部美緒。隣には小野寺葵の姿もある。

「ハッ」と我に返った礼菜は、慌てて老人の胸倉から手を離す。そして「えへへ」と頭を掻きながら誤魔化すような照れ笑い。そんな彼女の肩に腕を回しながら、美緒が悪い目つきで耳元に囁く。

「いけんのぉ、礼菜。カツアゲちゅうんは普通、年下にするもんじゃが」

やはり、そういうふうに見えていたらしい。礼菜はすっかり泣きたい気分。おまけに、そんな彼女の隣では、何を勘違いしたのか、老人が震える手で財布を取出し、千円札三枚を自ら葵に差し出している。

葵は片手を前に突き出しながら、「いや、私たち、そういうんじゃないから」と差し出された三千円を押し返す。訳が判らない顔の老人は、「いまどきのオナゴは怖いのぉ」といって踵を返すと、駅前の雑踏へと消えていった――

北沢加奈子の捜索を引き受けて迎えた週末の土日。葵、美緒、礼菜の三人は朝から街に出ては、手当たり次第に北沢加奈子に関する情報を集めて回った。だが芳しい成果はゼロだった。

とはいえ、目撃情報が全然ないわけではない。

「善福寺公園のベンチにひとりで座っているのを見かけた」

「井草《いぐさ》八幡宮でお参りしているのを見た」

「橋のたもとに佇みながら川をぼんやり眺めていた」

などなど、目撃者はむしろ想像以上に多い。だが、それらはすべて田所信吾が殺害されたとされる十八日月曜日よりも前の目撃情報ばかり。ちょっととぼけた白髪老人が「近所のスーパーで見た」と証言したのも、まさに事件前日の目撃談だ。だが問題の十八日を境にして、有力情報は皆無となる。まるで北沢加奈子は事件直後に煙となって消え失せたかのようだ。

「いったい、どこにいったんでしょうねえ、加奈子さん」

休憩と称して入った古い喫茶店。ボックス席に座った礼菜はオレンジジュースをひと口啜《すす》ると、溜め息混じりにそう呟く。向かいの席に座る葵はブレンド珈琲を口に運びながら、

「まあ、そう簡単に見つかるわけもないわよね。田所を殺害した加奈子さんが、人目につく形で逃走するはずがない。当然、変装くらいしてから逃げるはずだもの」

北沢加奈子が殺人犯であることは決定的。もはや、それが三人の共通認識だった。

「所詮、ウチらには無理っちゃよ。警察でさえ、彼女の足取りを摑めてないちゅうのに、素人探偵に

何ができるっていうん？」と、いまさらのように美緒が根源的な疑問を口にする。

「それをいったらお仕舞いですぅ」と礼菜は溜め息まじりに呟いた。

三人の間に漂う諦めの雰囲気。彼女たちのボックス席の頭上にだけ、分厚い雨雲が覆いかぶさっているかのごとく、空気が重い。するとそのとき、うっとうしい雨雲を吹き払うように、葵が力強く拳を握り、眼鏡の奥の眸を輝かせた。

「大丈夫。最初から無理は承知の上よ。大事なのは、加奈子さんのことを懸命に捜索する姿勢。それさえアピールできれば、少なくともあの強欲なおばさんを満足させられる。きっと『かがやき荘』から追い出されずに済むわ。二人とも目を覚まして！　大切なのは具体的な成果じゃない。漠然とした好印象を残すことよ！」

本末転倒とも思える葵の言葉に、美緒と礼菜は一瞬キョトン。だが次の瞬間には、

「おお、さすが葵ちゃん、事の本質を外さんっちゃ！」

「まさしく、目から鱗ですぅ。希望が見えましたぁ！」

具体的な成果は本当に必要ないのか、という根本の疑問はさておき、女たちはテーブルの上で互いの手と手をシッカリ握り合う。そして三人は真剣な顔を寄せ合いながら、

「我ら三人、生まれし時は違えども、死すときは同日同刻であることを願う」

「一本の矢は折れやすくとも、三本の矢は折れることはないっちゃ」

「ひとりはみんなのために。みんなはひとりのためにですぅ」

アラサー三銃士が毛利元就《もうりもとなり》の教えのもとに桃園《とうえん》の義を誓うという異常な光景に、日曜日の喫茶店が急にザワザワしはじめる。するとそんな中――「おやぁ!?」

礼菜は店の片隅に目を留めると、思わず小声を発した。ひとりで珈琲を飲んでいた若い男がすっく

と席を立ち、三人の陣取るボックス席へと真っ直ぐ歩み寄ってきたからだ。

彼の尖った顔に、礼菜は見覚えがなかった。茶色いシャツに黒のウインドブレーカー。下はブルーデニム、というよりいっそ昔風にGパンと呼びたくなるような薄汚れたズボンを穿いている。外見の印象は貧乏な大学生といった感じだ。自分たち三人の中に気に入った女性でも発見したのだろうか、と礼菜はあり得ないことを想像した。だが若い男はおよそナンパするような甘い態度ではなく、ほとんど喧嘩腰とも思えるほどの横柄な口調で、礼菜たちにいった。

「よお、あんたらに、ちょっと聞きたいことがあんだけどよ」

すると美緒が鋭くガンを飛ばしながら、「はぁ、なんよ、聞きたいことって？」

さすが占部美緒。三人の中でいちばん飛び道具に近い女だ。男を相手に一歩も引かない態度である。ハラハラしながら礼菜が見守る先で、男は意外な質問を口にした。

「あの洗濯機って、ちゃんと使えたのかよ？」

「………………」一瞬、虚を衝かれたように黙り込む三人組。

すると男は断りも入れないまま、葵の隣の席に自ら腰を落ち着けた。その様子を啞然と眺める三人の中から、ようやく葵が口を開いた。「洗濯機っていうのは、ひょっとして駐車場に捨ててあった全自動のアレのこと？　ていうか、その前に、あなた誰？」

「俺は杉浦《すぎうら》ってんだ」と男は名乗り、近所に暮らすフリーターだと自己紹介。そしていきなり「あの洗濯機に最初に目をつけたのは、この俺だ」と図々しく主張した。当然、女性陣は全員キョトンだ。

「どういうことですかぁ？」礼菜は疑惑のまなざしを男に向ける。

「どうもこうもないさ。あの夜、俺はあの洗濯機が駐車場に捨てられるのを誰よりも先に見つけたんだ。それで、後でいただきにこようと思って、いったんその場を離れた。十五分ほど待って再び駐車場に出向いてみると、そこには赤いパーカーを着た乱暴そうな茶髪女と、ちょっとくたびれた顔の女子高生がいた」そういって杉浦は目の前に座る女二人をズバリと指差した。「つまり、あんたらだ」

「誰が乱暴そうな茶髪女じゃあ！」

「くたびれた顔じゃないですぅ！」

美緒と礼菜が同時にツッコミを入れる。杉浦は涼しい顔で聞き流して、再び口を開いた。

「あんたらは、俺が暗がりから眺める中、二人で洗濯機を運びはじめた。こうなっちまったら、もう俺も手を出せない。仕方なく俺はこう思うことにした。『どうせ、あの洗濯機は壊れている』とな」

手の届かないブドウを諦めるキツネと同じ心理だ。礼菜の目には、杉浦の顔がキツネに見えてきた。

杉浦は尖がった顔を突き出しながら、あらためて聞いてきた。「で、実際どうだったんだよ、あの洗濯機。やっぱり壊れてたんだろ。そうだよな。壊れてたから捨てられてたんだよな。そうだろ？」

と、杉浦はおかしな期待を膨らませる。だが、ここで美緒と礼菜から残念なお報せ。

「べつにどこも壊れてなかったっちゃ」

「私たちの家で普通に使っていますぅ」

それは予想外の事実だったのだろう。杉浦はテーブルを叩きながら猛烈に悔しがった。

「なんだって、くそ！　そんなことってあるかい。だったら、なにがなんでも持ち帰るんだった。畜生、返せ。俺の洗濯機を返せ。あれは俺の洗濯機だ。おまえらよりも先に、この俺が目をつけたんだからな。あの洗濯機は俺の洗濯機。いうなれば、あれは俺だ。あの洗濯機は俺なんだよ！」

「んなわけあるかい！」

そう叫んだ美緒は、杉浦の滅茶苦茶な理屈を論破しにかかる。「あの洗濯機があんたやったら、ほいじゃあ、なにか、あんたと水と洗剤があったら、洗濯物が綺麗になるんかいや？」

「なる！」

「なるかい、アホ！」お話にならないとばかりに、今度は美緒がテーブルを叩く。

「まあまあ、美緒ちゃんそうカッカしないで……」礼菜は慌てて美緒をなだめた。

一方、葵は隣に座る洗濯機、じゃない隣に座る杉浦に、疑問の言葉を投げかけた。

「そもそも、あなたが美緒たちよりも先にあの洗濯機に目をつけたかどうか、判らないじゃない。あなたがそういっているだけなんだから」

「嘘じゃねえよ。俺は見てたんだぞ。深夜におばあさんが洗濯機を駐車場に捨てる、その場面をな」

「おばあさん!?　あの洗濯機を捨てたのは、おばあさんだったの!?」

「ああ、そうさ。白髪の七十歳ぐらいの小柄なおばあさんだ。妙にあたりを気にするようにキョロキョロと左右を見回していたな。うっかり目が合いそうになったんで、俺はいったんその場を離れたんだ。もし使えそうな洗濯機なら、後でいただこうと思ってな。それで十五分後にあらためて駐車場にきてみると……コイツら二人が……俺の洗濯機を……」

あらためて悔しさを滲ませる杉浦。その隣で葵は何事か閃《ひらめ》いたように、「ちょっと待って。まさかとは思うけど」といって白シャツのポケットから一枚の写真を取り出す。それを彼の前に突き出しながら、「ねえ、あなたがそのとき見た白髪のおばあさんって、ひょっとして、この人じゃないの？」

聞かれて、杉浦はしげしげとその写真に見入る。それは礼菜たちが行方不明の老婦人を捜すために所持していた写真だ。そこに写る女性を眺めながら、杉浦は深く頷いた。

「ああ、そうそう、確かにこんな感じのおばあさんだったぜ。——ん、だけどあんたら、なんでこんな写真、持ち歩いてんだ？　あんたら、探偵か何かなのかい？」

不思議そうな顔の杉浦。それをよそに礼菜は、隣の美緒と思わず顔を見合わせた。

「あの洗濯機を捨てたのは、加奈子さんだったんですぅ！」

「信じられん。これって、どーいう意味なん!?」

驚きと疑問の声があがる中、「――あああッ、ひょっとしてえぇッ！」

突然、天井を揺るがすような叫び声とともに、今度は葵がバシンとテーブルを叩いて腰を浮かせる。

彼女の素っ頓狂な振る舞いに、美緒と礼菜はビクリと肩をすくめた。

杉浦も驚きのあまり椅子から滑り落ちながら、「な、なんだよ、いきなり！」

すると葵は腰を浮かせたまま、「ふッ、なんだもかんだもないわ」と不敵な笑みを浮かべた。「事件を解く鍵は、とっくに私たちの手にあったのよ。やっと判ったわ」

葵の言葉に、礼菜は思わず首を傾げる。「判ったって、何がですかぁ？」

葵は眼鏡の奥の眸に強い輝きを宿しながら、宣言するようにいった。

「洗濯機はなぜ深夜に回ったか。その答えが判ったっていってるの！」

7

成瀬啓介の携帯が着信音を奏でたのは、二十八日木曜日午後十一時のことだった。

発信者は小野寺葵。そのことを確認してから、啓介は携帯を耳に当てた。電話の向こうの葵は開口一番、こう聞いてきた。『――成瀬君、あなた、車ある？』

「え、車？」啓介は携帯での通話を中断し、目の前の雇い主にお伺いを立てた。「会長のお車、お借りすることできますか。小野寺葵がなにやら動き出しそうな気配なんですが」

場所は法界院邸の書斎兼執務室。大きなデスクの向こうで悠然と脚を組む法子夫人は、興味深げに身を乗り出しながら、「あら、面白そうね。いいわ、車なら何台だって貸してあげる」

啓介は再び携帯を耳に押し当てて、「車なら何台でも貸してやるぞ」と偉そうな返事。

すると電話の向こうの葵は『馬鹿ね、一台で充分よ』とこれまた偉そうにいって、『それじゃ、すぐきて』と一方的に命じる。詳細を尋ねる間もなく、通話はブツリと切れた。

すぐきて、といわれても、これではどこへいけばいいのか判らない。まあ、特に指定がないということは、たぶん『かがやき荘』に出向けばいいのだろう、と啓介は解釈した。

それにしても、葵の妙に慌てた様子が気がかりだ。今週、葵たちは北沢加奈子の行方を独自に調査中のはずなのだが、「ひょっとして加奈子さんを発見したのかな」

「だったら朗報じゃない。啓介君も、なるべく彼女たちに協力してあげなさい」

「会長のお指図ならば仕方ありませんね。では、さっそくそのように――」

法子夫人に一礼した啓介は、踵を返して執務室を飛び出していった。

法界院邸の広い駐車場には数台の高級車が駐車中。その中でもっとも地味な車を探した啓介は、結局、黒塗りのベンツをチョイス。これでも充分すぎるほど目立つ車なのだが、黄色いポルシェや赤いシボレーよりはマシである。啓介はすぐさま運転席に乗り込むと、エンジン始動。急発進で法界院邸を飛び出し、その進路を迷わず西へと向けた。

荻窪の高級住宅街を抜けると、西荻窪の高級じゃない住宅街までは数分の道のりだ。

瞬《また》く間にベンツは『かがやき荘』の門前に到着。車を降りた啓介は玄関に駆け寄り、急いで呼び鈴を鳴らす。すると「いらっしゃい」という返事の代わりに、三人のアラサー女たちがドヤドヤと玄関から飛び出してきた。啓介は慌てて扉の前から飛び退きながら、

「な、なんだよ、君たち、いきなり……」

呆気にとられる啓介をよそに、三人組は停車中のベンツに駆け寄り、勝手にドアを開けて次々に中へと乗り込んでいく。やがて助手席の窓が開いたかと思うと、葵が顔を覗かせながら、

「ほら、なにボーッとしてんのよ。早く早く！」

「はあ!?」啓介は訳が判らないまま、とりあえず車に戻る。運転席に再び腰を据えると、助手席の葵に尋ねた。「いったい、どうしたってんだ。訳を話せよ。いきなり呼び出しやがって」

「ゆっくり説明している暇はないわ。とにかく車を出して」

「え？　ああ、いいけど、目的地はどこだよ？」

「そんなの、まだ判んないわよ」と奇妙なことをいった葵は、後部座席に座る赤いパーカー女へと顔を向けた。「どうなの、美緒。どこへ向かっているか、判る？」

「んんっと……」美緒は手許のスマートフォンの画面に視線を落としながら、「五日市《いつかいち》街道を西へ走行中。いま、ちょうど小金井《こがねい》あたり……」

「聞いた？」葵は運転席の啓介に確認すると、「じゃあ、急いで」と、またも一方的に命令を下す。その横顔には、いっさいの反論や疑問を拒絶するような強い意志が見て取れた。

「………」詳しいことは判らないが、彼女の真剣な面持ちから察するところ、某金融機関から強奪した現金五億円と高性能プラスチック爆弾を抱えたテロリスト集団が、いままさに五日市街道を小金井方面に逃走中——といった雰囲気である。だとすれば一大事。ここは葵の命令におとなしく従うべき、と啓介はそう判断した。「よし、判った。小金井だな」

勢い込んでアクセルを踏み込む啓介。黒塗りのベンツは西荻窪の住宅街に時ならぬ爆音を残し、さらに西の方角へ向かって猛然と走りはじめた——

五日市街道を走行中の車内にて。啓介は葵の口から北沢加奈子にまつわる調査の顚末《てんまつ》を聞かされた。そのあまりに意外な内容に、啓介もまた驚きを禁じ得なかった。

「なんだって！　それじゃあ、君たちが拾った例の洗濯機、あれは加奈子さんが捨てた物だったのか。てことは深夜に『かがやき荘』の玄関先で洗濯機を回した不心得者も、やっぱり加奈子さん？　いや、だけど、いくらなんでもあの上品な加奈子さんが、そんな頓珍漢な真似をする理由はないよな」

ハンドルを操る啓介は、暗い夜道を見詰めながら、あらためて首を傾げた。「で、そのことと爆弾テロリストと、いったい何の関係があるんだ？」

「はあ!?　誰が爆弾テロの話なんかしてるのよ。勘違いしないで。私たちが追っているのは……」

「葵ちゃん！」と、そのとき後部座席から美緒の声。「向こうの車の動きがピタリと止まったっちゃよ。場所は国分寺《こくぶんじ》あたり」

「じゃあ、そこが最終地点かもね」葵は眼鏡越しの視線を前方に向けたまま、声だけで運転席の啓介に命じた。「聞いてたでしょ。急いでちょうだい」

「………」サッパリ意味が判らないが、どうやら爆弾テロの話ではないらしい。では、やはり彼女たちは北沢加奈子の行方を追っているのか。美緒の持つスマホ画面にその位置情報が示されているとでも？　いや、しかし行方不明の北沢加奈子が発信機を持って移動中とは考えにくいのだが――

啓介は首を捻りながらも、とりあえず葵の指示に従うことにした。「判った。とにかく国分寺には連れてってやるよ。で、国分寺のどのあたりなんだ？」

するといきなり美緒が、運転席のほうに身を乗り出しながら、「ホラ、ここっちゃ、ここ、ここ！」と手にしたスマホの画面を啓介の前にかざす。「うわ、馬鹿かよ、前が見えねーだろ！」と啓介は大慌て。たちまちベンツは酔っ払い運転のように、小金井付近の路上で蛇行をはじめる。「美緒ちゃん、危ないですぅ」と礼菜が美緒のパーカーの背中を引っ張る。助手席の葵は「それ、私に貸しなさい」といって、美緒のスマホを強引に奪い取った。

葵はそのスマホの画面を頼りに、啓介の運転をナビゲートした。

画面の表示は、国分寺市の府中《ふちゅう》街道沿い。恋《こい》ヶ窪《くぼ》と呼ばれる付近を示している。

実際に到着してみると、そこは古い神社の傍にある小さな雑木林だった。林の入口らしきところに、一台の白いセダンが停車中だ。啓介はその車から少し距離を置いた暗がりに、黒いベンツを停めた。

「着いたぞ。で、これからどうするんだ?」

だが葵は啓介の問いに答えることなく、「いくわよ、美緒、礼菜」と妹分たちに呼びかけて、助手席を出る。すると二人も「アイアイサー」と冗談みたいな返事をしながら、ドアを開けて夜の闇へと飛び出した。啓介は慌てて運転席を出ると、彼女たちの背中を追った。

「おいこら、待て、どこいくんだよ!」

すると三人はいっせいに後ろを振り返り、人差し指を唇に当てるポーズで、「シーッ、静かに」「大きな声出したらいけん」「相手に気づかれますぅ」といって彼の軽率さをたしなめる。

「あ、ああ、すまない……」啓介は思わず口に手を当てる仕草。

三人組は再び前を向くと、「やれやれ、素人はこれだから」「ホント、足手まといじゃが」「連れてこなきゃよかったですぅ」と勝手な言い草を並べながら歩きはじめた。

「…………」おい、おまえら、誰のお陰で国分寺までこられたと思ってんだ?

啓介は怒りの拳をぐっと握り締めながらも、結局は、おとなしく三人の後ろに続いた。

女たちは林の入口へと歩を進める。そのとき、ひとり礼菜だけが白いセダンに駆け寄り、バンパーの下を片手で探った。やがて礼菜が摑み取った物体。それは彼女自身のスマートフォンだった。これがいわば発信機となって、白いセダンの位置情報を美緒のスマホに伝えていたわけだ。となると問題は、この白いセダンの持ち主は誰か、ということだが――

そんなふうに思考を巡らせる啓介をよそに、三人組は林の入口に立つ。土がむき出しになった一本の小道が、林の中に向かって続いていた。

「暗いけど、明かりは点けずにいくわよ」

葵の無茶な提案に、美緒と礼菜は意外にもアッサリ頷く。意外な成り行きに、戸惑いを覚えたのは啓介のほうだ。――え!? 明かりナシで、この暗い林の中に!? 熊や猪が出たらどうすんだよ。いやいや、国分寺にだって、どんな猛獣が棲んでるか判らないじゃないか。

だが、堂々と前進を開始する女たちの手前、泣き言は口に出せない。

啓介は蛮勇を奮って、彼女たちの後に続いた。林の中に一歩足を踏み入れれば、そこは深い闇の中だ。木々の隙間から差し込む月明かりだけが、まだらに地面を照らしている。しばらく進むと、先頭をいく葵の足が突然ピタリと止まった。美緒が葵の背中にぶつかり、礼菜が美緒の背中にぶつかり、啓介は礼菜の背中にぶつかった。玉突き事故だ。車同士なら大炎上していただろう。

「なんだよ、おい。いきなり止まるなよ」

「シッ、黙って」小声で叫んだ葵は、人差し指を前方に向けた。「ほら、あそこ……」

見ると、立ち並ぶ樹木の隙間から、小さな明かりが垣間見える。LEDライトだろうか。白く鮮明な明かりが二つだ。誰かいるらしい。緊張する啓介。その目の前で、三人の女たちは慎重な足取りで、さらなる前進を開始した。樹木の陰から、また別の樹木の陰へ。移動を繰り返しながら、徐々に相手との距離を詰めていく。と、そのとき「――ボキッ!」

三人の誰かが枯れ枝でも踏んだのか。それは静かな林の中で、意外なほど大きな音を響かせた。

すると次の瞬間、「――だ、誰だ！」

闇の中から男の叫び声。続けて、ＬＥＤの明かりが啓介たちのほうへと向けられた。

「お、おい、そこ、誰かいるのか？」問いただす男の声も震えているようだ。

すると男の問い掛けに応えるかのように、樹木の陰で葵が鳴いた。「ニャア～」

「ホッ……なんだ、猫か」

男は安心したように呟くと、ＬＥＤの明かりを再び自分の足許へと向けた。

「ふーッ」と溜め息を漏らす葵。その背後からは「葵ちゃん、猫のマネ上手いんやねえ」「玄人ハダシですぅ」と妹分たちから賞賛の囁き声。だが当の葵は俯きながら、「やめてよ、猫の鳴き真似とか、マジで恥ずかしいんだから」と両手で頬を押さえる仕草。確かに、いい歳した大人がやる物真似ではないかもしれないが、そんなことより――

「これから、どうするんだ。もう、これ以上は近づけないぞ」

「なにいってんのよ、敵はもう目の前じゃないの」

強気な葵は樹木の陰を出ると、さらに相手との間合いを詰める。もはや手が届きそうな位置に、明かりを持つ二人の影が見えている。と、そのとき再び、「――ボキッ！」

先ほどと同様、枯れ木を踏む音。だが今回踏んだのは啓介自身だ。するとまたしても「誰だ！」と問い掛けてくる男の声。こうなったら仕方がない。意を決した啓介はイチかバチかで鳴いてみた。

「に、にゃあ～」野太い低音を響かせる猫だ。

その鳴き声を聞いた謎の男は、「ホッ……なんだ、今度はオス猫かよ」

いったんは胸を撫で下ろしたものの、次の瞬間、我に返ったように「んなわけあるかッ」と叫び声をあげると、再び明かりをこちらに向けてきた。「誰だ、そこにいるのは！」

瞬間、白い光に照らされて、暗闇にくっきりと浮かび上がる啓介たち四人の姿。そんな中、臆することのない葵の声が、暗い雑木林に響き渡った。

「あんたこそ、誰よ！　そんなところでコソコソと何をしているわけ！」


シンと静まり返った雑木林。白い光に照らされる啓介たち四人に対して、暗闇に佇む人影は二つ。互いを牽制しあうような微妙な間があった後、男は形勢不利と判断したのだろう。暗闇の中で短く叫んだ。「くそ、逃げろ！」

その声を合図にして、二つの人影は揃って回れ右。そして林の奥へと逃走を開始した。

「こら、待ちなさい！」葵は迷うことなく二人の背中を追った。

美緒と礼菜も続いて駆け出す。この三人には恐怖心や警戒心というものがないのだろうか。女たちの大胆すぎる行動に舌を巻きながら、啓介もポケットからペンライトを取り出して追跡の列に加わる。だが、いくらも走らないうちに啓介は突然、何かに足を取られて「わあッ」と叫び声。地べたに両手を突くようにして転倒した。「――畜生、なんだよ？」

地面になにやら段差のようなものがある。啓介はペンライトの明かりを足許の地面へと向けてみた。そこにあるのは直径五十センチほどの穴だった。その穴の中を覗き込んだ瞬間、啓介は意外な光景に思わず目を見張った。ペンライトに照らし出された穴の中に、なぜか人間の顔が見える。額のあたりに大きな傷を負った女性の顔だ。

なぜか啓介はその女性に見覚えがあった。「こ、これは、ひょっとして加奈子さん……？」

正確には判断できないが、印象は北沢加奈子に間違いなかった。すでに腐敗が進行し、崩れはじめた顔が、掘られた穴から覗いている。北沢加奈子は死体となって、浅い地面に埋められているのだ。

いったい誰がこのような真似を？　いや、考えるまでもない。もちろん、あの二人組だ。だから彼らは慌てて逃げ出したのだ。――てことは、葵たちが闇雲に追いかけていったのは、凶悪な殺人犯？　啓介は悪い予感を覚えて、顔を上げた。「マズイ！　深追いすると酷い目に遭うぞ……」と、そのとき林の奥から湧きあがる何者かの悲鳴。啓介は穴の傍に転がっていた棒状の物体を手にして立ち上がった。それは大きな柄のついたスコップだった。ちょうどいいエモノだ。啓介はそれを持って、声のするほうへと一目散に駆け出していった。

しばらく進むと、月明かりに照らされた広い一角に出た。逃走中の男は、その場所で奇声を発しながら、威嚇するように右手を盛んに振り回している。美緒と礼菜は左右に分かれながら、男との間合いを計っている。男の背後は崖のようになっているらしい。もはや男に逃げ場はない。だが彼女たちも迂闊には近づけないでいるようだ。

「大丈夫か、君たち！」

ようやく追いついた啓介が、心配しながら声を掛けると、

「ええとこにきたなぁ、成瀬ぇ」

「渡りに舟ですぅ、成瀬さぁん」

美緒と礼菜は百万の味方を得たとばかり、強気な態度で敵に向かって叫んだ。

「あんた、もう逃げられんちゃよ。おとなしく観念しーや！」

「そうですぅ。あなたに勝ち目はありませぇん。ナイフを捨てなさぁい！」

え、ナイフ!?　物騒な単語を聞いた上で、よくよく目を凝らせば確かに男の振り回す右手には、なにやらキラリと光るものが握られている。ギョッとして後ずさりする啓介。だが、そんな彼の背後には、相手のことを挑発するだけしておいて『後のことは全部、男子にお任せ』といわんばかりのズル

イ女たちの姿。彼女たちは啓介の背中を凶悪な殺人犯のほうへと無理やりぐいぐい押し出しながら、

「頼りにしとるけえね」

「応援してますからぁ」

と無責任な励ましの言葉を口にする。

――ひょっとして、自分にとって本当の敵は、コイツらなのではないか？

そんな考えが一瞬脳裏をよぎる。だが、こうなった以上は仕方がない。意を決した啓介は両手でスコップを構えると、破れかぶれに叫んだ。「ええい、畜生、かかってきやがれ！」

すると、その言葉を真に受けたのか、男はナイフを身体の前に構えると、真一文字に啓介目掛けて突進してきた。「あわわ！」と情けない叫び声を発しながら、慌てて身を翻す啓介。相手の男は、与《くみ》しやすしと見て取ったのか、続けて攻撃を仕掛けてくる。ナイフの刃先とスコップの先端が触れ合うたび、甲高い金属音が鳴り響き、暗闇に小さな火花が散る。荒々しい息遣いで滅多やたらとナイフを振るう男に対して、啓介は防戦一方だ。

「くそ、いい加減にしろ！」業を煮やしてヤケクソ気味に振り回したスコップは、ものの見事に空を切る。バランスを崩した啓介は思わず地面に尻餅。慌てて顔を上げると、ナイフの切っ先が目の前だ。ヤバイ。思わずギュッと目を瞑りながら、啓介は山勘でスコップを振るう。すると突然、ガツンと響く金属音。と同時に、啓介の両手に確かな感触が伝わった。「――え!?」

啓介は驚きとともに両目を開ける。目の前に立ちはだかる男の身体。だが次の瞬間、男は「う～ん」と呻き声を発して、背中から地面に倒れていった。すべては一瞬の出来事だった。

「やったっ、死んだっちゃ！」

「成瀬さんが殺しましたぁ！」

「え!? えぇッ」啓介は思わず手にしたスコップを放り捨てた。「いやいやいや、死んでないだろ。気絶しただけだろ。死んでないよな。頼む、死ぬな。僕を人殺しにしないでくれ!」

祈る思いで、啓介は男を抱き起こす。幸い、男には息があった。どうやら気を失っただけらしい。

「ホッ、良かった」最悪の結果を免れて、啓介は胸を撫で下ろす。と同時に彼は、その男の顔に見覚えがあることに気づいた。「こいつは、敏夫? 大塚敏夫じゃないか」

「そうっちゃよ」「当たり前ですぅ」と美緒と礼菜が揃って頷く。なにをいまさら、といわんばかりの二人の表情。いや、だけど——と疑問を口にしようとする啓介だったが、そのとき別の疑問が頭をよぎった。

「ん、そういや、葵は?」

するると礼菜が林の奥を指差した。

「葵ちゃんは、もうひとりのほうを追いかけて、アッチのほうに……」

「え、葵ひとりでか!?」驚いた啓介は、不安な視線を暗い林の奥へと向けた。すぐさま立ち上がり、再びスコップを手にすると、「おまえらは、ここにいろ」

啓介は気絶した大塚敏夫を二人に託し、雑木林のさらに奥へと駆け出していった。

「おいッ、葵、どこだッ」暗闇に向かって啓介が叫ぶ。

すると闇の奥から、聞き覚えのある声が応えた。「——ここよ、成瀬君」

啓介はすぐさま声のする方向へと駆けつけた。間もなく、大きな樹木の根っこのあたりに佇む女のシルエットを発見。ペンライトの明かりを向けると、確かに小野寺葵だった。

「なんだ、大丈夫そうだな」

ホッとしながら駆け寄ると、葵は何事もないかのように淡々とした声で応えた。

「大丈夫にきまってるでしょ。ただ、この人は足をくじいて動けないみたい」

そういって少し離れた場所を指で示した。暗がりでうずくまる何者かの影。逃走者の片割れだ。すでに逃走の意思はないらしく、人影は地面の上で身を小さくしている。

「大塚敏夫の共犯者だな。それとも、こっちが主犯格か。まあいい。とにかく敏夫とコイツが今回の事件の真犯人ってわけだ。二人は田所信吾を殺し、そして北沢加奈子さんも殺して、この林の中に埋めた。詳しいことは判らんが、そういうことなんだろ。――それじゃあ、顔を拝ませてもらおうか」

宣言するようにいうと、啓介はその人物にライトを浴びせ、無理やり顔を覗きこむ。

瞬間、彼の口から「えッ!?」という間抜けな声。深く刻まれた皺。綺麗な白髪。上品な顔立ち。それは啓介が『ハイム西荻』で数時間一緒に過ごした老婦人の顔そのものだった。

「あ、あなたは、加奈子さん……北沢加奈子さんが、ここにも！」

――では、穴の中に埋められていた老婦人は、いったい誰？

啓介はもう、なにがなんだかサッパリ判らなくなった。

8

「加奈子さんがここにいるってことは……」

啓介はいまきた方角を指差して目をパチクリさせた。「さっき僕が見た、穴の中の老婦人は？」

「ああ、あなたが見たのは北沢加奈子さんよ」

葵は矛盾した事実を平然と伝える。啓介はますます混乱した。

「意味が判らん。じゃあ、ここにいる加奈子さんは、いったい……？」

「この人は違うわ。北沢加奈子さんじゃない」

「そんな馬鹿な。僕は以前、『ハイム西荻』の一室で、確かにこの人と会っている」

「ええ、そうよ。成瀬君は以前、この人と会っているわ」

啓介は意味が判らない。そんな彼に哀れむような視線を送りながら、葵は小さく首を傾げた。

「どうやら、判ってないみたいね。つまり、こういうこと。あなたが『ハイム西荻』で会った老婦人は、北沢加奈子さんではなかった。加奈子さんによく似た別人だったのよ。あなたは加奈子さんじゃない人を加奈子さんだと信じきって、いっとき身の回りの世話をしてあげたってわけ」

「な、なんだって！　そ、そんなことって……」

「あり得ない？　だけど、あなたは過去に加奈子さんと面識はなかったんでしょ。法子夫人から命令されて、加奈子さんの部屋を訪ねていっただけ。そこに白髪の老婦人がいれば、あなたはそれが加奈子さんだと信じるはずよ。だって、疑う理由がないもの」

「そ、それは、そうだが」啓介は唖然とした顔を、傍らにしゃがみこむ謎の老婦人へと向けた。「しかし、別人だとすると、この人はいったい誰？」

「加奈子さんと年齢が近くて、よく似た背恰好。なおかつ、大塚敏夫とともに危ない橋を渡ることを厭わない人物。――となれば、それが誰だか、だいたい想像がつくでしょ？」

葵の説明を聞いた瞬間、啓介の脳裏にある女性が浮かんだ。名前は知らないが、葵の挙げた条件に合致する女性が、確かにひとりいる。「ひょっとして、敏夫の母親!?」

「そう。加奈子さんにとっては実の妹よ。年齢や顔の印象が近いのも自然なことだわ」そういって葵はあらためて老婦人に呼びかけた。「そうですよね、大塚真知子《まちこ》さん――旧姓、北沢真知子さん」

それが彼女の本当の名前なのだろう。かつて啓介の前で北沢加奈子の役を演じていた老婦人は、うなだれるように頷いた。「はい、私は敏夫の母親。加奈子はひとつ上の姉です」

それだけいうと、真知子は声をあげて泣き崩れた。

立て続けに押し寄せる衝撃的な事実に、啓介は呆然とするばかり。一方、葵は小さく頷くと、デニムパンツのポケットに挿した携帯を取り出しながら、「加奈子さんの遺体が発見された以上、警察を呼ばなくてはなりません。私が通報していいですか。それとも真知子さん、あなたが自分で通報しますか。そのほうが多少なりと、向こうの心証も良くなると思いますよ」

そういって、葵は真知子に自分の携帯を差し出した。


大塚真知子は葵の携帯を借りて、自ら一一〇番に通報した。やがて続々とパトカーが現場に集結し、真夜中の雑木林は時ならぬ賑わいを見せた。額に傷を負った北沢加奈子の死体が地中から掘り出され、真知子と敏夫の大塚親子が緊急逮捕された。

その一方で、啓介やアラサー女たちも当然のように警察の取調べを受けた。事情聴取に当たったのは、国分寺署から駆けつけた凸凹コンビ——ひとりは冴えない中年刑事、もうひとりは若い美人の女刑事——だった。中年刑事は啓介に向けて数々の疑問を矢継ぎ早に放った。

「なぜこの林にいたのか」「なぜ男ひとりと女三人の組み合わせなのか」「犯人や被害者とどういう繋がりなのか」「なぜ敏夫の頭をスコップで殴って気絶させたのか」「万が一、死んだらどうする気だったのか」「もう一度聞くが、なぜ男ひとりと女三人なのか」……等々。

中年刑事は啓介たち四人の組み合わせが、どうしても腑に落ちない様子だった。啓介は内心、「この刑事さん、面倒くせえ」と呟きながら、要領を得ない返答を繰り返した。

と、そのとき、携帯で誰かと連絡を取っていた美人刑事が通話を終えたかと思うと、中年刑事の耳に顔を寄せた。「警部、彼らはどうやら法界院家の……え、ご存じない……ほら、あの荻窪の欲張り大富豪……中央線沿線で絶大なる権力を誇る……彼らを粗末に扱うと、あとあと厄介なことに……」

美人刑事の忠告を聞くうち、警部と呼ばれた中年刑事は、恐れをなしたようにブルブル震えはじめた。《荻窪の欲張り大富豪》を敵に回したら大変、とようやく理解したようだ。

そんなこんなで法子夫人の燦然と輝く威光もこちらの有利に働いたのだろう。啓介と三人のアラサー女たちは、揃って警察の手から解放された。啓介のスコップによる一撃が、過剰防衛にあたるか否か、それは現段階ではまだ不明であるが——

とにかく啓介たちは、その夜のうちに『かがやき荘』に舞い戻ることができたのだった。

9

深夜というより、むしろ夜明け前と呼びたくなるような時刻。『かがやき荘』の共用リビングにて。

小野寺葵はソファに深く腰を下ろしながら、事件についての真相を語った。

「今回の事件は、北沢加奈子さんの部屋で田所信吾の死体が発見された事件として表沙汰になったけれど、田所信吾殺害事件は、この事件の本質ではないわ。本質は、むしろ加奈子さんの失踪事件のほうにあった。警察の見立てによれば、加奈子さんは田所を殺害した直後に、自ら行方をくらませた、ということになっているけれど、事実は違うわ。加奈子さんは田所が殺害される以前から、もうすでにいなくなっていたのよ。いなくなった加奈子さんの身代わりを、実の妹である大塚真知子が演じていたの。だからその間、加奈子さんがいなくなっていることに、誰も気づかなかったのね」

「実は、加奈子さんは殺害され、密かに国分寺の雑木林に埋められていたわけだ」啓介は先ほど目撃した加奈子の変死体を、あらためて脳裏に思い浮かべた。「あの死体は昨日今日のものではなかったよな。加奈子さんが殺害されたのは、だいぶ前のことなのか？」

この問いに占部美緒が短く答えた。「五月十五日金曜日の夜っちゃよ」

「随分とピンポイントだな。なぜ、その夜だと判る。何か根拠でもあるのか？」

「根拠ならありますぅ」と今度は関礼菜が答える。「それは洗濯機ですぅ」

「洗濯機!?」啓介はしばし呆気に取られ、そして思わず憤慨した。「なんで、ここで家電製品が出てくるんだよ。ここは、いわば解決篇だぞ。事件のクライマックスだぞ。真面目にやれ！」

啓介が一喝すると、「れ、礼菜は真面目ですぅ」「あんたこそ真面目に聞きーや」「何も判ってないくせに偉そうに」と三者三様のツッコミがいっせいに啓介へと浴びせられた。

どうやら、ここは自分にとって完全アウェーらしい。それを思い知った啓介は態度を改めた。

「判った判った。じゃあ、ちゃんと説明してくれないか。あ、ただし、説明役は基本的に小野寺葵ってことで頼む。女三人を相手にひとりでワトソン役なんて、僕には荷が重すぎる」

「了解よ、成瀬君。じゃあ、まず洗濯機の謎を片づけましょ」

そういって葵は啓介の記憶を喚起するように語りはじめた。「事の発端は、十五日金曜日の深夜。その夜に一台の洗濯機が何者かの手で駐車場に捨てられた。まだ使えそうな真新しい洗濯機が粗大ゴミとして捨てられているということ自体、そうそうあるもんじゃないわよね。それを見つけた美緒と礼菜は、歓び勇んでその洗濯機を『かがやき荘』に持ち帰った。すると、玄関先に置かれたその洗濯機は、午前三時ごろになって、世にも奇妙な現象を見せてくれたわ」

「ああ、拾った洗濯機が勝手に雑巾を洗濯していたんだろ。シュールな光景に君たちは首を捻った」

「そう、サッパリ訳が判らなかった。日常の中で起こる出来事としては、まったく意味不明よね。だけど喫茶店で出会った杉浦って男の話によれば、その洗濯機を駐車場に捨てたのは、加奈子さんとよく似た老婦人だったらしい。それが加奈子さん本人か否かはともかくとして、杉浦の話が事実とすれば、例の洗濯機騒動は今回の田所殺害事件となんらかの繋がりがある。少なくとも、まったく無関係とは考えにくい。ならば、洗濯機騒動は日常の中の出来事としてではなく、殺人事件という非日常の中の出来事として、捉えなおす必要があるはずよ。そう思って、あらためて洗濯機の持つ意味を考えてみたら……どうかしら？　洗濯機を深夜に捨てにいく邪悪な理由が、ひとつ浮かび上がってこない？」

「そうかな」啓介はアッサリ白旗を掲げた。「何も浮かばないけど」

「そねえ簡単に諦めんで、よーく考えてみーよ」

「そうですぅ。あの洗濯機がどんな特徴を持っていたか、思い出してくださぁい」

美緒と礼菜に促されて、啓介はあらためて記憶の糸をたどった。「ええと確か、あの洗濯機は大型で、縦型で、洗濯槽の中はカラッポで、蓋の部分には《区役所に連絡済》って貼り紙がしてあって、それから、えーと……そうそう、その洗濯機はキャスター付きの台車の上に載っていて……軽く押すだけでスムーズに動いて……むむッ」

思いつくまま特徴を並べるうち、啓介はその洗濯機の邪悪な活用方法に思い至った。洗濯槽がカラッポの大型洗濯機というものは、要するに中が空洞になった大きな箱みたいなもの。箱の中に何を入れようが、蓋さえ閉めれば、中身を知られる心配はない。それを移動させる姿は、端から見れば、単に壊れた洗濯機を粗大ゴミとして捨てにいくようにしか見えないだろう。たとえ、その中身が凶悪な犯罪にまつわるものだったとしても、だ。

啓介は震えを帯びた声で、自らの不愉快な思いつきを口にした。

「ま、まさか、洗濯機の中に死体が……犯人は死体を運ぶために洗濯機を利用したと……？」

美緒と礼菜の二人はニンマリした顔で頷く。

ソファに座る葵は淡々とした口調で続けた。「あくまでも想像よ。確証はないわ。でも可能性は充分に考えられる。だって考えてみて。マンションの部屋で殺人が起き、その死体をどこかに捨てにいこうとした場合、成瀬君ならどうする？　死体を布団か何かでグルグル巻きにして――いわゆる簀巻《すまき》の状態にして――それを担いで一階まで運ぶ？　そんなやり方、選ばないわよねえ。ひと目で怪しく映るもの。大型のスーツケースがあるなら、それを利用するかもしれないけれど、死体が入るほどのスーツケースなんて一般家庭にはそうそうないわ。じゃあ家庭にあるもので、死体を運ぶための大きな『箱』になりそうなものといえば何かしら。それは冷蔵庫、もしくは洗濯機だと思うんだけど」

「う、うむ、確かに、その二つが真っ先に思い浮かぶな」

ただし、冷蔵庫に死体を入れるためには、中にある食材をいったん外に出さなくてはならない。しかも、冷蔵庫はそれ自体の重量が相当ある。そういった点を考慮すれば、洗濯機のほうが死体運搬用の『箱』としては、うってつけだろう。

「だが待てよ。洗濯機の中にすっぽり入るかな、人間の死体って？」

啓介が素朴な疑問を口にすると、葵は即座に答えていった。

「体格のいい男性の死体なら難しいかもね。でも小柄な女性、例えば痩せた老婦人の死体なら、なんとか入るはずよ。そこで私はまた推理したの。加奈子さんの身近な人で、小柄で痩せた老婦人といえば誰か。それは大塚敏夫の母親じゃないか。彼女は加奈子さんの妹なんだから、きっと加奈子さん同様、小柄な老婦人に違いない――ってね。でも、この推理は間違いだってすぐに気づいた。だって田所殺害事件が表面化した際、警察はそれを敏夫の母親に伝えて、彼女から事情聴取さえしているんだから」

「ああ、それを受けて、母親が敏夫に国際電話をした。そういう流れだったはずだ」

「つまり敏夫の母親は殺されてないし、失踪してもいない。じゃあ、最近姿が見えなくなった老婦人といえば誰？　そう考えたときにピンときたの。失踪した老婦人といえば加奈子さんじゃない！　それで、ようやく事件の構図が見えた。洗濯機の中の死体が、実は加奈子さん。その洗濯機を運んでいたという加奈子さんによく似た老婦人は、敏夫の母親。そして加奈子さんが殺害されたのは、おそらく『善福寺パレス』の敏夫の部屋……」

「え、『善福寺パレス』のほうなのか。『ハイム西荻』じゃなくて!?」

「ええ、そうよ。だって、成瀬君が『ハイム西荻』で老婦人のお世話をしたとき、そこにはちゃんと洗濯機があったんでしょ」

「そういや、そうだ。確かに、加奈子さんの洗濯機は捨てられていない……」

「それに『ハイム西荻』で加奈子さんが殺害され、犯人がその死体を洗濯機で運び出したのだとすれば、その様子は防犯カメラにバッチリ映っている。田所殺害事件を追っている警察は『ハイム西荻』の防犯カメラの映像を数日遡って検証したはず。だったら深夜に洗濯機が運び出される怪しい光景を、きっと警察は見逃さないわ。彼らはその映像を手掛かりにして、真相にたどり着けたはずよ」

「そうか。警察は『ハイム西荻』の防犯カメラは調べても、『善福寺パレス』の防犯カメラは調べていない。だから、深夜の死体運搬に気づきようがないんだな」

「そう。そして敏夫の母親は、洗濯機で死体を運んだ夜以降、自らが加奈子さんの替え玉を演じることで、すでに死んでいる加奈子さんが、まだ生きているように見せかけた。私はそう推理したの」

「さっすが、葵ちゃん！　名探偵っちゃ！」美緒が喝采を浴びせると、

「まさに名推理ですぅ、惚れ惚れしますぅ」礼菜も賞賛の声を発した。

「………」見事なコンビネーションだな、おまえら。啓介は唖然としながらも、葵の推理には「なるほど」と頷かざるを得ない。「だが、なぜだ。大塚敏夫の母親、真知子がなぜそんな真似を?」

「まだ判らないの? 真知子がそんな手の込んだ真似をする理由は、ただひとつ」葵は指を一本、顔の前に立てていった。「それは息子である敏夫のアリバイのためよ」

「アリバイ!? そういや、大塚敏夫は洗濯機騒動の直後、十六日土曜日の便でベトナムへと旅立った。そういっていたな」

「その一方で、敏夫が海外旅行中、母親の真知子は加奈子の替え玉を演じ続けた。何も知らない人が見れば、加奈子さんはまだ存命中に見えるはずよ。そして適当な頃合を見て、真知子は加奈子の替え玉をやめて、元の真知子に戻る。このとき、加奈子がなんらかの事件に巻き込まれたような痕跡を部屋に残しておく。それから数日おいて、国分寺の雑木林の中から腐敗の進んだ――つまり、死亡日時の曖昧になった――加奈子の死体が発見される。この状況を見て、警察はどう思うかしら? 加奈子はなんらかのトラブルに巻き込まれて殺害され、雑木林に埋められた。だが、そのとき大塚敏夫は長期間の海外旅行中だった。外国にいた敏夫が犯人であるはずがない。警察はそう判断するんじゃないかしら」

「ああ、確かに騙されるだろうな」

頷きながら、啓介は葵に確認した。「つまり、加奈子さんを殺害した真犯人は、敏夫のほう。真知子は息子のアリバイ作りに協力した共犯者に過ぎない。そういうことか」

「ええ、そのとおりよ。――ここからは順を追って説明するわね」

葵はソファの上で足を組み替え、思案するように顎に手を当てた。

「そもそも大塚敏夫が『善福寺パレス』の自宅で、なぜ北沢加奈子さんを殺害するに至ったのか。その経緯は本人に聞かないと判らないわ。おそらく計画的ではない、身内同士の突発的な喧嘩みたいなことが原因だとは思うけど」

「ふむ、敏夫と加奈子は甥っ子と伯母の関係だし、互いのマンションも歩いてすぐの距離にある。加奈子が敏夫の部屋を訪ねていって、そこで喧嘩沙汰になることもあり得る話だ」

「とにかく、敏夫は自分の部屋で加奈子さんを殺してしまった。困った敏夫は、電話で母親の真知子さんに泣きついたんでしょうね。埼玉に住む真知子さんは、すぐさま『善福寺パレス』の敏夫の部屋に駆けつけ、息子と会った。そこで二人は善後策を話し合ったはず。そして浮かび上がったのが、今回の替え玉トリックってわけ」

「真知子が替え玉を演じている間に、敏夫は海外でアリバイを作る計画だな」

「ええ。でも、その前に加奈子さんの死体を処分する必要がある。そのためには当然、死体を車で遠くに運んで、捨てるなり埋めるなりしなければならない。だけどマンションの五階から車のある駐車場まで、どうやって死体を運ぶのか。それが意外と難問だった」

「そこで二人は洗濯機の活用を思いついたんだな」

「そう。二人は洗濯機に加奈子さんの死体を入れ、それをマンションの五階からエレベーターで一階に下ろし、建物の外へと運び出し、そこから少し離れた駐車場へと向かった。ところが、その駐車場付近には杉浦って男がいて、その様子を密かに見ていたのね」

「ん、待てよ。杉浦は老婦人の姿しか見なかったはずだ。真知子の傍に敏夫はいなかったのかよ」

「いいえ、敏夫もいたはずよ。たぶん敏夫は駐車場に停めた自分の車のほうにいて、トランクを開けたりしながら、次の作業の準備をしていたんだと思う。だから、杉浦には敏夫の姿が偶然目に入らなかった。だけど、もし杉浦がその場にいて、洗濯機の様子をジッと見守っていたなら、きっと彼は驚きの光景を目撃できたでしょうね」

「なるほど。大塚親子が洗濯機から車のトランクへと、死体を積み替える光景だな。だが、そのとき杉浦はいったん駐車場から立ち去ったため、決定的場面を見逃したってわけだ」

「お陰で、敏夫と真知子は誰にも見られることなく、死体の積み替えを完了した。それから二人は車に乗り込み、国分寺の雑木林へと死体を運んだ。そして二人がかりで地面に穴を掘り、死体をそこに埋めた。こうして死体を処分した敏夫と真知子は、数時間後、ホッとした思いで西荻窪へと舞い戻ったはず。ところが――」葵はいったん言葉を切り、声を低くした。「そこで二人は予想外の事実を知り、恐れおののくこととなったってわけ」

「恐れおののくって!? いったい何が起こったんだよ」

緊張して聞き返す啓介に、葵は実にアッケラカンとした口調で真実を告げた。

「あら、判りきったことでしょ。駐車場の片隅に放置していた洗濯機が消えてなくなっていたのよ。二人が死体を捨てにいっている間に、誰かが勝手に持っていっちゃったのね。粗大ゴミを示す貼り紙がしてあったにもかかわらず、どこかの家電マニアが『まだ使えるっちゃ』とかなんとかいって……」

葵が皮肉っぽい視線を赤いパーカーの妹分へと向ける。美緒はアサッテの方角を向きながら、「だって実際、まだ使えたっちゃ」と不満げに口をすぼめた。

啓介はニヤリとしながら、「なるほど。死体運搬に用いた洗濯機が行方不明ってわけだ。でも、それって犯人たちにとって、そんなにマズイことだったのか。どうせ最初から捨てるつもりだったんだろ。死体を運んだ洗濯機なんて、もう気味悪くて使えないだろうし」

「たとえ捨てる予定だとしても、多少の後始末は必要だわ。だって、その洗濯機には額から血を流した死体が入っていたのよ。洗濯槽の底は死体から流れた血で汚れていたかも。あるいはその側面には死体の髪の毛がこびりついていたかも。そういったものを全部綺麗にしてから、粗大ゴミとして持っていってもらう。それが二人の計画だったはず。しかし二人がその後始末をおこなわないうちに、洗濯機は勝手に持ち去られてしまった。どこかのコスプレ好きが『ラッキーですぅ』とかなんとかいってね」

葵の皮肉な視線は、今度は女子高生ルックの礼菜へと注がれた。礼菜は頬を膨らませながら、「『ラッキーですぅ』なんて、礼菜はいってませんからぁ」と抗議の目を葵に向けた。

啓介は再びニヤリと笑みを浮かべながら、「なるほどな。犯人たちにとっては、意外と危機的状況ってわけだ。例えば、洗濯機を持ち去った誰かが、翌朝、洗濯槽を覗き込む。そのとき、洗濯槽の底の部分が赤い血で汚れていることに気づいたら。そして、そのことを警察に通報したりしたら――」

「おそらく警察はその洗濯機を調べて、加奈子さん殺害事件にたどり着くわ。そうなれば、替え玉トリックで加奈子さんが生きているように見せかけるなんて、もう不可能。敏夫のアリバイは成立しなくなる。だから二人は必死になった。深夜の西荻を走り回り、消えた洗濯機の行方を捜したはずよ。僅かな可能性を信じながらね」

「そして二人は見つけたんだな。『かがやき荘』の玄関先に放置してあった洗濯機を」

「そう。そこで二人はどうしたか。本来なら、二人はその洗濯機をこっそり持ち帰りたかったでしょうね。でも、それは無理だった。なぜなら洗濯機はあっても、台車がないから」

「そういえばぁ」と礼菜が顎に指を当てながら記憶をたどる。「キャスター付きの台車は、私が玄関の中に運び込んだんでしたねぇ」

「確かに台車ナシで、洗濯機を運ぶんはキツイじゃろねえ」と美緒は腕組みしながら、犯人に同情するような口調。「敏夫はともかく、真知子は高齢者やし」

礼菜と美緒の言葉に頷いて、啓介は再び葵を向いた。「で結局、大塚親子はどうしたんだ?」

「二人は次善の策をとったのよ。まず庭にあったホースと水道の蛇口を繋ぎ、洗濯槽に水を溜める。そして一方、防犯ライトのプラグをコンセントから引き抜き、代わりに洗濯機のプラグを差し込む。そして『時間短縮コース』を選んで、スタートボタンを押す。洗濯機は回りはじめる。——これで血に汚れた洗濯槽も、たちまち綺麗サッパリよ!」

「さっすが最新型洗濯機。洗浄力が違うっちゃ!」

「おまけに全自動だから、指一本でラックラクですぅ!」

これでお値段たったの五万九千八百円! 啓介の頭の中で通販番組の名物社長の声が鳴り響く。だが、待て待て。違う違う。いまはコイツらと一緒にふざけている場合ではない。

啓介は真剣な表情を取り繕って「ううむ」と呻き声を発した。葵の語った真相が、まさしく意外なものだったからだ。「それじゃあなにか、深夜に回る洗濯機は、雑巾を洗っていたわけではなかった。あの洗濯機はおのれの洗濯槽そのものを洗っていたってわけか」

「そういうことね。雑巾は真の目的を誤魔化すためのカムフラージュ。と同時に、洗濯槽を洗う水が血で赤く染まるのを防ぐためのものよ。雑巾を洗えば、水は茶色く濁るでしょ」

「なるほど。そこまで考えての行動だったわけだ」

犯人親子の計算高い行動に啓介は舌を巻く。葵はさらに説明を続けた。

「午前三時ごろになって、私たちは奇妙な機械音を聞きつけ、三人で玄関を出た。誰もいない深夜の玄関先で洗濯機が勝手に回っているというシュールな光景が、そこにあったわ。私たちは首を捻ったけれど、まさかそれが殺人事件の証拠隠滅のためのものだとは思わない。私たちは洗濯機を止め、濁った水を捨て、そのまま洗濯機をハウスの中へと運び込んだ。もちろん、警察を呼んだりはしない。結果、犯人親子の目論見どおり、加奈子さん殺害を示す証拠は、すべて洗い流された。――これが、あの夜に起こった洗濯機騒動の真相ってわけ」

なるほど、そうだったのか。小野寺葵の慧眼《けいがん》に、啓介は感服するばかりだった。

深夜に回る洗濯機の謎を解き明かした葵は、さらに事件の解説を続けた。

「洗濯機騒動の直後の十六日土曜日、大塚敏夫はベトナムへと旅立った。一方、真知子は加奈子さんの替え玉となって、『ハイム西荻』で過ごした。日曜日には近所のスーパーで買い物もした。その上、真知子は加奈子のフリをしながら法子夫人とメールのやり取りをして、その秘書である成瀬君を、自宅に呼び寄せた。それが十八日月曜日のこと」

「それもまた、加奈子が生きていると思わせるための、真知子の策略だったわけだ」

「そういうことね」葵はソファの上で腕組みしながら頷いた。「いろいろトラブルはありながらも、計画はいちおう上手くいっていた。あとは頃合を見て、真知子が加奈子さんのフリをやめて、本来の大塚真知子に戻るばかり。そのために、真知子はあなたとの別れ際に、ひとつの約束を取りつけた。二十日水曜日に、もう一度マンションにきてもらうという約束をね。計画どおりなら、再び加奈子さんの自宅を訪れたあなたは、そこでカラッポの部屋と、凶悪事件を連想させるような何か――例えば、床に残る血痕とか乱れた家具とか――そういったものを発見するはずだった。ところが……」

「僕が法子夫人とともに加奈子さんの部屋を訪れたとき、そこには田所信吾の死体が転がっていた。てことは、田所を殺したのは真知子ってことになるのか？」

「そうよ。十八日の帰り際、あなたが『ハイム西荻』の共用玄関で田所とすれ違った直後、彼は加奈子さんの部屋を訪れたはず。きっと、いつものようにカネの無心にきたのね。そして田所は真知子と直接顔を合わせた。田所が玄関の呼び鈴を鳴らして、真知子がうっかり扉を開けたのかもしれない。あるいは、真知子が玄関を出ようとしたところ、廊下で待ち伏せする田所と出くわしたのかも」

「ふむ、田所が加奈子さんに会いにきた以上、二人は当然顔を合わせる。だが加奈子さんを名乗る女性は、別人だった。田所は一目で気づいたんだな、真知子が加奈子の替え玉を演じていることに」

「おそらくね。田所にとって加奈子と真知子の姉妹は親戚に当たる。加奈子の替え玉を巧みに演じてきた真知子も、身内は騙しきれなかった。田所は真知子を追及したはずだわ。なぜ、こんな真似をしているのか。本物の加奈子はどこにいるのか、と——」

「でも真知子は事の真相を口にすることはできないよな」

「当然よ。田所のようなタチの悪い男に弱みを握られたら、のちのち大変なことになるのは目に見えている。思い悩んだ真知子は、本当のことを話すなどといって、田所を部屋に上げた。そして飲み物など振舞うようなフリをしながら隙を衝き、いきなりビール瓶か何かで彼に殴りかかった。田所は頭を殴打されて息絶えた。真知子は加奈子さんの部屋に田所の死体を残したまま、ひとり逃走した。これが田所殺害事件の真相ってわけね」

「真知子と敏夫が思い描いていたトリックは、最後の最後になって瓦解したわけだな。田所信吾という招かれざる客のせいで」

「そうね。でも田所殺害事件は、大塚親子にとって思わぬ形で有利に働いたわ。警察は当然のように、田所殺害は加奈子さんの犯行だと考えた。加奈子さんが田所を殺害し、どこかへと失踪した。そういう判りやすいストーリーが自然と出来上がったの」

「確かに、大塚親子にとっては都合のいいストーリーだな。むしろ当初のアリバイトリックよりも理想的じゃないか。加奈子さんの行方がこのまま判らなければ、やがて警察はこう考えるはずだ。『殺人を犯した北沢加奈子は、海にでも身を投げて死んでしまったのだろう』とかなんとか――あッ、そうか！」

啓介は咄嗟の閃きを得て、手を叩いた。

「それで今夜になって、真知子と敏夫は、雑木林の死体を掘り返すような真似をしたんだな」

「そういうこと。当初のアリバイトリックでは、加奈子さんの死体は、死亡日時が曖昧になったころに、発見される予定だった。だから、死体はそんなに深く埋められたわけではなかった。でも状況が変わったため、大塚親子は予定を変更。加奈子さんには田所殺しの汚名を背負ったまま、永久に消えてもらうことにした。要するに、加奈子さんの死体をもっと深い穴に埋めなおす、もしくはもっと遠い山奥に捨てなおす。そんなふうに二人は計画を修正したのね」

「だが、そんな彼らの行動を君たちは読んでいた。そこで、敏夫の車に前もってGPS機能の付いたスマホを仕込んでいたってわけだ」

「そう。だけど、これは一種の賭けだったわ。大塚親子が早い段階で計画を修正して、すでに死体の処分を終えてしまっている。そういう可能性もあったわけだから」

「だが君たちは賭けに勝った。今夜になって、ついに敏夫の車が怪しい動きを示した」

「ええ。時刻も深夜だし、これはいよいよ死体の隠し場所へ向かっているに違いない。すぐに後を追いかけよう――と、そう思った、そのときよ」急に寒気を覚えたように、葵は自分の肩を抱いた。

「私たち、とんでもないミスに気づいたの！」

啓介は訳が判らず問いただす。「え、なんだよ、とんでもないミスって？」

すると美緒の口から意外な答え。「追いかけようにもウチら、車、持ってないっちゃ！」

「車ナシじゃ、追いかけられませぇん！」礼菜が世にも情けない声を絞り出す。

「………」なるほど。それで急遽、この俺が呼び出されたってわけか。

今宵の大捕り物に至る経緯をすっかり理解した啓介は、アラサー女たちの類稀《たぐいまれ》な探偵能力と、信じがたいほどの詰めの甘さを思い知って、深い溜め息をつくのだった。

10

田所信吾殺害と北沢加奈子殺害という二つの凶悪事件、および『かがやき荘』におけるシュールな洗濯機騒動は、こうして解決へと導かれた。だが、それでもなお判らない点がある。それは動機だ。大塚敏夫はなぜ伯母である北沢加奈子を殺害するに至ったのか。小野寺葵の推理力をもってしても、この点だけは不明なまま謎として残されていた。

だが後日、成瀬啓介は法界院法子夫人の口から、詳しい事情を知ることとなった。

「相続にまつわる感情の縺《もつ》れ。敏夫が加奈子さんを殺した動機は、それだったようね」

法界院邸の書斎兼執務室にて。デスクに向かう法子夫人は、そのように語った。

「え、そうだったんですか」と驚きの声をあげた啓介は、ふと素朴な疑問を口にする。「しかし、なぜ会長がそのような極秘情報をご存知なんですか」

「あら、簡単なことよ。荻窪署の署長に圧力をかけて、こっそり教えてもらったの」

「…………」そんなことしてるから、警察関係者の間で悪い評判が立つんですよ！

啓介は内心でそう呟きながら、表面上は素知らぬ顔で夫人の話を促した。「で、相続にまつわる感情の縺れ、というと具体的にどのような？」

「大塚敏夫は加奈子さんに遺言書を書くように勧めたらしいの。そのほうが万が一の場合、身内の間で争いが起こらずに済むからといって。でも、それを聞いて加奈子さんはいい気分はしなかった。『あなたは遺産目当てで、私の世話を焼いてくれているのか』といって、敏夫のことをなじったそうよ」

「なるほど。それで敏夫はついカッとなって……」

「ええ、加奈子さんを突き飛ばしたらしいの。もちろん、殺そうと思ったわけじゃない。でも運が悪かったのね。転倒した加奈子さんはテーブルの角に額をぶつけて、そのまま死んでしまった。パニックに陥った敏夫は、母親の真知子に電話で助けを求めた。それ以降のことは『かがやき荘』の三人が見抜いたとおりの展開だったみたいよ」

なるほど、と思うと同時に、啓介は夫人の話の中に若干の誤解があることに気づく。彼は冷静に上司の発言を訂正した。「『三人が見抜いた』は言い過ぎですよ、会長。鋭いのは小野寺葵ひとり。占部美緒と関礼菜は、葵の推理に合いの手を入れているだけの存在です。それに葵だって、今回に関しては幸運に恵まれた部分が多いと思うのですが」

「あら、どういうこと?」

「だって、事件解決の鍵ともいうべき洗濯機が、たまたま葵の目の前にあったんですよ。まったく奇跡のような偶然です。もしも、美緒と礼菜が洗濯機を拾って『かがやき荘』に持ち帰ったりしなければ、犯人たちも深夜に洗濯機を回すなんて、余計な真似をすることはなかったはず。だとすれば、さすがの葵も真相にたどり着くことはできなかったでしょう。そう思いませんか、会長?」

「いわれてみると、確かにそうね」いったん頷いた法子夫人は、しかしすぐさま顔を上げて鋭く反論した。「だけど、そうだとするなら、今回の事件のMVPは占部美緒と関礼菜の二人ってことになるんじゃないかしら。だって、二人が洗濯機を拾ったから、事件は解決したんでしょ?」

「え!?」虚を衝かれた啓介は、「う〜ん、それもそうですが」と頭を掻くしかなかった。

だが果たして、どうなのだろうか。法子夫人のいうとおり、これは葵、美緒、礼菜の三人の手柄と見なすべき事象なのだろうか。確かに、三人による無意識の連係プレーが事件の謎を解き明かしたと見ることも可能ではあるが、いやいや、やっぱりそれは買い被り過ぎというものだろう。葵の推理力には一目置くとしても、美緒と礼菜は単に粗大ゴミを拾ったルームメイトに過ぎないのだから。

「な〜に、偶然ですよ、偶然。いろんなことがたまたま上手く運んだだけです」

そう決めつける啓介の前で、法子夫人は意味深な笑みを浮かべて、こういった。

「あら、偶然を引き寄せるのも名探偵の力よ。そう思わない、啓介君?」


それから数日後、『かがやき荘』を訪れた啓介が、何気なく洗面所を覗いてみると、一角にある洗濯機置き場はガランとした状態。どうやら葵たちは例の洗濯機を処分したらしい。

まあ、無理もない話だ。いくらガサツでテキトーで度胸満点なアラサー女たちでも、いちおうは女子。死体を運んだ洗濯機で自分たちの大事な洋服を洗う気にはなれないだろう。

啓介は三人組に皮肉っぽい笑みを向けて尋ねた。「タダより高いものはないっていうが、本当だな。で、結局いくら掛かったんだ？　このご時世、大型家電を捨てるには結構なお金が掛かるはずだろ」

すると美緒は涼しい顔で、「ウチらがそんな無駄な出費、するわけないやん」

「む!?」意外な答えに啓介の顔色が曇る。「おいおい、まさか不法投棄じゃないだろうな」

「不法投棄なんかしていませぇん」と抗議するように礼菜が口を尖らせる。

「じゃあ、どうやって処分したんだよ、あの洗濯機……？」

首を傾げる啓介に対して、葵が事も無げにいった。「あの洗濯機を自分のものだと強く主張するフリーターの青年がいたから、彼に譲ってあげたのよ。良心的な価格でね」

「え！」売ったのか。事情を知らない杉浦青年に、あの忌まわしい洗濯機を！

「彼、大喜びで洗濯機を持ち帰ったっちゃ。台車をゴロゴロ転がしながら」

「私たち、凄くいいことをしましたぁ」

満足そうに頷き合うアラサー女たち。その底知れぬバイタリティーと無邪気さに、啓介は若干の恐怖すら覚える。だが、ババを引かされた杉浦青年に、いまさら真実を告げるべきではあるまい。世の中には、知らないほうが幸せということも、確かにあるのだから。

フリーター青年のアパートで、いまも回り続ける全自動洗濯機。

その光景を脳裏に思い描き、啓介は密かに溜め息をつくのだった。

Case 3

週末だけの秘密のミッション

1

「私は父を信じていました……」

偶然か、あるいは意図的なものなのか、松原清美《まつばらきよみ》の第一声は名作映画『ゴッドファーザー』の冒頭の台詞に似たものだった。確か、映画の中では葬儀屋の主人がこの世の終わりを告げるような深刻な顔と声で、「私はアメリカを信じていました」と印象的に語り出したはず。目の前の松原清美の表情は、あの葬儀屋ほど深刻ではなかったが、その声はここ最近の梅雨空のようにドンヨリと沈んでいた。

「父も今年で七十三歳。勤めていた会社もとうの昔に退職し、いまでは吉祥寺の実家で母との二人暮し。庭いじりをしたり近所の飲み仲間たちと出掛けたりしながら、悠々自適の隠居生活を送っているものと、そう思っていました。ところがです――」

松原清美は肘掛け椅子の上で前のめりになると、目の前の『女帝』にすがるような視線を向けた。

「母の話によれば、最近どうも父の様子が変なのです。金曜日の夜にきまって外出し、帰ってくるのは午後十時過ぎ。ときには深夜になることもあるのだとか。これをどう思われますか、法子さん？」

問われた『女帝』法界院法子は執務室の巨大なプレジデント・チェアに深く腰掛けながら、「なるほど、そういうことだったのね」と重々しく頷いた。中央線沿線で絶大な権勢を誇る法界院財閥。その会長の座にある法界院法子夫人は、この夜もまた普段どおりの派手目な化粧。喪服を思わせる漆黒のドレスを身に纏い、椅子の上で悠然と両脚を組みながら、デスク越しに松原清美の姿を見ている。間接照明に照らされたその顔は目許の部分だけが深い陰になって、なんだか薄気味悪い。

夫人は暗い目許のまま、清美の問いに答えた。「さては、女ね。ええ、間違いないわ……」

なぜか地を這うような陰鬱な声を、わざと作っている。どうやら完全にマーロン・ブランド演じるマフィアのドンに成りきっているらしい。――なんなんだ、この茶番劇？

夫人の傍らに控える見習い秘書、成瀬啓介は白けた気分で二人の中年女性を見やった。

松原清美といえば『松原広告社』の女性社長。確か松原広告社というのは、法子夫人が筆頭株主である『法界院重工』の子会社の子会社のそのまた子会社の関連会社の親会社（？）か何かのはず。大学院を修了した後にネット広告のベンチャー企業を立ち上げた清美は、女手ひとつでその事業を軌道に乗せて、法界院グループと取り引きするまでに会社を急成長させたのだ。業界では結構やり手の経営者と評判の女性である。

そんな彼女の経営手腕を認めてか、あるいは《四十代の女性経営者で地位もお金もあるけど、なんというか、ちょっと孤独》という互いの境遇にシンパシィを感じてか、おそらくはその両方があってのことだとは思うのだが、法子夫人は松原清美のことを特別目に掛けている様子に見える。

この日も法子夫人は清美を自宅に呼び、豪勢な夕食を共にした。ところが食事の最中、清美はどこか浮かない顔。そのことを敏感に感じ取った法子夫人が清美を執務室に招き入れ、胸に秘めた悩みを聞いてあげている――というのが、現在の状況である。けっして名作映画をネタにおばさん同士がふざけあっているわけではない。

「やはり、そう思いますか。法子さんも父が浮気をしていると」

我が意を得たりとばかりに、椅子の上で清美が顔を上げる。

法子夫人は相変わらず沈鬱な顔で頷いた。

「ええ、私の直感では、そう思えるわね。長年会社勤めをしてきた真面目な男が、七十の坂を越えてから突然、若い女との色恋沙汰に走る。よくある話だわ。それで清美さん、あなたはお父様のことをどうしたいというの？　私は何をどうすればいいのかしら？」

するとと清美は黙って椅子を立ち、足音ひとつ立てずに法子夫人の傍らへ。そして前かがみになりながら夫人の耳元に悪魔の囁きを吹き込んだ。「どうか秘密の制裁を……」

「………」やっぱり、ふざけあっているのだろうか、この人たち？

溜め息をつく啓介の隣で、法子夫人は大真面目に首を左右に振った。

「あら駄目よ、清美さん。気持ちは判るけど、それは無理。そもそも、あなただって自分の親を闇に葬り去っちゃ寝覚めが悪いでしょ」

「ええ。ですが、このままじゃ母があんまり可哀想で……」

「確かに、そうかもしれないけれど」プレジデント・チェアの上で脚を組み替えた法子夫人は、顎に手を当てて思案するポーズ。そして突然ひとつの妥協案を提示した。「ともかく事実を正確に把握することが先決だわ。制裁を科すにせよ許すにせよ、お父様が誰とどんな関係にあるのかを調べてからじゃないとね。――ああ、そうそう、いい考えがあるわ。私に任せてもらえるかしら、清美さん」

「え、法子さんが調べてくださるんですか。父の浮気の相手を？」

「あら、私が直々に調べるわけじゃないわよ。プロの探偵じゃないんだから」そういって椅子を立った法子夫人は意味深な笑みを覗かせながら、清美の肩をぽんと叩いていった。「大丈夫。こういう仕事にうってつけの連中がいるわ。彼女たちにやらせましょ」

夫人の口から飛び出した『彼女たち』という言葉に、啓介はピンときた。若干の不安を抱えつつ夫人に歩み寄ると「会長、ちょっとお話が」と耳元に囁いて彼女を窓際まで誘導。そして啓介は上司であると同時に遠い親戚でもある法子夫人に対して、咎めるような視線を向けた。「おばさん、まさかとは思いますが、こういう仕事にうってつけの『彼女たち』というのは、例のアラサー女たちのことですか」

「おばさんと呼ぶのはおやめなさいね、啓介君」と怖い顔で釘を刺してから、法子夫人は一転、自信の表情を覗かせた。「ええ、お察しのとおりよ。私のいう『彼女たち』とは、あの三人組――そう、『かがやき荘』の『チャーリーズ・エンジェル』たちのことよ」

「ちゃーりーず・えんじぇる!?」あの冴えない女たちに、誰がそんな素敵な名前を付けたのか。啓介は首を傾げながら、「しかし彼女たちだってプロの探偵ではありませんよ。確かに過去二回は運良く事件を解決しましたが、幸運が何度も続くとは限りません。そんな素人に、よその家庭問題を調べさせたりして本当に大丈夫なんですか、チャーリーさん?」

「誰がチャーリーよッ!」法子夫人の声がいきなり裏返る。

「?」理不尽な叱責に啓介は思わずキョトンだ。「たったいま、ご自分でそうおっしゃったじゃありませんか。あの三人組のことを『チャーリーの天使《エンジェル》』だと」

「だからって、なんで私がチャーリーなのよ」目を三角にする法子夫人は着飾った自分を親指で示しながら、「どっちかっていや、エンジェルのほうでしょ!」と、なかなか図々しいことをいった。

「えんじぇるぅ!?」正直その見解にはまったく賛同できないが、上司をこれ以上怒らせたら首が飛んでしまう。啓介は秘書らしく澄ました顔を作りながら、「まあ、どっちがチャーリーで、どっちがエンジェルでも僕は構いませんがね。しかしその仕事、彼女たちが引き受けますかねえ。そもそも浮気調査みたいな地味で根気のいる仕事には向かない連中ですよ。意外にアッサリ断られるかも……」

「だったら、それを説得するのが、あなたの仕事でしょ」有無をいわせぬ口調で法子夫人は命令を下した。「さっそく明日にでも『かがやき荘』にいってちょうだい。いいわね」

啓介はピンと背筋を伸ばしながら、「承知いたしました」と答えるしかなかった。

2

「――というわけなんだ」

そういって成瀬啓介は、居並ぶ三人の女たちに視線を向けた。「要するに、今回君たちに与えられたミッションは簡単な浮気調査だ。もちろんタダってわけじゃない。成功の暁には『かがやき荘』の今月分の家賃が免除される。え、失敗したときはどうなるかって？　えーっと、そりゃあ、あれだ、んーっと、まあ、悪い結果なんて想像したって仕方がないだろ。どうせ君たち、失うものは何もないじゃないか。とにかく法子夫人は君たちの活躍をお望みだ。引き受けてくれるよな、チャーリーズの諸君？」

「誰がチャーリーズですって！」いきなり小野寺葵が叫ぶ。

「妙な名前を勝手に付けんな！」占部美緒も唇を尖らせる。

「こんな可愛い女子なのにぃ！」関礼菜は首を左右に振る。

三方向から浴びせられる三種類のツッコミの声。啓介は両手で耳を塞ぎながら、それらの声をやり過ごした。「やれやれ、相変わらずひとつのボケに対してツッコミの数が多すぎるな」

法子夫人の命令を受けた翌日の夜のこと。場所は『かがやき荘』の共用リビング。

女性陣の圧力に対して、早くも防戦一方となった啓介は、目の前にたむろする女たちの姿を、あらためて順繰りに見やった。

三人組のリーダー格、三十一歳の小野寺葵は白シャツに細身のデニムパンツという恰好。ソファに悠然と腰を下ろして脚など組む姿はなんだかちょっと偉そうだ。眼鏡の奥の眸は、何かを警戒するように油断なく啓介へと向けられている。

そんな葵の足元の床で男よりも男らしく堂々とあぐらを掻いているのは、占部美緒三十歳。赤いTシャツに黒いハーフパンツ姿。茶色く染めた短い髪の毛は、やはり男の子のようだ。

その隣では関礼菜が床の上にペタンと坐りこみ、テーブル越しに啓介へと視線を送っている。白いブラウスにチェックのミニスカート、そして紺色のハイソックス。あたかも女子高生を思わせる二十九歳女子は、二つ結びにした髪の房を揺らしながら啓介に抗議した。「法子夫人が『チャーリー』で私たちが『エンジェルズ』。それでいいじゃありませんかぁ」

「ああ、はいはい、判った判った」なんだか面倒くさくなった啓介は、三人のアラサー天使たちの前で適当に頷いた。「まあ、とにかくだ。今回の件は、いわば君たちにとってボーナスチャンス。だって、そうだろ。べつに法子夫人は密室殺人の謎を解けとか、殺人犯を捜し出せとか、そんな難しいことを命じているわけじゃない。ただひとりのお年寄りを尾行して、その浮気相手を突き止めろ、といってるだけだ。推理もヒラメキも必要としない。その意味じゃ簡単な仕事じゃないか。――な、頼むよ。お願いだから引き受けてくれねーか。なあ、いいだろー、エンジェルさんたちよぉー」

「なに、急に投げやりになってんのよ！」

「あんた、もうウチらに飽きとるやろ！」

「もっと真面目に説得してくださぁい！」

「……………」やはりツッコミ過多だな。ウンザリする啓介はその場ですっくと立ち上がった。「判った、もういい。君たちにやる気がないのなら、それまでだ。松原清美さんには本職の私立探偵でも紹介するとしよう。そのほうが確実だ。——では邪魔したな、君たち。どうか地道なバイトに励んでくれたまえ」

捨て台詞を残しながら、啓介は踵を返してリビングの出入口へと向かう。その背中を今度はただひとりの言葉が呼び止めた。「ちょっと待ちなさい！」

声の主は小野寺葵だった。ソファに座る葵は目許の無粋な眼鏡を指で押し上げながら、「やりたくないなんて、ひと言もいってないじゃない。——ねえ、そうでしょ？」

葵が同意を求めると、美緒と礼菜も揃って首を縦に振った。

「やりたくないなんていってないっちゃ」

「むしろ、やりたいにきまっていますぅ」

やれやれ、と頭を掻きながら啓介は再びリビングの床に腰を落ち着けた。「この面倒くさい駆け引きみたいなの、必要か？　どうせ引き受けるなら、最初から素直にそういえよ」

「そんなに真っ直ぐな心があったなら、いまみたいな暮らしはしていないわ」

開き直ったような葵の台詞に、美緒と礼菜もウンウンと頷く。ひねくれ者の三人は、それぞれの職場を追われて、この『かがやき荘』での共同生活を余儀なくされているのだ。飼い主に捨てられた犬が人間不信に陥るのと同じで、彼女たちの扱いもまた非常に難しいところがある。そのことを啓介は過去二回の事件を通して学習したところだ。

「まあ、とにかくやってもらえるなら有難い。恩に着るよ」

「ええ、一生恩に着なさいね」

いわれて啓介は、一瞬とはいえ恩に着た自分がアホらしくなった。ムッとする啓介に、葵はさっそく実務的な情報を求めた。「まず、その浮気男の詳しい素性を教えてもらえるかしら。名前はなんていうの？　どこに住んでいるの？　職業は？　ふだんの暮らしぶりはどんなふう？　なぜ浮気してるの？　浮気の相手は何者？」

「だから、それを君たちが調べるんだろ！」

啓介は思わず怒声を張りあげる。そして気を取り直すと、現時点で判っているだけの情報を伝えた。

「男の名前は松原浩太郎《こうたろう》、七十三歳。かつては小さな印刷会社の経理で働いていたそうだ。会社は随分前に定年退職して、いまは吉祥寺の自宅で悠々自適の年金暮らし。一方の奥さんは松原美津子《みつこ》。六十八歳の専業主婦だ。浩太郎と美津子は四十年以上も前に同じ職場で出会い、結婚した。浩太郎にとっては二度目の結婚で、美津子は初婚だったそうだ。結婚後、二人の間には娘さんがひとり授かった。これが松原広告社の清美社長だな。清美社長は独身だが、都心のマンション暮らしだから、いま吉祥寺の実家に住むのは浩太郎と美津子の老夫婦だけだ。近所の評判によれば、浩太郎は真面目で堅実、酒はまあまあ飲むものの、女遊びやギャンブルなどにはいっさい手を出さない、いかにも実直な人柄。夫人との夫婦仲も傍から見れば、極めて円満に思われる——とのことだ」

ま、事実はどうか知らないけどな、と啓介は皮肉っぽく付け加える。

葵は多少なりと興味を引かれた様子で、身を乗り出しながら聞いてきた。「ふーん、その真面目な七十男が、週末ごとにたびたび家を空けるようになったってわけね」

「まあ、家を空けるといっても、せいぜい夜の数時間程度のことなんだがな」

「それは、いつごろからなの？」

「正確に何月何日からとはいえないんだが、だいたい今年の春ごろからだそうだ。そもそも、浩太郎が夜に家を空けることは珍しいことではない。浩太郎は酒好きなほうだから、近所の飲み仲間と出掛けたり、ひとりでふらりとカラオケスナックに立ち寄ったりすることもある。だから、美津子夫人も最初は特に不審を抱くことはなかった。だが、あるとき夫人はハタと思ったらしいんだな。夫の行動にはある種のパターンがあるのではないか――と」

啓介の言葉を聞いて、美緒がウンウンと頷いた。「なるほど。奥さんはようやく気づいたんやね。『考えてみたら、ウチの旦那の外出って金曜日の夜に偏ってなくね？』ってな具合に」

「六十八歳の美津子夫人は『偏ってなくね？』とはいわなかったと思うがな」

どうでもいい点を指摘してから、啓介は再び葵を向いた。「いずれにしても美津子夫人は夫の行動に疑惑を持った。そこで夫人は浩太郎に『どこへ出掛けていたの？』とさりげなく尋ねてみたらしい。ところが彼の返事はどうも曖昧で嘘っぽい。『ちょっと考えごとをしに……』とか『昔の友達と会う約束があって……』とか、そんな感じだったそうだ」

「『お酒を飲みに出掛けていたんだ』とは答えなかったの？　酒飲みの浩太郎にしてみれば、それがいちばん簡単でもっともらしい理由づけだと思うんだけど」

「いや、それはない。なぜなら金曜日の浩太郎は、きまって車で外出するからだ。車で出掛けておいて『飲みに出掛けていた』じゃ、いくらなんでも下手な嘘だとすぐバレるだろ。実際、謎の外出先から帰宅した浩太郎は、いつもしらふだそうだ。彼は酒を飲みに出掛けているわけではない。じゃあ、いったい金曜日ごと彼はどこに出掛けているのか」

「女のところね。その日にしか会えない女がいるのよ。ええ、経験上、間違いないわ」

「………」いったい小野寺葵にどれほどの経験があるというのか。いや、それはともかく――「夫に対する疑念を深めた美津子夫人は、そのことを娘の清美社長に相談した。すると清美社長はそのことを法子会長に相談して……」

「巡り巡って、私たちのところにお鉢が回ってきたってわけね」

すべて理解したとばかりに頷く葵。その傍らで美緒と礼菜がいっせいに不満の声をあげた。

「いつもいつも厄介ごとを押しつけおって！」

「自分の手を汚さない資本家は卑怯ですぅ！」

彼女たちの不満は判らないでもないが、いちいち聞いていたら土の中の幼虫がセミになってしまうほどの時間が掛かるだろう。啓介は作り笑いを浮かべながら、「まあ、そういうなよ。みんな忙しいんだからさ」といって彼女たちの鬱憤を脇に追いやると、話を元に戻した。「ところで、さっきもいったように浩太郎は金曜の夜に、いつも車で出掛ける。必然的に彼を尾行するのも車で、ということになるだろう。そこで聞きたいんだが、君たちだって免許ぐらいは——あれ!?」

ふと啓介は目の前の異変に気づき、思わず目をパチクリさせた。「な、なんだ、どうした君たち？全員ＫＯ負けを喰らったボクサーみたいにうなだれて……？」

「み、みんな忙しいって……」

「た、確かにウチら暇しとるけど……」

「べ、べつに好き好んで暇なわけではないですぅ……」

いじけたような暗い目で啓介を見やる三人。そのジトッと湿った視線を一身に浴びながら、啓介は自らの迂闊さにようやく気づいた。彼が不用意に発した『みんな忙しい』という言葉。それは、仕事があったりなかったりのバイト暮らしを余儀なくされる三人の心にグサリと突き刺さり、なおかつその傷口をグイッと深く抉《えぐ》ってしまったらしい。これだから、このエンジェルたちは扱いづらい。

啓介は慌てて手を振りながら、「まあまあ、気にするなって。僕の言葉に深い意味はない。君たちが、それなりに忙しい身だってことぐらい知ってるさ」啓介は適当な言葉で三人の機嫌を取り成すと、再び当初の質問に戻った。「そんなことより君たち、自動車免許ぐらいは持っているんだろうな？」

三人は揃って「持ってる」と頷き、その直後には「だけど車が……」と暗い顔を見合わせた。

予想どおりの反応を得て、啓介はすぐさま「心配ない」と手を振った。「車なら法界院家に何台も余っている。適当なやつを貸すってことで、話をつけておくよ。僕も前回の事件のときみたいに、夜中にいきなり呼び出されちゃ堪らないしな」

車を持たない三人が、タクシー代わりに啓介を夜中に呼び出して殺人犯を追跡したのは、つい先日の出来事だ。前もって車を与えておけば、そういった面倒な事態は避けられるはず。そんな彼の提案を聞くなり、三人組は目を輝かせながら、

「じゃあ、私はベンツ」「ウチはポルシェ」「礼菜はミニ・クーパーがいいですぅ」

と口々に勝手なリクエスト。啓介は思わず声を荒らげた。

「誰がひとり一台貸すっていったんだよ！」

そして最後に啓介は、特に真剣な口調でひとつ念を押した。「いっておくが、今回の件は浩太郎にバレないようにすることはもちろん、奥さんの美津子夫人にも内緒の仕事だからな。誰にも知られないように上手くやって、その結果を法子夫人と清美社長に報告するんだ。いいな？」

啓介の言葉に、アラサー女たちは揃って首を縦に振った。

3

そうして迎えた六月第一週の金曜日。あまい醤油ダレの香り漂う牛丼店の店内。カウンター越しの

接客を続けてきた占部美緒は、壁の時計が午後七時を示したのを確認すると、

「店長、あがりますねー」

と、ひと声掛けてカウンターを離れる。従業員控え室に引っ込み、制服を脱いで大急ぎで帰り支度。

すると中年の店長が追いかけるようにやってきて、「美緒ちゃん、もう一時間、頼めないかな。予定してた学生のバイト君が、これなくなっちゃったんだよねえ。頼む、このとおりだからさ」といって美緒のことを有難い仏像のように両手で拝む。だが、ここで甘い顔を見せるわけにはいかない。

「いいえ、これから人と会う予定があるんで」

美緒は片手を前に突き出しながらキッパリ拒絶の意思表示。

すると店長は何をどう勘違いしたのか、「そっかデートか。じゃあ仕方ないなぁ」と勝手な解釈。

美緒は敢えて否定することなく、「ほんじゃ、お先にー」とタイムカードを押して『杉屋』を出た。

ちなみに『杉屋』は大手牛丼チェーンの『松屋』とよく似た黄色いカラーの店構え。『松屋』と同様、すべての牛丼に味噌汁が付くのが特徴。それでいて同じく大手牛丼チェーンの『すき家』によく似た変り種メニューが売り物で、夏にはうな丼も提供するという、まさに理想的な牛丼店。いまのところ、どちらの牛丼チェーンからも訴えられてはいないが、もし訴えられたら三日で閉店に追い込まれること請け合いの弱小店舗である。

赤いTシャツにハーフパンツ姿の美緒は、『杉屋』を出ると、その足で西荻窪駅へと向かった。

中央線の電車に乗り込み、隣の吉祥寺駅で降りる。

金曜日の夕刻を迎えた吉祥寺は学生や帰宅途中のサラリーマンで大混雑だ。手を繋いで歩くラブラブなカップルたちに対して、「ちッ、リア充どもめぇ」と一方的に敵対する視線を向けながら北口への改札を出ると、とりあえず駅前のコンビニへ。おにぎりとパンと数種類のお菓子、それにペットボ

トルのお茶などを適当に購入して、再び目的地へと歩き出す。

やがてたどり着いたのは吉祥寺北町。某大学の傍に広がる住宅街だ。真新しい大型マンションと一戸建て住宅とが混在する風景の中、美緒はキョロキョロと用心深くあたりを見回した。

「――ははん、あれっちゃね」

視線の先に黒いボルボの姿を発見。住宅街の路地にポツンと一台だけ停車しながら、夕闇の中で気配を消している。美緒は何食わぬ顔でその車体に近づくと、素早く後部ドアを開けて車内へと滑り込んだ。すぐさま後部座席から顔を覗かせ、「どんなふうなん？」と現在の状況を尋ねる。

すると運転席から小野寺葵の声が答えていった。「まだよ。いまのところ何も動きはないわ」

「動くとすれば、これからでしょうねぇ」助手席に座る関礼菜が真っ直ぐ前を指差しながら、「ほら、美緒ちゃん、あれが松原家ですぅ」

礼菜の示す先には、最近よく見かけるタイプの三階建て住宅があった。一階がすべてガレージになっているらしい。ガレージの前面はシャッターがぴったりと閉じられていた。あの出来損ないの秘書（成瀬啓介のことだ）の話によれば、松原浩太郎は謎の外出をする際、必ず車で出掛けるとのことだ。ということは――「あのガレージのシャッターさえ見張っとったらええ。そういうことじゃね？」

「そういうことですぅ」と礼菜が前方に視線を向けたままで答える。

「いま、松原家におるんは浩太郎と美津子夫人だけなん？」

「ええ、その二人だけよ。他には誰も出入りしていないわ」

そう答えた葵は、いきなり後部座席のほうに顔を向けながら、「後のことは任せるから、上手くやってね。――じゃあ私は、これにて失敬！」といって手刀を切るポーズ。そしてすぐさま運転席のドアを開けると、ひとり外へと飛び出していった。暗闇の中を遠ざかっていくリーダーの背中。黙って見送る美緒と礼菜。張り込みの現場を離れた葵は、これから深夜までコンビニのバイトに勤しむのだ。

こうして今宵の張り込みは美緒と礼菜、頼りない二人の手に委ねられることとなった。

「けどまあ、二人おったらなんとかなるっちゃ」

美緒は自らカラッポの運転席に移動した。二人は美緒の買ってきた食料をペットボトルのお茶で流し込みながら、地道な張り込みを続けた。しばらくするとあまりの退屈さに耐えられなくなったのだろうか、礼菜がカーラジオの選局ボタンをガチャガチャと弄《いじ》りはじめる。

「何か面白い番組、やってませんかねぇ……」

だが、どうやら電波状況が悪いらしい。結局、まともに受信できたのはＮＨＫのナイター中継だけだった。ライオンズ対タイガースの交流戦だ。だが美緒にとって、それはむしろベストといえるチョイスだった。なぜなら美緒は幼少のころからのライオンズファン。パ・リーグの獅子とセ・リーグの虎が球界の百獣の王の座を争うこの戦いは、見逃せない一戦になるに違いなかった。美緒は「べつにどっちが勝っても構わんっちゃよ」という余裕のポーズを見せながら、その実、耳をダンボのようにしながらラジオの音声を聴く。と同時に、その視線だけは真っ直ぐ松原邸へと向けられていた。

そうして数時間が経過し、西武ドームでの熱戦も終盤を迎えたころ——

「あッ」助手席の礼菜が前を指差して、小さな叫び声を発した。「動き出しましたぁ」

見ると一階のガレージのシャッターが自動で開きはじめている。やがて全開になったシャッターの向こうに現れたのは、白いセダンと黄色い軽自動車だ。セダンの運転席には人の姿。どうやら年配の男性がハンドルを握っているらしい。「ははん、あれが松原浩太郎っちゃね」

呟いた瞬間、白いセダンのヘッドライトが点灯し、黒いボルボを正面から照らし出す。

「危なぁい、美緒ちゃん！」

「隠れるっちゃよ、礼菜！」

美緒と礼菜はなぜか互いの頭を押さえつけ（あるいは押さえつけられながら）、ダッシュボードの陰に身を隠す。幸い、向こうの運転手は路上に停車中のボルボを、特に不審には思わなかったらしい。恐る恐る顔を上げる美緒の目の前で、白いセダンはガレージを悠々と出ていった。

「よーし、いよいよ尾行開始じゃが」

美緒はボルボのエンジンを掛けると、慎重に車をスタートさせた。

「なんだかワクワクしますねぇ」と礼菜は助手席でポテチをくわえながら目を輝かせる。

「遠足と違うんじゃけえ、お菓子なんか食ってる場合やないっちゃ！」

美緒が一喝すると、「はーい」と礼菜は明るく答えて、「美緒ちゃんもシートベルトしておいたほうがいいですよぉ。おまわりさんに注意されないようにぃ」

「わ、判っとる！」美緒はハンドルを握ったまま、片手でシートベルトを装着した。

そうする間も彼女の両目は油断なく前方の白いセダンに注がれている。吉祥寺北町を出発した車は住宅街の道を縫うように走りながら、東へ東へと向かっていた。それを見て礼菜が呟く。

「前の車、『かがやき荘』のある方角に向かっているみたいですねぇ」

「さては、不倫相手は西荻在住じゃろか」

「その先の荻窪だったりしてぇ」

「まさか法子夫人とか」

「…………」

「…………」

一瞬の間があってボルボの車内に「あはははは」「うひゃひゃひゃひゃ」と女二人のけたたましい

哄笑が響く。「んなアホな！」「あり得ないですぅ！」といって馬鹿げた想像を笑い飛ばす美緒と礼菜。

そんな二人をよそに、白いセダンは相変わらず安全運転を続けていた。実際のところ、松原浩太郎はどこへ向かっているのだろうか。考えを巡らせる美緒の前で、そのときふいに白いセダンが速度を緩めた。慌てて美緒もブレーキを踏む。白いセダンは住宅街を走る道路の脇にピタリと停車した。

「停まりましたねぇ」礼菜がフロントガラスの向こうを覗き込む。

「どねーしたんじゃろ」美緒は首を傾げながら、ボルボのカーナビを確認した。

現在位置は吉祥寺東町。武蔵野市と杉並区と練馬区の境界線が交錯するあたりだ。窓から暗い街並みを見渡してみると、あたりは一戸建てや低層アパートが建ち並ぶ住宅街らしい。その一角にだだっ広い建築現場が見える。新しい大型マンションでも建つのだろう。現在はまだようやく建物の鉄骨が建ちはじめたばかり、といったところらしい。もちろん夜なので作業はおこなわれていない。

そんなガランとした工事現場の前に白いセダンは停車していた。しばらく待っても、何も動き出す気配はない。

ジリジリするような時間が流れる中、「こんなところで、浮気相手と待ち合わせでしょうかぁ？」

「判らん。とにかく、このまま見張っとったら必ず何か起こるはずっちゃ」

こうして美緒と礼菜はボルボの座席に腰を沈めたまま、前方に注意を払い続けた。

礼菜は好きなお菓子を頬張りながら。

そして美緒は終盤戦を迎えた西武ドームの試合展開を気にしながら――

「――で、結局どーなったってわけ？」

小野寺葵が興味津々の表情を向けると、占部美緒は悔しさのあまり唇を噛んだ。「それが結局、九回の裏の反撃も虚しくライオンズは3対4の惜敗ちゃ……」

「んなこと誰も聞いてないわよ！」不満を露にする葵は右手に持った魚肉ソーセージをひと口齧《かじ》ってから再度質問した。「待ち合わせの相手は誰だったのかと聞いてんでしょ！」

その日の深夜、『かがやき荘』のリビングにて。張り込みを終えて帰宅した美緒と礼菜。二人とは別にコンビニでのバイトを終えて帰宅した葵。三人はローテーブルを挟んで向かい合っていた。葵は右手に魚肉ソーセージ、左手にビールのロング缶という勇ましい姿（ただしビールはビールでも、いわゆる『第三のビール』だ）。美緒と礼菜はそれぞれハイボールのグラスを手にしながら、今宵の張り込みの顛末について詳細を語っていたのだが――なぜだか話が野球に逸れた。

美緒は短い髪を掻きながら、「ああ、そういや、浮気調査の話やったなぁ」といって、あらためて話題を張り込みの件に戻した。「それがな、葵ちゃん、どうも変なんよ」

「そうなんですぅ」と礼菜が話に割り込む。「私たち、同じ場所でずーっと待っていたんですけど、
結局、浩太郎の車には誰もやってこなかったんですよぅ」誰もこなかった!?」葵は意外そうに眉根を寄せた。「じゃあ、浩太郎はどうしたのよ」

「何もしていませぇん。白いセダンの運転席に座りっぱなしでしたぁ」

「だいたい一時間半ぐらい、その場所に居続けたっちゃ」

動きのない車をボーッと眺め続ける一時間半は、ウンザリするほど長かった。せめてライオンズがもう少し粘りを見せてくれていれば多少の暇潰しにもなったろう。そう思わずにはいられないほど、それは美緒にとって退屈な時間だった。葵が再び魚肉ソーセージを齧って首を傾げる。

「一時間半も!?　だけど、その場所って工事現場の前なんでしょ」

「そうなんよ。工事現場の前に一時間半」

「それは何時から何時まで？」

「工事現場に着いたのが午後九時半ごろで、それから十一時ごろまでそこにおったっちゃ」

「ふーん。それで、その後は？」

「それが、また変なんですぅ」礼菜が腕組みする。「午後十一時ごろに再び白いセダンが走りはじめたんで、私たちも慌てて後を追いました。もちろん、相手に気づかれないように慎重に。そうしたら、白いセダンはさっききた道を引き返すようにして、そのまま自宅に舞い戻ってしまったんですぅ」

「自宅に戻った!? じゃあ、本当に何もしないで帰ったってわけね」葵は顔の眼鏡を指先で押し上げながら、「それって、いったい何の意味があるのよ？」

「よう判らんけど」と前置きしてから、美緒は自らの考えを語った。「今夜に限って、浩太郎は相手との約束をすっぽかされたんと違うじゃろか。一時間半も待ってみたけど結局、相手が現れんけえ、諦めて帰っていった。そういうことなのかもしれん」

「なるほどねえ。しかし、約束の時間に現れない相手を一時間半もジーッと待つなんて、相当な忍耐力ね。それとも相手に対する愛情の深さなのかしら。私には判らないけど」

そういって葵は眉間に深い縦ジワを刻むと、残りの魚肉ソーセージを口に放り込む。さらにテーブルに置かれたサバ缶の中身を箸でつまんで、ひと口。それから手にした缶ビールをグイッと呷《あお》ったかと思うと、彼女は何事か重大な事実を発見したかのように「あぁぁッ」といきなり大きな声をあげた。

何事かと身を乗り出す美緒と礼菜。二人の前で葵は、いま初めて気づいたといわんばかりに叫んだ。

「――にしても、やっぱたまんないわねえ、バイトの後のビールは！」

五臓六腑に染み渡る、といわんばかりに「くぅーッ」と恍惚の表情を浮かべる葵。

身を乗り出していた美緒と礼菜は、落胆のあまり揃って失望の叫びをあげた。

「ビールの感想なんぞ、どーでもええっちゃ！」

「まったく葵ちゃんにはガッカリですぅ」

妹分たちの冷たい視線にようやく気づいた葵は、「え、なになに!?　ああ、浮気調査の件ね」といって無理やり陽気な笑みを浮かべた。「うん、大丈夫、大丈夫。たぶん美緒のいうことが、おおよそ正しいのよ。きっと浮気男と相手の女との間で、なんらかの行き違いがあったんでしょ。まあ、いいじゃない。こちらとしても、せっかく任されたミッションが、たった一回の張り込みで決着ついたんじゃ張り合いがないってもんよ。――ちなみに、今夜のあなたたちの尾行は、浩太郎には気づかれていないんでしょ？」

「うん。それはまず間違いないっちゃ」

「だったら問題ないじゃない。チャンスは来週の金曜日に、また巡ってくるわ。その日は私もバイトの予定がないから、最後まで張り込みに参加できると思うしね」

「あれえ!?　私は逆に来週の金曜日はコスプレショップでのバイトが入ってますぅ」

スマホのスケジュール帳を眺めながら、礼菜が残念そうに溜め息をつく。

「ほんじゃあ、来週はウチと葵ちゃんが張り込み担当ちゅうこと？」

「そういうことね。よし、来週こそは浮気男の尻尾を摑んでやるわよ」

強い決意を口にしながら葵は缶ビールの残りをぐっと飲み干す。そして空になったロング缶をゴミ箱に放り込むと、また新たな酒とツマミを求めて冷蔵庫の扉を勢いよく開ける。

女三人の酒宴は、ダラダラと深夜三時過ぎまで続くのだった――

4

そして迎えた六月第二週の金曜日。時計の針が午後九時に差し掛かるころ。

「ねえ美緒、これって、ひょっとして先週と同じ展開ってこと？」

張り込み中の車内にて。小野寺葵に問い掛けられた占部美緒は、助手席で小さく頷いた。

「いまのところ、そうみたいじゃけど……ううむ、ちょっと予想外っちゃ」

呻き声をあげる美緒の視線は、真っ直ぐ前方の暗闇へと向けられていた。

場所は吉祥寺東町のはずれに位置する住宅街。大型マンションを建築中と思われる、例の工事現場である。路上には、今夜も松原浩太郎の白いセダンが停車していた。

浩太郎の車は、いまから十五分ほど前に松原邸のガレージを出発。住宅街の狭い道を進むと、いっさい迷うことなく、この場所に停車。その後はピタリと動きを止めた。つまり、ここまでは先週とほぼ似たような展開というわけだ。ただし、先週と明らかに違っている点が三つ。

ひとつ目の違いは、法界院家から貸与された車が、黒いボルボではなくて赤いアクセラである点。同じ車で尾行すれば、それだけ相手に気づかれる危険が増す。車種変更は、そのための配慮だった。

二つ目の違いは、もちろん美緒の相方が関礼菜ではなく小野寺葵であるという点。運転に自信がある葵は、自ら進んで運転席に腰を落ち着けている。今夜の美緒は助手席だ。

そして三つ目の違いは、車内に流れるのがライオンズの野球中継ではなくて「ＳＰＥＥＤ」のベストアルバムであるという点。これは退屈な張り込みになることを見越した葵が、わざわざ古いＣＤを持ち込んだものだ。なぜ「ＳＰＥＥＤ」なのかといえば理由は簡単。いまどきのアラサー女にとって少女時代の憧れのアイドルといえば、何はなくとも「ＳＰＥＥＤ」がピカイチだったから。要するに、そういう世代なのである。窓を閉め切ったアクセラの車内で、美緒と葵は「ＳＰＥＥＤ」のヒット曲メドレーを結構な音量で歌いながら、陽気な張り込みを続けた。

するど、時計の針が午後九時を十分ほど回ったころ――

少女時代に戻って『ボディ・アンド・ソウル』を熱唱していた美緒の隣で、いきなり葵が前方を指差しながら、「ああッ」と素っ頓狂な声をあげた。「動き出したわ！」

「えッ」慌てて前方を見ると、白いセダンはいままさに工事現場の前の道路をスタートしたところだ。たちまち遠ざかるセダンの影を眺めながら、美緒は焦りの声をあげる。「追うっちゃよ、葵ちゃん」

いわれるまでもない、とばかりに葵はシフトレバーを操作しアクセルを踏み込む。車はタイヤを鳴らして急発進。遥か前方をいく白いセダンを猛然と追いはじめた。

「けど、なんでじゃろ。なんで、急に走りはじめたん、あの車？」

「判らないわ。でもまさか、先週みたいに自宅に戻ってるわけじゃないわよね」

「それはないと思う。この前とは全然違う道を通ってるっちゃ」

そんな会話を交わしながら車を走らせること数分。いつしかフロントガラス越しに見える景色は、美緒や葵たちにとって、むしろ馴染みのあるものへと変わっていた。どうやら車は吉祥寺の住宅街を抜けて、西荻窪へと入ったらしい。運転席の葵が余裕の笑みを漏らしていった。「ふふッ、西荻なら、こっちの庭みたいなもの。見失う心配はないわ」

「まああ狭い庭じゃけえね」と美緒は西荻を軽く見下すようなことをいってから、「けど葵ちゃん、あんまり油断せんほうがええよ。何が起こるか判らんけえ……」

すると、心配を口にした傍から悲劇は起こった。場所は信号のある交差点だ。信号の色は緑から黄色へ。だが前を行くセダンは速度を緩めることなく交差点を突っ切る。と同時に信号は赤に変わった。

美緒は前を指差して、「あッ、赤!」と助手席から警告を発する。

だがハンドルを握る葵は、その警告をどう解釈したものか、「大丈夫ッ」と叫んだかと思うと、「しっかり摑まってッ」と全然大丈夫じゃない台詞。そして猛然と赤信号の交差点へと突っ込んでいった。

美緒は目を見開きながら、「ひゃぁぁッ」と恐怖に満ちた絶叫。死神に魂を抜かれるようなヒヤリとした感覚が背筋を走る。生きた心地がしないとは、このことだ。「やめてやめて、やめて〜〜ッ」

すると次の瞬間、アクセラは「ギュイィィッ」と不自然なブレーキ音を立てて、交差点の手前で急停止。「ちぇ、駄目だったか……」と葵は舌打ちしながら、悔しそうにハンドルをバシンと叩く。

一方の美緒は命拾いした気分。「ホーッ」と胸を撫で下ろし、そして運転席の葵の胸倉に思わず摑みかかると、「こらぁ――ッ、葵ちゃん、ウチのこと殺す気かいやぁ!」と目を三角にして叫ぶ。

しかし葵は少しも懲りていない表情を浮かべながら、

「あーあ、もう少しで強行突破できたのに……」

などと恐ろしいことを呟きながら、残念そうに赤信号の交差点を見やる。

一足先に交差点を走り抜けた白いセダンの姿は、もうどこにも見ることができなかった。


「――で、結局どーなったんですかぁ?」

先週耳にしたのと同じ質問。だが今宵、『かがやき荘』のリビングにて、その問い掛けを口にしたのは、コスプレ店でのバイトを終えた礼菜だった。問われた美緒は悔しげに唇を嚙みながら、「それが、九回の裏に中村のホームランでいったんは同点に追いつき、延長戦に持ち込んだものの、結局は十回にリリーフ陣が力尽きて2対3で惜敗ちゃ……」

「誰もライオンズ戦の結果なんて聞いてませぇん」礼菜が不満げにツインテールを揺らし、美緒に抗議の視線を向ける。「ていうか、今回の張り込みでは『SPEED』のベストを聴いていたんですよね。だったら野球は関係ないじゃないですかぁ」

「いや、浩太郎の車を見失った後は、『SPEED』はやめて民放の野球中継を聴いとったんよ。野球聴きながら、しばらくの間、アクセラをあちらこちら走らせて白いセダンを捜してみたわけ。でも駄目じゃった。十回にリリーフが崩れてすべてお仕舞いっちゃ」

「だから、誰も野球のことなんか聞いてませんって！」

再びイラッとした表情を覗かせた礼菜は、右手に持ったビーフジャーキーを齧り、左手のハイボールをゴクリとひと飲みする。見た目、女子高生っぽい礼菜がグラス片手に晩酌する姿は、未成年者の違法飲酒を思わせて、なんだか背徳的である。礼菜は「プファ〜」とオヤジっぽく息を漏らすと、あらためて美緒に確認した。

「要するに西荻窪の交差点で見失った後、白いセダンがどこにいったのかは、不明ってわけですねぇ。早い話が二人はしくじったってわけですねぇ――ふふッ」

からかうような礼菜の物言いに、葵が缶ビール片手に反論する。

「あら、しくじったわけじゃないわ。事態に進展があったもの。いい、礼菜？　先週の浩太郎は自宅を出て工事現場に車を停めて、そのまま自宅に戻った。実質、何もしなかったようなものだわ。でも今夜の彼は違った。工事現場に車を停めるまでは先週と同じだったけれど、そこからいきなり車を走らせて別の場所へと向かった。その目的地を突き止めることは出来なかったけれど、あと一歩よ。もう少しで浩太郎と謎の女性との密会現場をバッチリ摑めるはず。今夜は少しツキがなかっただけよ」

「ふーん。ということは、葵ちゃんは、こう考えているんですねぇ。浩太郎が工事現場からいきなり車を走らせたのは、浮気相手の女性のところに向かうためだった——と」

「もちろん、そうにきまってるじゃない。そのための尾行なんだから」

「だけどぉ、それだったら浩太郎は最初から真っ直ぐ女性のもとに車で駆けつければいいんじゃありませんかぁ。いったん工事現場に立ち寄る意味が判らないですぅ」

「そりゃ、私だって判らないわよ」開き直った葵は不貞腐れたように缶ビールをグイッとひと口飲みして、「でも、それぐらいは適当に説明がつくでしょ。待ち合わせ場所が急遽変更になった、とか」

「うーん、とすると先週は女のほうが一方的に約束をすっぽかして、今週は待ち合わせ場所の変更ってことですかぁ。なぜ毎回、二人はすんなり会えないんでしょうねぇ?」

「そのことじゃけど」と美緒が話に割って入る。「先週はともかく、今週については浩太郎がウチらの張り込みに気づいたのかもしれん。つまり浩太郎は張り込みに気づいたんで急遽、待ち合わせの場所を変更した。黄色信号で強引に交差点を突っ切ったのも、ウチらを撒くためにワザと危険を冒したのかも」

漠然と不安を抱く美緒に対して、しかし葵は真面目くさった顔を左右に振った。

「いいえ、気づかれるようなヘマをした覚えはないわ。完璧な張り込みだったはずよ」

「…………」なんでそう強気になれるん、葵ちゃん? 一緒に「SPEED」を熱唱した仲間として、美緒は首を傾げざるを得ない。「結構ユルい張り込みだったような気がするけど……」

しかし葵は美緒の呟きを遮るように、「とにかく!」と一段高い声を発した。「今夜の尾行と張り込みによって、確かに希望は見えたわ。あとはもう少しの努力と運が味方すれば、今回のミッションは達成されるはずよ。来週こそは、きっと上手くいくわ」

そして葵は缶ビールをグイッと呷ると、ルームメイトを鼓舞するように力強くいった。

「来週こそは勝負よ。今度こそ三人で張り込みましょ!」

手にしたロング缶を高々と掲げる葵。それに合わせて美緒と礼菜も「おぉー」と雄叫びをあげながら、自分たちのグラスを掲げる。

女三人の酒宴は、やっぱり深夜三時過ぎまでダラダラと続くのだった。

5

「——とかなんとか、威勢のいいことといっとったくせして、なんなんよ、これ!」

運転席に座る占部美緒はブツブツと不満を呟きながら、あらためて車内を見回した。車は先週の赤いアクセラから再び車種変更。今週は茶色いベンツである。さすが高級外車だけあってゴージャスでエレガントな内装は目を見張るばかり。だが、その車内にはポツンと美緒の姿がひとりだけ。広々とした快適空間は完全に無用の長物と化していた。

「葵ちゃんも礼菜も急にバイトから抜けられんようになるなんて……まったく!」

六月第三週の金曜日。時刻は午後八時半を回ったころ。場所は吉祥寺北町にある松原邸を見渡せる路上である。美緒はルームメイトたちの不在を嘆きながら、単独での張り込みに従事していた。ベンツの運転席に座りながら、視線は真っ直ぐ松原邸のガレージへ向けられている。

車内では雑音まじりの民放放送が西武ドームでのライオンズ対ファイターズの一戦を伝えていた。ガガガ、ビビビ——という不協和音の向こうから、「秋山、打ちましたぁ」だの「岸、第一球目」だのといったアナウンサーの声が途切れ途切れに聞こえてくる。その様子はまるで西武ドームでの一戦が、遥か彼方の宇宙空間でおこなわれているかのようである。ライオンズファンの聴覚と野球愛を試そうとするかのような聴きづらい野球中継を聴きながら、美緒の孤独な戦いは続いた。

するとそんな彼女の視線の先――

突然ガレージが開き、一台の車が暗い路上に姿を現した。すでに見慣れた白いセダン。松原浩太郎の車だ。美緒は運転席でいったん身を低くしながら、彼の車をやり過ごすと、すぐさまベンツをスタートさせて白いセダンを追跡した。

先週、先々週と同じく、白いセダンは住宅街の細い道を縫うように進む。過去二回のリプレイを見るような光景に、美緒は漠然とこれからの展開を予想した。

「ははん、さては例の工事現場に向かうっちゃね……」

行き先が判っているならば、追尾は簡単。そう思っていると、白いセダンは一転して過去二回とは違う道に入り、油断する美緒を大いに慌てさせた。どうやら工事現場へは向かわないらしい。

「ええい、くそ！　どこに向かっちょるん、この車……？」

行き先の見当がつかなくなった美緒は、黙ってハンドルを操るしかない。前を行く白いセダンは吉祥寺北町から吉祥寺東町へと進み、そのまま西荻窪へと入っていった。やがて車は信号のある交差点に差し掛かる。しかし今夜は赤信号に阻まれることもなく、交差点を無事に通過。追跡を続けていくと、そこからさらに数分いったところで、前を行く車の速度が急に緩まった。気がつけば、周囲の景色は雑然とした住宅街から、緑の多い一帯へと変わっている。「ここって、善福寺公園じゃが……」

呟く美緒の視線の先で、白いセダンは公園の脇の道路を進む。やがて車は路肩に寄ると、完全に停車した。美緒も茶色いベンツを路上に停止させて、向こうの様子を窺う。

「待ち合わせの場所は、善福寺公園っちゅうことなん……？」

善福寺公園は大きな池のある緑豊かな公園で、昼間はお年寄りたちの散歩コース。夜は恋人たちのデートコース。深夜は危ないから誰も近寄らない、という西荻窪のオアシス的存在である。時計を見れば、午後九時半を回ったところ。まだそれほど深い時間帯ではないから、浩太郎が謎の女性とこの場所で待ち合わせることは、べつに不自然ではない。むしろ人けの絶えた夜の公園は、他人の目を気にする男女にとっては、恰好の密会場所ともいえる。ならば、いよいよここに浮気相手の女性が現れる可能性が大だ。

「よーし、こうしちゃいられんちゃ」意気込む美緒は、きたるべきその瞬間に備えて準備を始めた。「まずはカメラの用意……あとビデオも回せるようにしとこっと……」

たったひとりでカメラとビデオを両方操作できるものなのか。根本的な問題はさておいて、美緒はとりあえず機材を手許に用意。そして準備万端整った態勢で、前方の白いセダンの動きを注視する。

だが、それから三十分ほどの間、白いセダンには何の変化も現れなかった。誰かがやってくることもなければ、浩太郎が運転席から出てくることもない。「——いや、待てよ」

この期に及んで、美緒はひとつの不安を覚えた。

そもそも、あの白いセダンに浩太郎は乗っているのだろうか。ここまで走行してきた以上、あの車の運転席で誰かがハンドルを握っていたことは事実だ。しかし、それが浩太郎かどうかは、実は判らないのではないか。考えてみれば先週にしろ先々週にしろ、浩太郎は一歩たりとも車から外に出ていない。美緒たちは、運転席に座る男性の人影を遠くから眺めて、それを松原浩太郎本人だと信じ込んでいたに過ぎない。だが、そこに落とし穴はないのか。いま白いセダンの運転席に座る男性が、実は浩太郎ではないとしたら。そして本物の浩太郎はすでに別の場所で、謎の女性と密会を果たしているとしたら——

美緒の中で不安はたちまち疑惑に変わり、疑惑は大いなる好奇心に変わった。

「いっぺん男の顔を確認してみんといけん……」

それをやるなら、いまがチャンス。余計な使命感に駆られた美緒は、もはや居ても立ってもいられない気分だ。運転席のドアを静かに開けると、茶色いベンツから外へと足を踏み出す。

目指すべき標的は、暗闇の向こうに停車している白いセダン。美緒は足音を消しながら、セダンの後部へと駆け寄った。

目標が近づくほどに身を低くする美緒は、匍匐《ほふく》前進の一歩手前みたいな低い姿勢でセダンの後ろにたどり着く。運転席からは完全に死角になる位置だ。ここにいれば、運転手に見つかる心配はない。

「けど、ここにおったら運転手の顔を拝むこともできん……」

美緒は姿勢を低くしたまま、ジリジリと助手席側のドアへと移動した。あとは窓から運転手の横顔を確認するだけだ。幸い、窓は閉じられているので、こちらの気配が伝わることはない。とはいえ、運転席の男と偶然目が合う危険も充分に考えられる。「だとしても、ここは勝負っちゃ！」

美緒は運を天に任せて助手席側の窓を向いた。顔の上半分を覗かせながら車内の様子を確認する。

「うわ、おった……」

暗い運転席に座るのは、確かに七十代と思われる男性だった。彫りの深い顔立ちで、尖った鼻が特に印象的だ。真っ白な髪の毛は綺麗に撫でつけられている。襟つきのシャツを着た彼は、運転席に座ったまま、真っ直ぐ前方を見詰めていた。その様子は誰かの到着を期待しているようでもあり、何も期待していないようでもある。――と次の瞬間！

「はッ」美緒は小さく息を漏らして顔を伏せた。運転席の横顔がピクリと動き、一瞬こちらを向いたように思えたからだ。顔を見られたかもしれない。美緒は助手席のドアの陰で息を殺す。だが車内からの反応はなかった。どうやら気づかれずに済んだようだ。「ふう、危なかったっちゃ！」

もうこれ以上の緊張には耐えられそうにない。美緒は再び白いセダンの後部へ移動。そして姿勢を低くしながら、茶色いベンツの方角へと一目散に駆け戻った。暗がりに停車中のベンツにたどり着いた美緒は、そこでホッとひと息。運転席の扉に歩み寄りながら、「――にしても、あのおじいちゃん、ホンマに浮気なんかしちょるんじゃろか。そんな感じの人には見えんかったけど……ん!?」

ふいに背後に感じる何かの気配。美緒は咄嗟に動きを止めた。

誰かいる。そう直感して慌てて後ろを振り向こうとした直後、「――あぁッ」

美緒は何者かの強烈な力で背中から突き飛ばされた。つんのめるように前方に倒れる美緒の身体。そんな彼女の頭が頑丈さを誇るベンツのルーフの角を直撃する。打ちつけた額から電流のように伝わる激しい衝撃。目から火花が散るとは、このことだ。

――くそ、誰なん！　絶対、許さんけえ！

だが、その強い決意を口にする間もなく、美緒の身体は不自然な体勢でドサリと地面にくずおれた。その衝撃を美緒は感じることさえできない。彼女の意識はすでに遥か彼方へと遠のいていたのだった。

6

いきなり枕元で鳴り響く携帯の着信音。成瀬啓介はいままさにクライマックスを迎えようとしていた甘美な夢を打ち破られて「ちッ、なんだよ」とベッドの上で思わず舌打ち。面倒くさそうに身体を反転させると、携帯に手を伸ばした。「畜生、もう少しで美人社長の一流企業に転職できそうだったのにぃ……」

彼が思い描く甘美な夢とは、所詮その程度のことだ。夢の続きに未練を残しながら、啓介は携帯の液晶画面を覗き込む。時計は午前一時半を示していた。

——くそ、誰なんだ、こんな時間に俺の理想の転職を邪魔する奴は？

完全に寝ぼけた頭のまま、耳元に携帯を押し当てる。飛び込んできたのは、妙にくぐもった聞きづらい声だった。「なるへへーすけ、らな？」

「………………」よく聞き取れない。だが電話の第一声なのだから、たぶんこちらの名前を確認しているのだろう。啓介は不満げに訂正した。『なるへへーすけ』じゃない。成瀬啓介だ。ふざけてないで、ちゃんと喋れよ。ていうか誰なんだ、そっちは？」

だが彼の問い掛けを無視して、相手は一方的に用件を切り出した。

「えんふくじほーえんれ、おまへのらいじなしょせいが……」

「おいこら、待て待て！」啓介は慌てて相手の発言を遮った。さすがにこの長文は、どのように想像を巡らせたとしても、解読不可能に思えたからだ。「何をいってるか、サッパリ判らないぞ。いったい何なんだよ、あんた、布団越しに電話してるのか？」

「そうだ」

「畜生、当たりかよ！」呆れた啓介は思わず枕に顔を埋めながら、「悪いが、もういっぺん、いってくれないか。書生がどうしたって？　うちに書生なんていねーんだけどよ」

「書生じゃない。女性だ」電話の相手は多少なりと明瞭な口調になって繰り返した。「えん福寺ほーえんでおまえの大事なしょせいが……んでいる」

「ふんふん、善福寺公園でぇ、おまえの大事な女性がぁ、え、なんだって？」

「死んでいる、だ。——死・ん・で・い・る」

「はあ、死んでいる……な、なにいッ」次の瞬間、啓介は布団を跳ね上げて身体を起こすと、携帯に向かって吠えた。「死んでるって！　いったい誰のことだ、俺の大事な女性って！」

「いけば判る。早くいってやれ」

命令するような捨て台詞を残して、通話は一方的に切れた。結局、相手が誰なのか、判らないままだ。声質や口調は男性っぽく思えたが、女性が敢えてそのように装った可能性もある。いずれにせよ、相手は自分の正体を悟られまいとして、異様なまでに警戒していたようだ。でなければ、布団越しに電話するような馬鹿な真似はしないだろう。当然のことながら、発信者の番号は非通知になっていた。

「ただの悪戯にしてはタチが悪い……」

携帯を握り締めたまま、啓介はあらためて思案した。

「しかし、誰なんだ、俺の大事な女性って？　ひょっとして恋人のことか？」

だが哀しいかな、いまの啓介に恋人と呼べる女性などはひとりもいない。わざわざ考えるまでもないことだった。「畜生、じゃあ誰だよ。あ、まさか、憧れの美人社長か。いや、違うな。あれはさっきみた夢の中の上司。てことは、ひょっとして現実の上司か？」

自ら口にした言葉に啓介はハッとなる。そして自分にとって間違いなく大事な女性の名を呼んだ。

「まさか、法子夫人！　あの人が善福寺公園で死んでいるって！」

最悪の事態を思い描き、思わず愕然とする啓介。だが次の瞬間、「は、はは、ははは！」とタガが外れたような哄笑が狭い部屋に響き渡る。ひとしきり笑い声を立てると、やがて啓介は疲れたように再びベッドの上にゴロンと寝転んだ。「そうかそうか、あの法子夫人がねえ……だったらいますぐにでも……ふわぁ……見にいってやらないとな……ぐぅー」

言葉とは裏腹に、うっかり二度寝する啓介。すると、たちまち夢の中に般若のごとき形相の法子夫人が現れて、「寝てる場合じゃないだろーが、このロクデナシめえ！」と胸倉をむんずと摑んできたので、今度こそ彼はベッドの上から転がり落ちた。――いけね。こうしちゃいられない。早く善福寺公園にいって法子夫人の死体を見つけなきゃ。でないと会長に怒られる！

イマイチ覚醒できていない啓介は、慌てて身支度を整えると、すぐさま部屋を飛び出すのだった。


しかし勢いよく部屋を出たものの、啓介には適当な足がない。自家用車は持っていないし、すでに中央線の電車も終わっている。だが事態は一刻を争う可能性がある。仕方なく啓介は流しのタクシーを停めて乗り込んだ。

「善福寺公園へ」と行き先を告げると、運転手は車をスタートさせながら「公園のどのあたり？」と聞いてくる。確かに善福寺公園は結構広い。けれど、電話を掛けてきた謎の人物は詳しい場所をピンポイントで示してはくれなかった。啓介は苦肉の策として運転手にこう指示した。

「向こうに着いたら、公園の周りの道路をぐるっと一周してもらえますか」

やがてタクシーは善福寺公園に到着。そのまま公園沿いの道路をゆっくりとした速度で走り続ける。啓介は後部座席から身を乗り出すようにしながら、窓越しの景色に気を配った。するとそのとき、彼の視界に見覚えのあるシルエットが飛び込んできた。「あッ、停めて、運転手さん！」

唐突な指示に、運転手が慌ててブレーキを踏む。「キーッ」というブレーキ音と「ガクン」という衝撃。瞬間、料金メーターの表示が九十円プラスされて、啓介は思わず「ちッ」と舌打ち。運転手の横顔にはニヤリとした笑みが浮かんだ。だがまあ、この際だから我慢するしかない。メーターどおりの金額を払った啓介は、すぐさま路上に降り立った。

走り去るタクシーを横目で見送りながら、啓介は茶色い車体に歩み寄る。暗闇に溶け込むような高級車の洗練されたシルエット。もはやナンバーを確認するまでもない。「法子夫人のベンツだ……」

呟きながら、恐る恐る車内を確認。運転席には、かつて忠誠を誓った上司の見るも無残な血まみれの死体――ということはなくて、車内に異状を示すものは何ひとつなかった。

ホッと胸を撫で下ろしながら、あらためてベンツの周囲を見回す。夫人の車がここにある以上、夫人のソレもこの近くに転がっている確率が高い。そう見当をつけた啓介は、外周道路から公園の敷地へと視線を向けた。灌木の切れ目から公園内へと足を踏み入れる。「――はッ」

たちまち啓介は灌木の陰に、うつ伏せの恰好で横たわる女性の姿を発見。彼女の傍らにしゃがみこむと、迷うことなく呼びかけた。「法子さん！　法子おばさん！」

だが返事はない。意を決した啓介はうつ伏せになった《死体》に両手を伸ばして、あお向けにする。隠れていた女性の顔が露になる。その瞬間、啓介は思わず「あれ!?」と眉根を寄せた。「なんだ、法子夫人かと思ったら、こいつ、占部美緒じゃないか」

だったら、わざわざ深夜にタクシー飛ばすこともなかった――とまでは思わなかったが、多少の肩透かし感を覚えるのは事実。釈然としない啓介は、謎の人物との電話でのやり取りを、あらためて思い返した。そういえば電話の人物は『法子夫人が死んでいる』とは、ひと言もいってなかった。『大事な女性が死んでいる』といっただけだ。

「うーん、でもなあ、占部美緒はべつに俺にとって大事な女性ってわけでもないんだよなあ……」

美緒が聞いたら激怒するような非情な言葉が、口を衝いて飛び出す。啓介は自らの不謹慎な発言を取り消すように、ブルブルと首を振った。「いや、しかし実際こうして死なれてみると、やっぱり悲しいものだ。占部美緒、短い付き合いだったが、結構いい奴だったのかもしれない。口は悪くて、見た目はヤンキー。素行不良の乱暴な女だったが……」

と、そのとき突然パチリと開く《死体》の両目。と同時に、「誰が素行不良じゃ、ボケ――ッ」

鋭い叫び声とともに、美緒の《死体》が啓介の顔面目掛けて、殺気のこもった拳を突き上げる。奇襲攻撃は彼の頬を僅かにかすめただけに終わったが、その衝撃は充分過ぎるものがあった。驚愕のあまり尻餅をついた啓介は、震える指先を生きている美緒へと向けた。

「嘘！　い、生き返った……なんで？」

「生き返ったんやない。最初から死んでないっちゃ」

美緒は地面からむっくりと上体を起こすと、「痛テテテ」と額を押さえて顔を顰《しか》める。どうやら彼女は頭部に打撃を受けて、気絶していただけらしい。電話の人物の『死んでいる』という過激な言葉を、うっかり真に受けた自分が馬鹿だったようだ。迂闊な自分を呪って、啓介は唇を噛む。

美緒は睨むような視線を向けながら、「ところで成瀬ぇ、なんでウチの居場所が判ったん？」

「え、なんでって、それは……」

それはもちろん深夜に電話をくれた謎の人物のお陰だ。してみると、あの発音不明瞭な謎の人物には、むしろ感謝を捧げるべきなのだろうか。啓介は首を傾げるしかなかった。

7

「へえ、真夜中にそういう出来事があったのねえ」

法界院邸の書斎兼執務室にて。成瀬啓介から昨夜の経緯を聞いた法界院法子夫人は、巨大なデスクに肘をついた恰好で驚きの表情。啓介は直立した姿で真っ直ぐに頷いた。

「はい。被害を受けた占部美緒ですが、幸いにして頭の傷は軽かったようです。念のため病院へとも思ったのですが、夜も遅い時間でしたし、彼女自身がそれを強く拒んだので、病院にはいかずに、そのまま『かがやき荘』まで送り届けました。おそらく彼女のことだから健康保険料をまともに払っていないのでしょうね。保険証がないから病院にはいきたくなかったのではないかと……」

「個人的な推測は抜きにしてね、啓介君。で結局、美緒は大丈夫だったの？」

「ええ、今朝になって電話を入れてみたところ、いまではすっかり回復してピンピンしているそうです。――まあ、そんなわけで今回の一件、美緒にとってはとんだ災難でしたが、被害に遭ったのが会長でなかったことは、不幸中の幸いでした」

「本当にそう思ってる、啓介君？」疑惑の視線を向ける上司に対して、

「本当にそう思っていますとも！」ここぞとばかりに啓介は断言した。

「ならいいけど。――実は、私がピンピンしていることに、内心ガッカリとか？」

「ははは、何をおっしゃいますやら」図星を指された啓介は、咄嗟の苦笑いで応じた。「これでも謎の電話を受けた直後は、気が気じゃなかったんですから。ひょっとして会長の身に何かあったのではと、そりゃもう心配で心配で……」

うっかり二度寝した件はひた隠しにして、啓介は上司の前で神妙な表情。

法子夫人は「どこまで本当なんだかね」と冷ややかな呟き声を漏らすと、見習い秘書をあらためて正面から見据えた。「まあ、いいわ。ところで啓介君、今夜にでも『かがやき荘』にいってもらえるかしら。ひとつ彼女たちに伝えてほしい重大な用件があるの」

「もちろん承りますとも。『かがやき荘』なら、もともと訪問する予定でしたから。彼女たちは僕の話を聞きたがっていますし、僕も美緒からもっと詳しい事情を聞きたいですしね。――それで、重大な用件というのは、どのようなことです？」

前のめりになる啓介に、法子夫人はただひとつの意外な用件を口にした。

その日の夜。法子夫人から言づけられた用件を胸にしながら、成瀬啓介は西荻窪へと向かった。『かがやき荘』に到着して、玄関先で呼び鈴を鳴らす。すると扉越しに聞こえてくるのは、「勝手に入りなさい」「玄関なら開いとるっちゃよ」「いらっしゃいませぇ」という三種類の女の声。どうやら室内には例の三人組が勢ぞろいしているらしい。

「……だけど、玄関まで出迎える気持ちは全然ないみたいだな」

不満を呟きながら、啓介は鍵の掛かっていない扉を開けて中へ。共用リビングに足を踏み入れると、そこでは三人のアラサー女たちがアルコールドリンクを手にしながら酒宴の真っ最中。低いテーブルにはサバの缶詰が二つとコンビニ惣菜らしき鶏唐と焼豚、さらに当たりめやチー鱈、柿の種といった乾き物が乱雑に広げられている。最近の若い女性がヘルシー志向だという話は、きっとデマだな、と啓介は思った。それとも彼女たちは、もう若い女性の範疇《はんちゅう》から完全に脱落した存在なのだろうか。

戸惑う啓介に向かって関礼菜が手招きしながら、「とにかく座ってくださぁい」とテーブルの一角へと誘う。いわれるままにあぐらを掻くと、「まずは飲むっちゃ」と占部美緒が冷えた発泡酒の缶を差し出す。これもいわれるままにひと口飲むと、最後は小野寺葵がテーブル越しに顔を寄せて、もっとも肝心な要求を口にした。「さてと、それじゃあ成瀬君、昨夜の件について、詳しく聞かせてもらおうかしら」

もとより情報交換は望むところだ。話をすることに異存はない。啓介は昨夜、自分に掛かってきた謎の電話について、包み隠さず事実を語った。啓介の話が終われば、美緒の番だ。彼女もまた昨夜の尾行の顚末、特に謎の人物に背後から暴行を受けた事実について、詳しく説明した。啓介と美緒、両方の話を黙って聞いていた葵は満足そうに頷くと、缶ビールをグビリと飲んで口を開いた。

「やはり奇妙なのは、その電話の相手ね。結果的に、その人物のお陰で美緒は救われたわけだけど、どうも腑に落ちないわ。いったい誰からの電話だったのかしら」

「単なる善意の第三者とは考えにくい。そういいたいんだな?」

「ええ、善意の第三者ならば、美緒を発見したその場で、すぐに救急車を呼ぶところだわ。しかし、この人物は声を変えながら、あなたにこっそり電話してきた。あなたの携帯番号は、美緒の携帯にも登録してあるから、それを見たのかもしれないけれど、それにしても不自然な行動よ。そもそも、その人物は暗がりで横たわっている美緒を、どうして発見できたの? そう考えると、どうやらこの電話の相手、善意の第三者どころか、むしろその正反対の人物じゃないかと、そう思えてくるのよねぇ」

「つまり、美緒を気絶させた張本人ってことか。なるほど、といってあげたいところだが、それも変だ。美緒に暴行を加えた人物なら、黙ってその場を立ち去ればいいだけの話。わざわざリスクを冒して、僕の携帯に電話してくるなんて、そんな親切心を発揮することもないだろ」

「じゃあ、暴行犯と通報者は別人? だけど、まったく無関係ってことも考えにくいわよねえ……」

じれったそうに長い髪を掻き上げる葵。それをよそに、啓介は美緒へと視線を向けた。

「犯人の姿は、まったく見なかったのか? 男か女か、若者か年寄りか、背が高かったとか低かったとか、それだけでも判るといいんだが」

しかし美緒は「全然見んかった」と首を振って「けれど……」と続けた。「たぶん犯人は女だと思う。松原浩太郎の浮気相手っちゃ。状況から見て、そう考えるのが筋じゃろ。昨夜、浩太郎は善福寺公園の路上で車を停めて、浮気相手の女と待ち合わせしとった。その車の中をウチがほんの野次馬根性で覗き込んだ。その様子を浮気相手の女が暗がりから偶然、目撃しとったんじゃないやろか」

「なるほど。可能性はあるな」

「じゃろ。浩太郎の車を覗き込んでいるウチの姿を見て、その女はどう思ったか。答えはひとつ。『こいつ、浮気調査の私立探偵に違いない』――女はそう考えたはずっちゃ！」

「………」いやいや、赤いTシャツにハーフパンツ姿は探偵には見えないと思うぞ。

正直、首を傾げる話だが、隣で礼菜が「間違いありませぇん。美緒ちゃんは私立探偵に間違われたんですぅ」と余計な合いの手を入れるので、啓介としては異論を挟みづらくなった。

「それじゃあ、なにか。美緒のことを浮気調査の探偵だと考えたその女が、隙を見て美緒の背後に回って背中を突き飛ばした。探偵を敵と見なして、攻撃してきたってわけか」

「まさに、それっちゃ。不意を衝かれたウチは、ベンツの屋根に頭をぶつけて気絶した。犯人の女はビックリして、車の中で待つ浩太郎に事の顚末を打ち明ける。女としてはすぐに逃げ出したかったじゃろうね。けど、浩太郎は仮にも七十過ぎの大人。ていうか、おじいちゃんじゃけえ、そこまで軽率な真似はせん。浩太郎は気絶したウチの身体を灌木の陰に隠した。そしてウチの携帯から、成瀬の携帯番号を調べ出した。深夜に電話をかけたのも、たぶん浩太郎のほうじゃろう。万が一、重傷だったらマズイから念のため電話しとこう――と、あのおじいちゃんなら、そう考えたとしてもおかしくないっちゃ」

「ふむ、つまり暴行犯は浩太郎の浮気相手で、通報者は浩太郎自身というわけか」

「ふうん、意外とありそうな話じゃないの」妹分のことを見直したとばかりに、葵は指先で眼鏡を押し上げた。「いつの間にか腕を上げたわね、美緒」

「凄いですぅ、美緒ちゃん、本当に名探偵みたいー」と礼菜も素直に賞賛の声をあげる。

「なーに、今回はウチの事件じゃけえ、いつもより多めに頭を回転させてるだけっちゃよ」

と意味不明の謙遜を口にする美緒。それを横目で見ながら、葵は早々と結論を下した。「要するに今回の事件、浩太郎の浮気相手を突き止めれば、すべて解決ってことね」

「そうですぅ。それさえ判れば『かがやき荘』の家賃は滞納せずに済みますし――」

「ウチの腹の虫もおさまるし――」

「法子夫人も松原清美さんの期待に応えられるってわけね」

どうやら三人組は昨夜の一件をきっかけとして、今回の浮気調査に対して、いままで以上に本気で取り組む気持ちになったらしい。三人がこれほどやる気を見せることは、そうそうない椿事《ちんじ》だ。おそらくは仲間のひとりが被害に遭ったという事実が、彼女たちの眠れる探偵魂に火を点けたのだろう。それは実に慶賀すべき出来事だと思うのだが――ああ、しかしここで残念なお知らせ！

この期に及んで法子夫人から言づけされた《重大な用件》を思い出した啓介は、最悪のタイミングと知りつつ、それを彼女たちに告げることにした。「えーっと、実は法子夫人から直々にお達しがあってね。せっかく三人で盛り上がっているところ、まことに申し訳ないんだが……」

「え、法子夫人から？」「お達し？」「申し訳ないって？」

葵、美緒、礼菜の三人はテーブルの向こうで、いっせいにキョトンとした顔。

啓介は彼女たちの反応を恐れながら、法子夫人の言葉を伝えた。

「今回の浮気調査の件は、これで打ち切りにしてほしい。そう法子夫人はおっしゃっている。依頼人の松原清美社長が、急遽依頼を取り下げたんだ。だから、いいな。今回の件について、これ以上、無用な詮索はしないように。――以上だ」

まるで言葉を理解できない子供のように、三人は揃ってポカンと口を開けたまま沈黙。そんな中、いち早く状況を理解した葵が、もっとも切実な質問を投げた。

「今回の仕事は、打ち切り？　じゃあ、今月分の家賃はどうなるのよ。払わなくていいの？」

「そんなわけあるか！」

啓介は虫の良すぎる葵たちに、法子夫人からの指示を伝えた。

「まあ、いままでの働きもあるからな。今月の家賃は半額だけ免除だそうだ。それで我慢しろ」

有無をいわせぬ啓介の言葉に、三人組は不満げな顔を見合わせるばかりだった。

8

法子夫人の通達から数日が経過した平日の夜。吉祥寺北町からほど近い、とある居酒屋の一角。そこに怪しい女性客二名の姿があった。ひとりは赤いTシャツにハーフパンツ。黒いサングラスを掛けた占部美緒。もうひとりは酒場に迷い込んだ女子高生のごとき装いの関礼菜である。二人は居酒屋の出入口付近の席に腰を据えて飲み会の真っ最中——であるかのようなフリをしながら、その実、抜け目のない視線を店の奥へと注いでいた。

四人掛けのテーブル席。そこに陣取るのは、ラフな恰好をした白髪の男性客が三名だ。ひとりは饅頭に目鼻をつけたような小太りの男。もうひとりは枯れ木のように痩せた男。最後のひとりは、こちらに背中を向けている中肉中背の男。顔は隠れているが、彼こそは松原浩太郎その人である。浩太郎は向かいに座る仲間たちと、陽気な会話に興じていた。

「でも、いいんですかぁ、美緒ちゃん？」礼菜はビールのジョッキを傾けながら、不安げな表情をルームメイトへと向けた。「これ以上、無駄な詮索をしないこと。それが法子夫人の命令なのにぃ」

「ふん、一方的にそんな命令されて、黙って引き下がれるかいや。なにしろ、こっちは直接痛い目に遭っとるんじゃけえ。犯人の正体ぐらい明らかにしてやらんと気が済まんっちゃ」

その一心で、今宵、美緒は礼菜を引き連れ、浩太郎の行動を監視しているのだった。

自分に暴力を振るったのは、浩太郎の浮気相手の女。その女は浩太郎の身近なところに存在しているはず。それが美緒の漠然とした推理だった。浮気相手の存在は、もちろん奥さんである美津子や娘の清美社長には、ヒタ隠しにされているに違いない。だが心を許す仲間たちには、その存在を匂わせているのではないか。美緒としては、その可能性に一縷《いちる》の望みを託すしかなかった。なにしろ『浮気調査打ち切り宣言』を出した法子夫人は、もうボルボやアクセラやベンツを気前よく貸してはくれない。いままでのやり方では駄目なのだ。

「あの二人のおじいちゃんたちが何か知っとったらええけど……」

そう呟きながらハイボールのグラスを傾ける美緒。その視線は油断なく男たちのテーブル席へと向けられている。そんな彼女の姿を眺めながら、「美緒ちゃん、いくらなんでも居酒屋でサングラスは不自然ですよぉ」と礼菜が困ったように溜め息を漏らした。

そうこうするうちに時刻は午後九時半。奥まった席の男三人に動きがあった。テーブル席から立ち上がったのは浩太郎だ。彼は財布を取り出し、千円札数枚をテーブルに置くと、仲間たちと店の女将に片手を挙げて別れの挨拶。ふらつく足取りで、そのままひとり店を出ていった。

礼菜が小声で美緒に聞く。「どこへいくんでしょう。まさか女のところとかぁ?」

「いいや、それはないっちゃ。浩太郎は女との待ち合わせには必ず車を使う。今夜はあれだけ飲んだんじゃけえ、もう車には乗れん。きっと真っ直ぐ家に戻るはず」そういって美緒はついに黒いサングラスを外した。「よっしゃ、礼菜、残った二人に話を聞くっちゃよ」

美緒は礼菜を連れて自分たちの席を離れると、奥まったテーブル席へと歩み寄る。居残った男二人に、美緒は気安く話しかけた。「なあなあ、そこのおじいちゃ——んがッ!」

いきなり背中をド突かれて、美緒は激しく前へとつんのめる。――ちょっと、なにするんん、礼菜？抗議の視線を向ける美緒。その隣で礼菜は何事もなかったように華やいだ声を響かせた。

「ねえ、そこのオジサマがた、私たちと一緒に飲みませんかぁ？」

礼菜の甘ったるい声と幼げな外見は、年配の男性たちには効果覿面《てきめん》だった。

「おお、いいともいいとも、可愛いお嬢ちゃんや、ちょうど席が空いたところだよ」

「まあ、座りなさい座りなさい。飲み物は何がいいかな？　コーラ、それともオレンジジュース？なんでも好きなのを奢ってあげるよ」

「えー、いいんですかぁ。嬉しいですぅ」礼菜はとろけるような笑みを浮かべると、迷うことなく自ら手を挙げて注文した。「女将さぁーん、私は『響』のオンザロックを！」

「ほんじゃ、ウチは『山崎』をダブルで！」

たちまち本性を現した女二人を前にして、男たちは薄気味悪そうに顔を歪めた。

「君たち、いったい何者だ？」

「ただの女子高生とヤンキー娘ではなさそうだな」

不穏な空気が漂いはじめるテーブル席。だが垂れ込めた暗雲を吹き払ったのも、やはり礼菜のキャンディボイスだった。「そんなことないですよぉ、私たち、素敵なオジサマたちと楽しく過ごしたいだけですぅ。ちなみに二人ともお酒を飲める年齢は、はるか昔に突破してますから、ご安心を」

すると男たちは顔を見合わせて一瞬キョトン。やがて安心したように相好を崩した。

小太りの男は白い頭を掻きながら、「素敵なオジサマといわれちゃ仕方がないな」

「さあ、飲みなさい飲みなさい、『響』でも『山崎』でも」と痩せた男も喜んで酒を勧める。

小太りの男は大島、痩せた男は北村と名乗った。こうして男二人は礼菜の策略に落ちた。

――ううむ、さすがは礼菜。ジジイ転がしが上手いっちゃ！

内心舌を巻きながら、美緒は奢りのウイスキーを嘗めるように口にした。

やがて場も和んだ頃合を見て、「ところでぇ」と礼菜が肝心な人物を話題に乗せた。「さっきまで、この席にもうひとり素敵なオジサマが座ってらっしゃいませんでしたかぁ？」

「ああ、松原さんのことだね。松さんがどうかしたのかい？」と大島が聞く。

「いえ、恰好いいオジサマだなあと思って。きっとモテるんでしょうねぇ？」

「モテるって、松さんが？」大島は意外そうに太い首を傾ける。

隣で北村がお猪口《ちょこ》の日本酒を口許に運びながら、「まあ、松さんも昔はモテたのかもな。なにしろ二回も結婚してるぐらいだから」と皮肉っぽい笑みを覗かせた。

「いまだって充分、魅力的に見えますよぉ。誰か若い恋人でもいらっしゃるのかしら？」

ここぞとばかりに礼菜は踏み込んだ質問。だが大島は即座に首を左右に振った。

「いや、松さんに限って若い女と付き合うようなことはないだろう。根が真面目な人だし、いまの奥さんとも円満らしいから。なあ、北さん」

北さんと呼ばれた北村は、「ああ、島さんのいうとおり」といったん頷いたものの、「いや、待てよ」といって顎に手を当てた。「そういや前にわしら三人で、好みの女のタイプを話題にしたことがあったなあ。覚えてないか、島さん」

「おお、あったあった。北さんが大原麗子で、わしが夏目雅子な！」

とっくに鬼籍に入った大女優たちだが、その話で盛り上がれるのか？　首を傾げる美緒の前で、そのとき突然、大島が手を叩いた。「そうそう思い出した。あのとき酔っ払った松さんが、ナントカっていう女の名前をいってたよな。ええっと、なんて名前だったっけか？」

「確か、さ、し……」額を拳で叩いて記憶を呼び戻そうとする北村。その顔が一瞬パッと輝いたかと思うと、いきなり彼は奇妙な名前を口にした。「そうだ、しーちゃん！」

「しーちゃん!?」礼菜が抑揚のない声で繰り返す。「しーちゃんって、誰ですかぁ？」

「さあ、よく知らない」と北村は首を振った。「若いタレントか、それとも歌手かな？」

大島もまた首を捻りながら、「なんか、もっと身近な女性っぽく聞こえたけどな」

「詳しく問い詰めたりはせんかったん？」

美緒が尋ねると、大島は饅頭みたいな顔を真横に振った。「ああ、そのときの松さんはもうベロンベロンに酔っていたからな。聞いても答えそうな雰囲気じゃなかったし、こっちもそこまで突っ込んで聞く気はなかったからね」

「ううむ、しーちゃん、か」呟きながら美緒はグラスの『山崎』を口にする。「誰か知らんけど、確かに女の子のニックネームっぽいな」

と、そのとき居酒屋の女将が空いた皿を片づけるため、こちらのテーブルにやってきた。割烹着姿がよく似合う女将は、年配の男二人と同世代。お互いに古い付き合いなのだろう。大島はそんな彼女に気安い調子で問い掛けた。「なあ、女将さん、松さんの好きな女で、しーちゃんって名前の人、聞いたことないか。若い芸能人か、あるいは身近な知り合いかもしれないんだけどさ」

「はあ、しーちゃん!?」女将は一瞬手の動きを止めて考える素振り。そしていきなり笑い飛ばすように陽気な声を発した。「なにいってんだよ。しーちゃんっていえば、松さんの別れた奥さんのことだろ。知らないのかい。松原浩太郎さんの前の奥さん、旧姓は椎名《しいな》っていったはずだよ。椎名雅美《まさみ》さん。いまは息子さん夫婦と中野で暮らしているって聞いたけど」

椎名雅美で通称が、しーちゃん。なるほど！

思わぬヒントを得た美緒は、パチンと指を弾いていった。「そう、それっちゃ、それ!」

9

それから数日後。『かがやき荘』の三人組は、中野区のとある住宅街を訪れていた。

この日は週末の金曜日。松原浩太郎が謎の女性と密会を果たしているとされている曜日である。だが浩太郎を尾行することはできない。法子夫人がそれを禁じているからだ。

「確かに、法子夫人は浩太郎の浮気調査を打ち切れといったわ」小野寺葵は道端の自販機の陰から、一軒の住宅を見やりながら呟いた。「だけど椎名雅美のことを調べるな、とは誰もいってない。私たちが彼女をどう調べようと文句はいえないはずよ」

葵の言い分は一分の隙もなく完璧だ。感心しながら、占部美緒は葵の背後から椎名邸を眺めた。

「今日は金曜日。もしも椎名雅美が浩太郎の密会相手なら、今夜、彼女は外出するはずっちゃ」

「だけどぉ、浩太郎の密会相手が別れた奥さんだったなんて、いまの奥さんが知ったら、さぞや悲しむでしょうねぇ。清美社長も激怒するでしょうし、きっと修羅場になりますぅ」

哀れむように呟く関礼菜。だが言葉とは裏腹に、その顔には好奇の笑みが浮かんでいる。

「なーに、それがこっちの狙いっちゃ」美緒は残酷に言い切った。「ウチの額に傷をつけた報いが、どれほどのものか、嫌ってほど思い知らせちゃるけえ」

傷は浅くても、恨みは深い。美緒は復讐の鬼となって椎名邸の見張りを続けた。

そうこうするうちに午後八時半。いきなり椎名邸の明かりが消えたかと思うと、玄関扉が音を立てて開いた。現れたのは髪を紫色に染めた七十歳前後と思しき女性。椎名雅美に違いなかった。ベージュのスカートに焦げ茶色のニットシャツ。首筋に巻いたスカーフが、なかなかお洒落だ。

「出てきましたぁ」礼菜が歓声をあげる隣で、

「思ったとおりっちゃ」美緒が小さくガッツポーズする。

しかし葵は「シッ！」と人差し指を唇に当てて、「喜ぶのはまだよ。まだ浩太郎のもとに向かうとは限らないわ。いいわね、このままこっそり後をつけるのよ」

葵は自販機の陰を出ると、何食わぬ顔で椎名雅美の後を追いはじめる。美緒と礼菜もそれに続いた。

どうやら雅美はJR中野駅の方角に歩を進めているらしい。電車に乗って吉祥寺方面へと向かうのだろうか。と、そう思われた矢先、雅美はいきなり進路を変えて、一軒のコンビニへと入っていった。

美緒と礼菜はガラス越しに店内を覗き込みながら、

「まさか、外出の理由は買い物とかぁ……」

「いやいや、そんなはずないっちゃよ……」

祈るような思いで成り行きを見守る美緒と礼菜。不安な数分間が経過したころ、突然、葵が叫んだ。

「ほら、出てくるわよ、みんな隠れて！」

リーダーの指示に従い、礼菜は店頭の看板の陰に隠れる。葵は電信柱に身を寄せる。ひとり隠れ場所のない美緒は、咄嗟にコンビニの店先でウンコ座り。偶然、地面に落ちていた煙草の吸殻を指先で摘みながら、「はあ、かったるいちゃねえ……」と茶色いショートヘアを掻き回す。

レジ袋を手にして店を出た雅美は、《コンビニの店先でダラダラするヤンキー娘》に軽く軽蔑の視線を浴びせただけで、美緒の前を黙って通り過ぎていった。

すぐさま美緒は吸殻を放り捨てて立ち上がる。

「ふう、なんとか助かったっちゃ」

葵と礼菜も、それぞれの隠れ場所から姿を現し、再び雅美の背中を追った。だが、三人はすぐさま落胆の表情を見合わせることとなった。雅美はいまきた道を逆向きに進んでいる。明らかに彼女は帰宅の途にあった。やがて雅美は椎名邸に舞い戻ると、三人の苦労をあざ笑うかのように、ひとり平然と自宅の玄関に姿を消した。三人は明かりの点いた椎名邸に歩み寄り、揃って深い溜め息をついた。

「結局、コンビニにいっただけでしたねぇ」

「くそ、完全に空振りっちゅうことかいな」

「うーん、どうやら望みはついえたようね」

椎名邸の門前でガックリと肩を落とす三人。すると、そのとき――

「ちょっと、そこの三人さん!」椎名邸の大きなサッシ窓がいきなり開かれたかと思うと、明かりの向こうから雅美が強張った顔を覗かせた。「私に何か用ですか。それとも息子夫婦に何か? 彼らでしたら、いまはまだ戻っておりませんけど」

その凜とした口調に、三人組は揃ってビクリと背筋を伸ばす。やがて三人を代表するように美緒が一歩前に進み出ると、自分の胸に手を当てながら、「あ、あの、ウチら怪しい者やなくて……」

「あなたがいちばん怪しいです!」

ピシャリといわれて美緒は返す言葉がなかった。黙り込む美緒を押し退けるようにして、今度は葵が前に出た。「私たちは、あなたの前のご主人である松原浩太郎さんの娘さん、つまり松原清美社長のその仕事仲間である、とある夫人の所有する屋敷の離れた別邸で一緒に暮らす者たちです」

「え!? 前の夫の娘の仲間の……ということは、私から見て……?」

「ええ、要するにあなたとは、ほぼ無関係な三人です」

葵ちゃん、いったい何がいいたいん? 思わず首を捻る美緒。すると、いきなり葵が美緒の首根っこをぐいと摑む。そして最後の手段とばかり、窓辺の雅美に尋ねた。

「ひとつお聞きします。この娘の顔に見覚えはありませんか？」

「先ほど、コンビニの前で見かけたヤンキー女に似ていますね」

似ているのではなく同一人物である。「それ以前に、どこかで見かけたことは？」

雅美は真っ直ぐな視線を美緒に向けると、「いいえ、全然」と首を振った。

「では、この娘の額の傷に見覚えはありませんか？」

「いいえ、それも全然。何のことだかサッパリ判りませんが？」

困惑した表情の雅美。彼女の様子に噓をついている気配は微塵も見当たらない。

この老婦人は自分を突き飛ばして怪我を負わせた人物ではない。美緒は漠然とそんな印象を抱いた。

その隣で葵は「そうですか」と落胆の声。そして小さく頭を下げた。「どうやら、人違いだったようです。どうか失礼をお許しください」

「では、家の前にたむろするのはやめて、どこかへいってもらえますか。ご近所にも迷惑ですので」

「ええ、そうします」と大人しく頷く葵。だが次の瞬間、「――ん!?」

葵はふと顔を上げると、耳に手を当てる仕草。美緒も釣られるように耳を澄ます。部屋の中でテレビが点いているのだろうか、開いたサッシ窓の向こう側から野球中継らしき音声が漏れ聞こえてくる。

葵が意外そうに雅美に尋ねた。「野球、お好きなんですか？」

すると雅美は質問の意図を量りかねたらしい。「え、野球!?」とボンヤリ繰り返してから、「ああ、これですか。いいえ、べつに。これは、ただ点けているだけですから……」

曖昧に答えた雅美は「では失礼」といって一方的にサッシ窓を閉めた。緊張から解放された美緒と礼菜は揃ってフウと溜め息を漏らす。そんな二人の隣で、葵はひとり眉間に皺を寄せて思案顔。やがてニヤリとした笑みを覗かせると、呟くようにいった。

「そうか。ひょっとすると、そういうことかもね……」

10

それから一週間後の夜のこと。場所は吉祥寺北町に広がる住宅街。

人通りの絶えた路上には、闇に溶け込むようなダークスーツを着た若い男の姿があった。視線の先には、明かりの点いた一軒の住宅が見える。男は黙り込んだまま、腕時計を確認。時計の針は間もなく午後九時を回ろうとしている。「もう、そろそろか……」

男が呟き声を漏らした、ちょうどそのとき、彼の視線の先でガレージのシャッターが静かに開いた。中から姿を現したのは、白いセダンだ。大きな車体が歩くような速度で路上に進み出る。それを見るや否や、男はまるで自殺願望を抱く若者のように、暗がりから路上へと駆け出した。いままさに走り出そうとするセダンの前に立ちはだかり、無理やり車の進路を塞ぐ。瞬間、キイッというブレーキ音を響かせて、白いセダンは急停止。すぐさま運転席の窓が開くと、白髪の男が顔を覗かせた。彼は怒りの表情を露にしながら、「なにするんだ、君、轢き殺されたいのか！」

「やあ、すみません」

若い男は悪びれもせずに頭を掻くと、自らセダンの運転席へと歩み寄った。

「松原浩太郎さんですね。いきなり夜分にすみません。実は、あなたに渡したい品物を預かっていましてね。――これなんですが」

そういって男は単行本ぐらいの大きさの包みを窓越しに差し出した。浩太郎は気味悪そうに、それを受け取りながら、「な、なんだね、いったい？　何の箱だ、これは？」

「ご心配なく。爆発物ではありません。爆発はしません。爆発なんて絶対しないですから」

「ば、馬鹿！　逆に心配になるだろ、そんなふうにいわれたら。本当に安全なのか！」

「大丈夫ですって。それ、娘さんからのプレゼントですよ」

「え、娘!?」浩太郎はキョトンとした表情を浮かべながら、「清美が私にプレゼント？」

「そうです」

「爆弾を？」

「だから違いますって！」若い男はその声に若干の苛立ちを覗かせながら、「あなたにとって、きっと役立つものだそうですよ。今夜からでも、すぐにお使いいただきたいとのことです」

「ほう、娘が私に……でも、中身は教えてもらえないんだね」

「ええ。中身については、実は僕も聞かされておりません。ただ、爆発物ではない、としか」

「そうか、よく判らんが判った。とにかく、これは受け取っておくよ。――ああ、待ってくれ、君！」

白髪の男は立ち去ろうとするスーツの背中を慌てて呼び止めると、車の窓から顔を突き出した。

「そういう君は誰なんだ。娘の知り合いかね？」

「え、僕ですか」男はスーツの胸に手を当てながら、「僕は、あなたの娘さんである清美社長の仕事仲間のとある夫人のもとで雑用係を務める、単なる見習い秘書ですよ」

「え、なになに!?　ということは、要するに君は……」

「ええ、要するにあなたとは、ほぼ関係のない男です。――では、これにて失礼を」

若いスーツの男、成瀬啓介は芝居がかった仕草で一礼。くるりと踵を返すと、浩太郎の車に背中を向ける。そして彼は夜の闇の中を、ひとり西荻窪方面へと歩き出すのだった。

11

夜のひと仕事を終えた成瀬啓介は、松原邸から歩くこと数十分。ようやく『かがやき荘』に到着した。相変わらず誰も出迎えてくれない玄関。勝手に扉を開けて中に足を踏み入れると、共用リビングでは三人の女たちが、思い思いのスタイルで退屈そうな時間を過ごしていた。

啓介はローテーブルの前であぐらを掻くと、目の前の小野寺葵に向かって報告した。

「例の品物、確かに渡してきてやったぞ」

葵は発泡酒の缶を傾けながら、「そう、ありがと」と素っ気ない感謝の言葉。そして飼い犬にご褒美を与えるかのごとく、チューハイのロング缶を一本、彼に差し出した。「で、どうだった？　あの人、ちゃんと受け取ってくれたかしら」

「ああ、相当気味悪そうな顔をしていたよ。きっと疑り深いタチなんだな。こっちは何度も『爆発物ではありません』『爆発はしません』っていってるのに、なかなか信じてくれなくてね」

「そういう余計なことをいうからですぅ」

「むしろ、よう受け取ってくれたっちゃ」

ダブルでツッコミを入れる礼菜と美緒は、二人ともソファの上。美緒は脚を組んだ恰好で、手には発泡酒の缶。隣に座る礼菜は何も飲んでおらず、なぜか膝の上にノートパソコンを載せている。

啓介はあらためて葵に向き直り、缶のプルトップを開けた。「とにかく役目は果たしたんだ。そろそろプレゼントの正体を教えてくれないか。あの箱の中身は何だ。あれを浩太郎が受け取ると、何がどうなる？　彼が浮気をやめるとでも？」

「それに近いわ。あの品物があれば、浩太郎は週末に外出しなくて済むようになるの」

「へえ、そうなのか？」啓介はチューハイをひと口飲んで、大きく息を吐いた。「よく判らんな。そもそも浩太郎の一連の奇妙な行動は、いったいなんだったんだ。本当に彼は週末ごとに女性と密会していたのか。例の、しーちゃんとかいうニックネームの女性と？」

「まあ、ある意味、そうね」といって葵は意味深な笑み。

「はあ、ある意味って、どういう意味だよ――？」

首を捻る啓介の前で、そのとき突然、葵が「シッ」といって人差し指を唇に当てた。思わず口を噤《つぐ》む啓介。すると、いままで気づかなかった微かな音声が、彼の耳にもハッキリ届いた。よく通る男の声だ。

「……お伝えしましたとおり、甲子園球場の阪神対広島は12対1で阪神の勝利。広島はまるでコールド負けですね、ふふッ！　勝利投手は岩田、敗戦投手は……」

どうやら、その音声は礼菜の膝にあるノートパソコンから流れているらしい。「このアナウンサー、なに笑っちょるん！」と美緒が憤慨したように腕を組む。礼菜はキーボードに指を走らせ、音量を上げるようにパソコンを操作した。さらに明瞭になった男性アナウンサーの声が次なる情報を伝える。

「……野球中継延長のため、『玉山《たまやま》アキラと椎名カオリのぐだぐだいうだけの生放送』は九時三十分から十一時までお送りいたします。このあともラジオ多摩川でお楽しみください……」

パソコンの小さなスピーカーから流れる意外な情報。啓介は思わず叫んだ。「な、なんだって、『ぐだぐだいうだけの生放送』略して『ぐだ生』って、いまでも続いているのか！　嘘だろ。俺、学生時代、『ぐだ生』リスナーだったんだよ。メールも送ったことあるんだぜ。うわあ、びっくり！」

「あのぅ、成瀬さん、そこじゃないですぅ」

「成瀬ぇ、驚くポイント、ずれまくりやな」

呆れ顔の礼菜と美緒。溜め息をつく葵。はて、自分はそんなにズレているのかと、首を捻る啓介。

すると、そのとき四人しかいないリビングに突然、「こんばんはぁ――ッ」と底抜けに陽気な男女の声が響き渡る。生放送がスタートしたらしい。さっそく番組MCの二人が挨拶した。「さあ、三十分遅れでスタートしました今夜の『ぐだ生』。パーソナリティーのタマやんこと、玉山アキラと――」

「しーちゃんこと、椎名カオリでーす」

――ええッ、なんだって！

瞬間、啓介は脳天をぶん殴られたような衝撃を受けた。番組MCの女の子、代わっちゃったのかよ！　俺が聴いてたころは現役女子大生のルリルリがずっとタマやんの相手役だったのにぃ――って、いや、待てよ。いま、彼女なんていった？　しーちゃんこと、椎名カオリ？

状況をようやく把握した啓介は、ラジオの中のパーソナリティー本人を指差すように、礼菜のパソコンに指を向けた。

「こ、この椎名カオリって女の子、ひょっとして例の椎名雅美さんとかいう人の子供とか？」

「ああ、残念ですぅ、ちょっとだけ違いますぅ」

「ちょっとじゃなくて大違いじゃがね。雅美さんの子供なら、もう結構な年齢のはずじゃけえ」

「それもそうだ。てことは、この女の子は雅美さんの子供の……そのまた子供……？」

思わずハッとなる啓介に、葵は真っ直ぐ頷き返す。意外な事実に啓介は黙り込んだ。

美緒は手にした発泡酒を飲んで息を吐く。礼菜はパソコンの音量を再び絞る。静寂がリビングを支配する中、葵は悠然と説明をはじめた。

「松原浩太郎と前の奥さん雅美の間には、子供がひとりいた。男の子よ。しかし夫婦は離婚。雅美は旧姓の椎名雅美に戻って、ひとりで息子を育てた。息子はやがて成人し、結婚して、ひとりの女の子を授かった。これが椎名カオリってわけ。一方、松原浩太郎は美津子と再婚し、新たに女の子を授かった。これが後の清美社長。彼女は経営の才能を発揮して実業家として成功したけれど、結婚も出産もしなかった。判るわね、この意味？」

「つまり、椎名カオリは浩太郎にとって、この世で唯一の孫ってことだな」

葵は頷き、さらに続けた。「椎名カオリは高校在学中にタレント活動を始め、この春には女子大生になった。と同時に、ラジオ多摩川の金曜夜の生放送にパーソナリティーとして起用された。若手のタレントとしては大抜擢よね」

「ああ、ラジオ多摩川はマイナー局とはいえ、『ぐだ生』は看板番組だからな」

「浩太郎がその事実をどんな経緯で知ったのかは判らない。ひょっとすると、雅美が教えてあげたのかもね。とにかく孫娘の声が電波に乗るんだから、浩太郎がそれを聴き逃すわけはない。彼は喜び勇んでラジオのダイヤルをラジオ多摩川に合わせた。もちろん、いまの奥さんの美津子さんには内緒でね」

「ああ、浩太郎の立場なら当然そうするだろうな」

「ところが」と葵は残念そうに首を振った。「そうしてみて初めて浩太郎は気づいたのね。彼が暮らす吉祥寺北町近辺では、ラジオ多摩川の周波数が上手く受信できないことに」

「無理もないですぅ。吉祥寺は大きな街ですからぁ」

「特に松原家の周辺は背の高いマンションが建ち並んどるけえね」

「そう。要するに彼の自宅周辺は電波状況が悪い地域だった。もちろん、いまの時代だから、ネット環境さえ整っていれば、ラジオはパソコンで聴くこともできる。ＴＢＳと文化放送とニッポン放送ななんだって!? AMラジオがFMでも聴ける!? だったらそれはもうAMじゃなくてFMだろ。それになんだよ、ケーブルテレビでラジオを聴けるって。それって、ラジオじゃなくてテレビじゃんか。

最近のラジオ事情に疎い啓介には疑問な点が山ほどあったが、葵の話の腰を折ることになりそうなので自重した。「そ、そうか。要するに民放の主要三局は、なにかしら聴きようがあるってことだな」

「そういうこと。だけど哀しいかなラジオ多摩川はそうじゃない。しかも七十代の浩太郎は、おそらくネットにもパソコンにも疎い。そもそも自宅にパソコンがない可能性が高いんじゃないかしら」

「ああ、そうかもな。――ううむ、だとすると浩太郎にはラジオ多摩川を聴く手段が、まったくないってことになるな。たったひとりの孫娘が生放送で喋っているというのに」

「そう。そこで浩太郎は懸命に考えた。そして思いついたのね、ひとつだけ上手い方法を」

「あるのか、ラジオ多摩川を聴く手段が？」

「あるわ。でも至ってアナログなやり方よ。放送時間に合わせて、車で出掛けるの。車にはラジオが付いている。その車で電波状況の良い場所に移動すれば、ラジオ多摩川をクリアな音で聴くことができるわ。つまり、あの白いセダンは浩太郎にとって、移動するラジオだったってわけ。そう考えれば、金曜日ごとの彼の奇妙な行動にも説明がつくでしょ」

葵の言葉を受けて、礼菜が説明した。「私と美緒ちゃんが初めて浩太郎の車を尾行した夜、彼はマンションの工事現場に車を停めると、そこで一時間半ほど過ごして、そのまま自宅に戻りましたぁ。あのとき、彼は停めた車の中でラジオを聴いていたんですねぇ。きっとあの工事現場こそが、彼が見つけたいちばん電波状況の良い場所だったんですぅ」

続けて美緒が二週目の夜について語った。「翌週の夜、浩太郎の車を尾行したんは、ウチと葵ちゃんやった。浩太郎は前の週と同じ工事現場に車を停めた。けれどその後、彼は奇妙な行動をとった。何が目的か知らんけど、彼はいきなり車を走らせた。しかも、物凄く慌てたような感じで」

「ふむ、その夜の浩太郎は、なぜそんなに慌てていたんだ？」

「たぶん、工事現場での電波の入り具合が悪かったんよ。無理もないっちゃ。だって、現場ではマンション建築が進行中じゃけえ、建物が出来上がっていくほどに電波状況がだんだん悪くなるのは当然のこと。あの夜、工事現場に到着した浩太郎は、ラジオの入りがいままでよりも悪くなっていることに気がついた。けれど生放送の時刻は迫っとる。いまからでも別の場所に移動するか、それとも多少の雑音は我慢して、この場所に留まるか。浩太郎は迷ったはず。そこで出たのが、起死回生のホームランっちゃ！」

「起死回生のホームラン!?　何のことだよ」

「言葉どおりの意味っちゃよ。あの夜、ライオンズの中村が九回裏に同点のホームランを打った。野球は延長戦になる。それを中継していたのがラジオ多摩川やった。試合が延びれば野球中継も当然延長される。そうなれば生放送の開始時刻も、後ろにズレるじゃろ」

「つまり時間に余裕ができたわけだ。そこで浩太郎は電波状況の良い場所を求めて、車を走らせたんだな。じゃあ浩太郎の頭には、美緒たちの尾行を振り切ろうなんて意図は全然なかったってことか」

「たぶん、ウチらの尾行に気づいてさえなかったと思う」

「そうだったのか。――ん、しかし待てよ」啓介はいまさらのように首を捻った。「じゃあ三週目の出来事は、いったいなんだったんだ？　美緒が何者かに突き飛ばされ、頭を打って気絶した事件。あれは密会相手の女性の仕業ではなかったってことか？」

「当然ですぅ」そう答えたのは礼菜だ。「浩太郎の密会相手はラジオの中の人ですからぁ」

「そうだよな。じゃあ、いったい誰が？　何の恨みがあって、美緒をあんな目に？」

するとと今度は葵の口から意外な答えが告げられた。

「おそらく美緒を襲撃したのは、浩太郎のいまの奥さん、松原美津子ね。私自身、美津子の顔も姿も見たことはないけど、たぶん間違いないと思う」

「なんだって!?　清美社長の母親が犯人だっていうのか。それって、どういうことだ。善福寺公園のあの現場に、美津子さんがいたっていうのか。いったい、何のために？」

「きまってるでしょ。夫の浮気現場を押さえるためよ」

葵は当然とばかりに答えた。「私たちは法子夫人の命令を受けて、浩太郎を尾行していた。法子夫人にそれを依頼したのは清美社長よね。だけど、その事実を美津子は聞かされていない。夫の行動を怪しむ美津子は、あの夜、自らの手で浩太郎を尾行していたのね。松原邸のガレージにはセダンの他に軽自動車があったから、美津子にはそれが可能だった」

「ということは、あの夜、浩太郎のセダンを美緒のベンツが尾行して、その後を美津子の軽自動車が尾行していたのか」

「その可能性もあるけど、たぶん違うわ。美津子はGPSを使ったんだと思う。前回の事件で私たちがやったように、浩太郎のセダンに発信機を取りつけておくの。そうすれば、美津子は自分のスマートフォンでセダンの位置を確認できるわ。美津子はGPSの示す場所に、軽自動車で駆けつけた。そこが善福寺公園だった。そして美津子はそこで偶然にも目撃したのね。浩太郎の車の陰から姿を現した、すこぶる魅力的な若い女性の姿を」

「魅力的な若い女性？」啓介は腕組みしながら、眉間に深い縦ジワを刻んだ。「むむ、急に話が見えなくなったぞ。サッパリ判らん。あの場所に、そんな素敵な人物がいたとは思えんが……」

「こらあ、ここにおるっちゃ！　ウチよ、ウチ！」

美緒が目を吊り上げながら胸を叩く。「あんた、わざと判らんフリしとるやろ」

ああ、やはりそういうことか――と啓介はガッカリしながら組んでいた腕を解いた。「要するに、美津子はとんだ勘違いをやらかしたわけだ」

「そういうことね」葵も残念そうに肩をすくめた。「あの夜、美緒は不安と好奇心から、浩太郎の車に接近して車内を覗き込んだ。そして、また自分の車に戻ろうとした。ただ、それだけのこと。だけど、そんな美緒の姿が、何も知らない美津子の目にはどう映ったか」

「夫の密会相手に見えたんだな。魅力的に映ったかどうかは微妙だが……」

「魅力的に映ったにきまっちょる」と美緒は自ら断言した。「魅力的じゃったけえ、美津子は嫉妬の炎をメラメラ燃やした。そして密かにウチの背後に回り、怒りに任せて背中を突き飛ばした。――まあ、無理もないっちゃ。こねえ若くて素敵な女子が、旦那の車の周りをうろついとったんじゃけえ、そりゃ勘違いもするっちゅうもんよ」

腕組みしながら美緒は「うんうん」と首を縦に振って自己満足の表情。隣で礼菜も「ええ、まったく何の疑問もありませぇん」といって深々と頷く。啓介はそこまで納得できなかったが、面倒くさいのでそういうことにしておこうと思った。実際、葵や美緒がいうような勘違いは充分あり得ることだ。

それに彼女たちの推理が正しいとするならば、謎の電話の意味も説明がつく。

「深夜に僕の携帯に掛けてきたのは、清美社長だったんだな」

「おそらく、そうね。美津子さんは、気絶した美緒を灌木の陰に移動させただけで、現場から逃げ出した。そして、そのことを娘である清美社長に打ち明けたんだと思う。当然、清美社長は母親の勘違いに気づいたはずだわ。そこで彼女は母親の尻拭いを買って出た。清美社長は、深夜にあなたの携帯に大袈裟な電話を掛けて、美緒を救助させたってわけ」

「そして翌日、清美社長は今回の浮気調査を一方的に打ち切った。母親の起こした傷害事件について、これ以上、調べてほしくない。そう考えたってわけだ」

「そういうことね」と満足そうに頷く葵。「どう、これで一連の謎はすべて解決したでしょ」

確かに謎は解けた。浩太郎の金曜日ごとの外出の意味。美緒を突き飛ばした犯人。しーちゃんと呼ばれる謎の女性。深夜に掛かってきた奇妙な電話。そして例のプレゼントの正体も、いまとなってはおおよそ見当がつく。「――あの箱の中身はラジオだったんだな」

「そうよ。といっても、ただのラジオじゃないわ。海外の放送局でも受信できる超高性能ラジオ。普通の人では、ちょっと手が出せないような高級品よ。パソコンを贈ることも考えたけれど、浩太郎がいまさらパソコンに馴染むとも思えないから、結局そっちにしたの」

「そうか。だけどそんな高級品、よく買う金があったな」

「馬鹿ね。私たちにそんなお金、あるわけないじゃない。いったでしょ、あれは娘である清美社長から浩太郎へのプレゼントだって。ちゃんと、そう伝えてくれた？」

「ああ、確かに伝えたけど。じゃあ、ラジオを買ったのは清美社長なんだな。あれは正真正銘、清美社長から父親へのプレゼントなんだな」

念を押すようにいうと、一瞬、リビングに舞い降りる微妙な雰囲気。やがてソファに座る礼菜が、まるで懺悔するかのように事実を打ち明けた。「正確には、私たちが払わせたんですぅ。最初、清美社長は、『なんで私が？』って顔をしていたんですが……」

「けど、ウチが額の傷を見せつけてやったら、おとなしくこっちの要求を呑んだっちゃ」

事も無げにいう美緒を見て、啓介は愕然となった。「な、なんだって!? 君たち、清美社長に直接会ったのか。しかも脅迫まがいの要求をしてカネを払わせた!?」

「あら、人聞きの悪いことといわないでね」葵が不満げに口を尖らせる。「べつに悪い話じゃないでしょ。私たちが口を噤んでいれば、美津子は傷害罪に問われずに済む。その見返りとして、清美社長は高性能ラジオの馬鹿みたいに高い代金を支払う。そのラジオがあれば、浩太郎は週末の外出をしなくて済む。私たちの溜飲も下がる。そして、この話を聞いた法子夫人は、私たちの活躍を認めて、『かがやき荘』の家賃をまるまるひと月分、免除してくれる。これで、すべては丸く収まるってわけ」

「お、収まるかなあ……」

「あら、それは成瀬君、あなた次第よ」葵は眼鏡越しに意味深な視線を送る。

「………」思わずゴクリと唾を飲む啓介。

そんな彼の周囲に三人のアラサー女たちがにじり寄り、いっせいに顔を寄せた。

「いいわね、あなたは今回の事件の顛末を、そして私たちの心憎いばかりの活躍ぶりを、いい感じで法子夫人に報告するのよ。わざとらしくないように上手くやってね!」

「清美社長を脅迫したなんて、絶対いうたらいけんちゃよ!」

「それからぁ、家賃のこともさりげなく、そしてハッキリと付け加えてくださぁい!」

アラサー女たちの切実かつ身勝手な要求に、思わず啓介は「ハァ」と溜め息。そして、手の中ですっかりぬるくなった缶チューハイを一気に飲み干すのだった。

12

後日、荻窪にある法界院邸の書斎兼執務室にて。成瀬啓介はアラサー女たちの要求に応える形で、法子夫人に対して、まああいい感じの報告をおこなった。

法子夫人は、三人組が自分の命令に背いて調査を継続していたことについてはムッとした表情。しかし啓介が、「彼女たちは美緒に対する傷害事件を調べていたんですから」といって三人組を擁護すると、夫人も彼女たちの行動に一定の理解を示した。

「でも、ひとつ判らないことがあるわ」プレジデント・チェアに深く腰を下ろしながら、法子夫人は啓介に尋ねた。「なぜ小野寺葵は、この事件の鍵がラジオだと気づいたの？」

「ああ、その点ですか」啓介は立ったまま答えた。「彼女たちが椎名雅美と直接、話をした際、家の中から野球中継の音声が聞こえていたそうです。それがラジオ中継だと気づいた。しかし家には雅美ひとりで、その彼女も野球に興味はないらしい。そこで葵は考えたんですね。ラジオは野球中継を聴くためではなく、それが終わった後の番組を聴くために点けてあるのではないか――と」

「ラジオの野球中継はいつ終わるか判らないから、そうする人も多いでしょうね」

「ええ。そして葵はピンときたんですね。そういえば浩太郎が車で外出するのも毎回、野球のナイトゲームが終盤を迎える午後九時前後。ひょっとして、浩太郎も雅美と同じ目的で車を走らせているのではないか。そういえば、松原邸の周囲はラジオの入りが良くないようだし……。そう思ったとき、葵には今回の事件の核心が見えたそうです」

「判ったわ。葵は野球中継の後の番組の出演者を調べたのね。すると、そこに椎名カオリの名前があった」

「そういうことみたいですね」

頷いた啓介はゴホンとひとつ咳払い。それから、あらためて目の前の上司を正面から見詰めた。

「ところで、いかがでしょうか、会長。差し出がましいようですが、今回の彼女たちの活躍に対しましては、それ相応のご配慮があってしかるべきではないかと……」

「配慮!?　ああ、そういえば『かがやき荘』の今月の家賃が、まだ半分残っていたわね」

――そうそう、そのことですよ、おばさん！　いや、会長！

期待を抱きながら啓介が前に身を乗り出す。しかし法子夫人はその思いをはぐらかすように「だけど、ひとつだけ気がかりな点があるのよねえ」といって、いきなり厳しい視線を彼へと向けた。「清美さんが父親に高性能ラジオをプレゼントしたって話は、本当なのかしら。ひょっとして彼女、誰かに脅かされて無理やり――なんてことはないでしょうね？」

法子夫人の鋭すぎる読みに、啓介は一瞬ドキリ。だが強張りそうになる顔面に必死の作り笑いを浮かべながら、「はあ、誰かって、誰のことです？」と彼は懸命の演技で応える。

瞬間、上司と部下の間に流れる白々しい空気。それはやがてジリジリするような緊張感に変わり、重苦しく部屋中に漂う。そんな中、法子夫人は険しい表情をふっと緩めると、大きな椅子に背中を預けた。

「まあ、いいわ。すべてが丸く収まるのなら、これ以上の詮索は無用ね」

上司のおおらかな決定に、啓介はホッと胸を撫で下ろす。そして苦笑いを浮かべながら、

「ありがとうございます、会長。きっと、彼女たちも喜びますよ」

啓介の言葉に、法子夫人もまた共犯者のような笑顔で応えるのだった――

Case 4

委員会からきた男

1

小野寺葵がその男性と奇妙な遭遇を果たしたのは、暑さも本格化してきた七月中旬。夕刻とはいえ、まだ昼間の明るさが充分に残る時間帯のことだった。

場所はＪＲ西荻窪駅から徒歩数分。商店街の中にひっそりと存在するコンビニ『ＭＫストア』。ちなみに『ＭＫ』とは、もちろん『マジでキモい』の意味ではなくて、『マイナーなコンビニ』の略称らしいのだが、だったら『ＭＫ』じゃなくて『ＭＣ』だろ、コンビニエンスって単語、いっぺん辞書で引いてみろや、と葵は常々そう思う。そんな彼女が店を出た直後の出来事である。

住処である『かがやき荘』へと歩き出す葵は、白いＴシャツに紺色のデニムパンツ。右手には膨らんだレジ袋をぶら下げていた。中身は三人分のコンビニ弁当だ。ただし代金を払って購入した品物ではない。三つの弁当はいずれも賞味期限切れの品。少ないバイト代を補塡するための現物支給として、店長からタダで頂戴したものである。葵は『ＭＫストア』で働くアルバイト店員なのだ。

膨大な品数の商品を棚に並べ、無限ループのような店長の愚痴に相槌を打ち、列を成す大勢の客の舌打ちに耐えながらレジを打ち、その見返りとして僅かな時給と賞味期限切れの弁当をせしめて帰る。それが彼女の日常であり、もちろんこの日も平凡なルーティンが繰り返されるはずだったのだが――

「あの、ちょっと、そこのお嬢さん」

突然、背後から呼びかけてきたのは、穏やかな男性の声。葵は足を止め、長い髪を揺らしながら後ろを振り向く。仕立ての良いスーツを着た中年男性の姿が、彼女の目の前にあった。

色白で柔和な顔立ち。目尻の皺がある程度の年齢を感じさせるが、肌艶は良い。撫でつけられたロマンスグレーの頭髪には、綺麗な櫛目が入っている。このような立派な身なりの男性のことを、たったひと言で表す便利な言葉があったはず。——そう、紳士だ！

だが三十一歳にしてなお独身、日々のバイトに明け暮れ、優雅さとは無縁の生活を送る葵に、紳士と呼ばれる知り合いなどひとりもいない。事実、葵はその男性の顔に全然見覚えがなかった。

どうせ道でも聞かれるのだろう。そう思った葵は眼鏡を指で押し上げて、「はあ、私に何か？」

すると男性は丁寧に頭を下げて、「いきなり呼び止めるご無礼をお許しください」と、まさしく紳士的な対応。そして、おもむろにスーツの胸ポケットから洒落た名刺入れを取り出すと、中の一枚を葵へと差し出した。「わたくし、吉田《よしだ》啓次《けいじ》郎《ろう》と申します」

「…………」どうやら道を聞きたいわけではなさそうだ。葵は差し出された名刺を機械的に受け取って、戸惑いの表情を彼へと向けた。「ひょっとして、誰かと勘違いしてません？　最近多いんですよね。この前も吉祥寺の街中を歩いていたら気持ち悪いスキンヘッドの男に、いきなり話しかけられたり……」

「いえいえ、そんな、勘違いだなんて」男性は慌てて首を左右に振った。「わたくしは、ただ折り入ってあなた様にお願いしたいことがあり、こうしてお声を掛けさせていただいただけなのです」

「お願いしたいこと？　ははぁ～ん」葵はピンときた。この男、キャッチセールスに違いない。開運の壺、あるいは宝くじが当たる財布とかを売りつける気だ。ならば、とばかりに葵は敢えて意地悪い口調になって、「悪いけど私、お金ないから、あまりいいカモにはならないわよ。誰か他を当たったら？」

「いえいえ。わたくし、そういう商売ではありません。名刺にも書かせていただいていますが……」

いわれて葵は眼鏡越しの視線を、あらためて男の名刺に落とした。確かに「吉田啓次郎」という名前の脇に奇妙な肩書きが添えてある。「なになに『西荻向上委員会・副委員長』――ええッ」瞬間、驚きの声が口を衝いて出た。「なんですって、副委員長!? じゃあ、他に正委員長がいるってこと!?」

「驚きのポイントはそこですか？」紳士は意外そうに首を傾げる。

確かに、いまの反応は若干ズレていたかも。反省した葵は、いま一度、驚き直した。

「なんですって、『西荻向上委員会』!? それって、どういう組織なんですか!?」

すると紳士は、よくぞ聞いてくださいました、とばかりに満面の笑みを浮かべて胸を張った。

「我らが運営する『西荻向上委員会』は、その名のとおり、西荻窪の地位の向上を目的として活動しているグループで、その活動は多岐に渡っているのですが……あの、お時間ございますか。道端で立ち話もナンですから、そこらの喫茶店にでも。いや、この時間だから、お食事のほうがいいですかな」

「え、てことは、奢ってもらえる……？」

文字どおりの美味しい提案に、葵の心は情けないほどに揺れ動いた。本来ならば、目の前にある夕ダ飯の機会をフイにするという選択肢は、貧乏暮らしの彼女にとってはあり得ない。なんなら、これを好機とばかりに、普段は入れない高級焼肉店などを自ら提案したいところだ。だが、なにせ相手は紳士とはいえ、いま会ったばかりの男性。ひょっとすると紳士なのは、あくまで外見上のことであり、一皮剝けば野獣の本性が隠れているかもだ。食事に誘われてホイホイとくっついていった挙句、翌朝、善福寺川にプカプカ浮かんでいるところを発見される――なんてことになったら目も当てられない。

身の安全を第一に考えた葵は、すんでのところでタダ飯の誘惑を振り切る。そして手にしたレジ袋を男の前に示しながら、「せっかくのお誘いですが、もう夕食のお弁当を買ってありますから」見栄を張って、ささやかな嘘をつく葵。実際は買ったのではなく、貰った弁当である。

「では、お茶ならどうです？　はあ、それも駄目ですか。そうですか。それは残念……」

肩を落とした紳士は溜め息まじりにいった。「西荻で働く女性の代表として、雑誌のインタビュー記事に、ご登場をお願いしたかったのですが。そうですか。駄目ですか」

――え、雑誌？　インタビュー記事？　なにそれ、ちょっと楽しそうじゃないの！

俄然、興味を引かれて眸を輝かせる葵。だが、その目の前で中年紳士は諦めた表情を浮かべながら、「まあ、無理もない話です。突然、声を掛けて申し訳ありませんでした。ですが、もし気が変わったようでしたら、名刺の携帯番号に、ご連絡を」

それでは、といって中年紳士は恭しく一礼して踵を返す。高らかな靴音を残しながら、葵の前から立ち去っていく高級スーツの背中。遠ざかっていくインタビュー記事。そして遠ざかっていく奢りの焼肉、お寿司に天ぷら、中華にフレンチあるいはイタリアン、それとも――

「ああ、海鮮料理の店でも良かったなあ……って、いまさら遅いか」

葵は摑み損なった幸運を惜しみつつ、自嘲気味にボソリと呟く。そして仲間たちの待つ『かがやき荘』への道のりを、疲れた足取りで歩き出すのだった。

「――で結局、葵ちゃん、タダ飯、食い逃したん？」赤いTシャツにハーフパンツ姿で中国地方の怪しい言語を操る女、占部美緒がトンカツ弁当片手に呆れ声を発する。「もったいないっちゃねえー」

「ホント、もったいないですぅー」と頷くのは、純白のブラウスにチェックのミニスカート、女子高生紛いの恰好で生姜《しょうが》焼き弁当を手にする関礼菜だ。「インタビューぐらい答えてあげたら良かったのにぃ。そしたら雑誌に載れて有名になれたかもしれないのにぃー」

美緒は食事の誘いをフイにしたことを惜しみ、礼菜は雑誌に載る機会を逃したことを残念がっているらしい。では、その両方を惜しみ、内心で後悔を感じている自分は、この二人よりもさらに貪欲なのだろうか。——いや、そんなはずはない！

小野寺葵はブンと首を振ると、「もう、うるさいわね。私があのおじさんと食事にいって、夜中まで帰らなかったなら、いまごろどうなっていたと思うの？」といって目の前に座る妹分たちを睨みつけた。

場所は『かがやき荘』の共用リビング。ひとつ屋根の下で貧乏ぐらしを共にする三人、葵、美緒、礼菜はローテーブルを囲んで、夕食の真っ最中だった。

「きっといまごろ、あなたたちはお腹をすかせて、カップ麺か何か食べていたはずなのよ。そうならなくて良かったでしょ。むしろ男気溢れる私の決断に感謝して欲しいところだわ」

「男気なん!?」と突っ込む美緒に、葵は「ええ、これぞ男気！」と言い返して、冷えた唐揚げ弁当を割り箸で猛然と掻き込む。すると、葵の《男気》に打たれたのか、美緒と礼菜は貰い物の弁当を恭しく頭上に掲げると、いまさらのように感謝の意を示した。

「おいしくいただいてるっちゃよ、葵ちゃん。賞味期限はチョイ切れとるけど」

「でも問題ありませぇん。お弁当も腐りかけが、いちばん美味しいですからぁ」

「…………」

くっそーッ、素直に感謝できない人間は半人前だぞ、オマエら！

葵はぐっと拳を握って、こみ上げてくる怒りに耐える。その傍らでは、早々と弁当を食べ終えた美緒が、手許のスマートフォンを弄り出した。ゲームでも始めたのかと思って気にせずにいると、やがて彼女の口から、「うわー、ホンマにあったー」と驚きの声。

「ん、何があったのよ?」

と横から覗き込んでみれば、スマホの画面には『西荻向上委員会』と書かれたゴチック体の文字。それに続いて会の沿革や理念、活動状況などについての詳細な説明文が載っている。どうやら『西荻向上委員会』の公式ホームページらしい。それを検索して「ホンマにあったー」と驚いているところを見ると、どうやら美緒はその団体の存在そのものについて半信半疑だったようだ。

「ほら、ご覧なさい。嘘じゃないでしょ」と、なぜだか葵は勝ち誇るように胸を張る。

逆に美緒はその声に敗北の色を滲ませながら「うーん、正直『西荻向上委員会』なんて真っ赤な嘘。モテないアラサー女を引っ掛けるために、中年男がでっち上げた架空の団体じゃと思ったんやけど」

「本当にあるんですねぇ、『西荻向上委員会』って。ふーん、なになに『西荻窪の街の向上と、その魅力を発信することを趣旨とするNPO法人』ですって。なんか、凄ぉーい」

「ば、馬鹿ね。なに、いまごろ驚いてるのよ」葵は妹分たちに半笑いの顔を向けながら、「あの人は正真正銘、『西荻向上委員会』からきた人よ。きっと西荻窪の街を歩きながら、魅力ある女性を探していたのね。そこで私に目を留めた。そうよ、あの人は悪い人じゃない。怪しくもない。彼は立派な紳士よ」

「けど、紳士なんは外見だけ。中身は野獣の本性が隠れとるのかもしれんちゃ……」

「うっかりついていったらぁ、翌朝、死体となって善福寺川にプカプカ、なんてことも……」

「そ、そんなことあるわけないでしょ!」

葵はつい先ほどの自分を、自らの言葉で完全否定した。「あなたたちは実物に会っていないから、そういうふうに勘ぐるのよ。ひと目見れば、あの人が本物の紳士だってことが判るはずだわ」

「………」葵の主張に美緒は一瞬キョトン。やがて「はは～ん」と呟くと、意味ありげな視線を葵に向けた。「えらいその男の肩を持つみたいやけど、ひょっとしてその人、葵ちゃんの好みなん？大人の魅力を漂わせた渋い中年男性、みたいな？」

「ば、馬鹿なこといわないで。ち、違うわよ。どっちかっていえば、あの人は枯れた感じの人で、中年っていうより、いっそ初老って呼びたいくらいの雰囲気で……」

「ええッ、葵ちゃんってフケ専だったんですかぁ。知りませんでしたぁ」

「いいや、あり得るっちゃ。ウチは前からそう思うとった」

「だから違うっていってんでしょーが！」怒りと恥ずかしさのあまり、葵は目の前のテーブルをちゃぶ台のようにひっくり返してやろうかと一瞬考えたが、後始末が大変なのでそれは自重して、代わりに拳でドンと天板を叩いていった。「ハッキリいっとくけど、私はフケ専じゃないし、初対面のおじさんをそういう目で見てもいない。『もう一度会いたい』とか、『こちらから連絡を取ろう』とか、そんなこといっさい、まったく、なんにも思っていないんだから！」

そう断言すると、葵は共用リビングの片隅にある階段を駆け上がり、ひとり二階の自室へと戻っていった。残された美緒と礼菜は、互いに顔を見合わせながら溜め息まじりにいった。

「きっと、もう一度会いたいっちゃねー、葵ちゃん」

「きっと、連絡を取るんでしょうねぇー、葵ちゃん」

2

それから数日が経った平日の昼間。小野寺葵が『かがやき荘』の玄関を出ようとするところを、占部美緒が目ざとく見つけて呼び止めた。「あれ、葵ちゃん、おめかしして、どこいくん？　今日は確か、何のバイトも入ってないはずじゃけど」

「ばばば、馬鹿いわないで。おおお、おめかしなんかしてないじゃない。普通よ、普通」

とはいいながら、この日の葵は黒のデニムパンツに純白のシャツ。その上、寒くもないのに――いや、むしろ暑いのに――わざわざ茶色のベストを引っ掛けている。確かに、普段よりかは多少めかし込んでいるといわれても仕方のないファッションだと、葵自身も認めざるを得ない。

だが、いまは余計な追及を受けている場合ではなかった。美緒からの好奇の視線を遮断するように、葵はピシャリといった。「買い物よ。買い物。ちょっと吉祥寺まで」

「ほおおぉぉ～ッ、買い物ですかあぁぁ～ッ」美緒の目が邪悪な猫のようにスーッと細くなる。完全に何かを勘ぐっている目だ。――ああ、もう面倒くさい奴め！

葵は不毛な会話を切り上げるべく、玄関扉を開けた。「それじゃあ、いってくるわね！」

怒ったようにいうと、美緒は片手を振って、「いってらっしゃ～い」そして意味深な視線を葵へと向けながら、「おじさんに、よろしく～」と付け加えた。

「はあッ、おじさんって誰のことよッ」葵はバシンと叩きつけるように玄関扉を閉めた。

だが美緒の勘ぐりも間違いではない。『吉祥寺で買い物』というのは、葵が咄嗟についた嘘だ。

『かがやき荘』を出た葵は、その足で真っ直ぐＪＲ西荻窪駅の方角へと向かった。

雑貨を扱う店や小さな書店などが建ち並ぶ商店街。その一角に目的の店はあった。古い、というよりは古色蒼然と呼びたいほどに年季の入った外観を誇る喫茶店。こげ茶色の木製の扉を開けて足を踏み入れると、たちまち鼻腔をくすぐる珈琲の深い薫り。店内に、見覚えのあるロマンスグレーの男性を発見した葵は、真っ直ぐ彼のテーブルへと歩み寄っていった。「どうも、お待たせいたしました」

葵が一礼すると、ボックス席の吉田が立ち上がって、穏やかな笑みを覗かせた。

「やあ、よくきてくださいました、小野寺さん。正直、連絡をいただいた後も、本当にきていただけるのか、半信半疑だったんですよ。さあ、どうぞ、お座りになってください」

葵が吉田と連絡を取ったのは、彼と最初に出会った日の夜のこと。美緒や礼菜にフケ専だの何だのと散々揶揄された直後だった。怒って自室に戻った葵は、その憤りをぶつけるかのように自らの手で彼の携帯番号に電話したのだ。その電話で葵は雑誌のインタビューを受ける意思を伝え、そしてこの喫茶店での再会を約束したのだった。

二人は揃ってアイス珈琲を注文。やがて運ばれてきたグラスを前に、葵は緊張しながら口を開いた。

「あの、『西荻向上委員会』のホームページ、拝見しました。素晴らしい活動をされているんですね。だけど本当に私でいいんでしょうか。私は何の変哲もない、コンビニのバイト店員に過ぎませんけど」

「なに、それがいいのですよ。我ら『西荻向上委員会』は西荻窪にあたりまえのように存在するお店や人々の魅力を、発信していこうとする組織。ですから新雑誌の中でも、西荻窪に暮らす、ごくごく普通の人々にスポットを当てたいと考えているのです」

「え、新雑誌⁉　今度新しく出る雑誌なのですか」

「ええ、そうです。いままでも小冊子程度のものを不定期で出していたのですが、もう少し内容の濃い刊行物にしたい、という意見が委員の中から出ましてね。この度、創刊号を出す運びになったというわけです。雑誌名は平仮名で『にしおぎすと』。意味は《西荻を愛する者》あるいは《西荻主義者》といったところでしょうか」

「はあ、《西荻主義者》ですか。なんか凄いですね」

「単に面白半分でつけただけですよ。あ、ただし、雑誌名はまだ仮ですから、どうか内密に」

声を潜める吉田は悪戯っ子のようなウインク。葵は魅入られたようにコクンと頷いた。

「まあ、そう硬くならずにリラックスしてください。実のところをいえば、わたくしもインタビューなどには、全然慣れていないのです。ただ『西荻向上委員会』は低予算で活動する団体で、プロのライターを雇う余裕がありません。それで、わたくしが駆り出されているといった次第でして……」

「まあ、そうなんですか。では吉田さんは、普段どんなお仕事を？」

「仕事ですか。ふむ、そういわれると、なかなか説明しづらいのですが、まあ、インタビュー前の雑談代わりに少しお話ししましょうか」

そういって吉田は、身の回りに関するお喋りを始めた。それによると、どうやら吉田は以前、新宿に本社を構える某企業で役員クラスの立場にあったらしい。だが、親の介護などの問題もあり、数年前に定年を待たずして退職。その後、親が他界したため自由が利く身となった彼は、地元の人々の役に立ちたいという一念で、『西荻向上委員会』の活動に身を投じたのだという。

「副委員長なんていう肩書きですが、要するに現在は無職ってやつですよ」

中年男性は自嘲気味な呟きを漏らすと、「まあ、幸いにして退職金もまだかなりありますし、親が残してくれたものもありますから、なんとかやっていけてますがね」

「まあ、そうなんですか」

葵は彼の話を真に受けたように頷きながらも――いやいや、彼のいう『なんとかやっていけてます』は自分の生活レベルを控えめに語っているに過ぎない、と勝手にそう判断した。知的な話し振り、優雅な物腰、穏やかな表情。どれを取っても洗練された上流階級の雰囲気だ。間違いなく、彼はかなりのお金持ちに違いない。

そこで葵は眼鏡越しに視線を走らせ、吉田の左手の薬指を確認。だが、そこに光る物はない。思わず葵の口許からニンマリとした笑みがこぼれる。その表情を見ながら、「おや、どうかしましたか。何か愉快なことでも?」と吉田が不思議そうに聞いてくる。

葵は慌てて手を振りながら、「いえいえ、あの、そろそろインタビューに移りませんか」

「ああ、それもそうですね。すみません、自分の話ばかりしてしまって……」

申し訳なさそうに頭を掻く中年紳士。葵は「いいんですよ」と微笑みを返した。

こうして、今日の本題であるインタビューが始まった。

「では単刀直入にお聞きします。小野寺さんにとって西荻窪の魅力とは何でしょうか」

いきなり問われて、思わず葵は「うぐッ……」と答えに詰まった。

西荻窪の魅力? そんなの考えたこともない。ていうか、特別な魅力はないような気がする。『(住みたい街ナンバーワンの)吉祥寺に近い街ナンバーワン』っていう答えでは、西荻の魅力を語ったことにはならないだろう。「そ、そうですねえ、や、やっぱり西荻の魅力っていえば、な、なんといっても、はあ、いったいなんでしょうかねえ?」とアッサリと思考を放棄して、逆に聞き返す葵。

吉田はノート片手に苦笑しながら、「いや、申し訳ない。これはこちらの質問が悪かった。確かに『西荻の魅力は何か』と聞かれて即答できる人はいないでしょう。むしろ即答できる人のほうがおかしい」

吉田の言葉は、葵のことを庇《かば》っているようでもあり、西荻のことを軽くディスっているようでもある。いや、もちろん彼の真意は前者にあるのだろう。『西荻向上委員会』の副委員長が西荻を馬鹿にするはずがない。そんなふうに思う葵の前で、吉田は続けた。

「では、質問を変えましょう。小野寺さんが西荻でよくいく場所は、どこですか」

「ええっと、よくいく場所といえば、西荻窪駅の南口を出てすぐの飲み屋街……」

思わず率直な答えを口にした葵は、次の瞬間、ハッとなって首を振った。「いえ、違いますッ、逆です、逆！　南口じゃなくて北口。その周辺にあるお洒落な雑貨店やらなんやらです。こ、この喫茶店にもちょくちょく珈琲を飲みにきますしね」

「ほう、そうでしたか」吉田はニンマリとした笑みを浮かべると、すべてを見透かしたような眸を葵へと向けた。「では、まず南口の飲み屋街の魅力から伺いましょうか。なに、べつに恥ずかしがることはありませんよ。わたくしもお酒は好きですし、あのあたりで飲むこともたまにあります。昔の雰囲気が残っていて、実におもしろい空間ですよね」

「は、はい。私もそう思います」吉田の言葉に励まされるように、葵は西荻窪駅の南口について語りはじめた。自分には、あの一帯について語る資格があると感じたからだ。アッという間に通り抜けてしまう狭くて短いアーケード街。そこに隣接する相当に古びた（といっては店の人たちに申し訳ないのだが）時代を感じさせる飲み屋街。ホルモン焼きの匂いとともに、昭和の香りまでが換気扇から吐き出されてくるような、あの路地の独特の雰囲気。「ホントたまりません。あれこそ西荻の財産。新宿の『思い出横丁』や吉祥寺の『ハーモニカ横丁』は、もう観光地みたいなものですが、西荻のあの一角は誰も観光地化しようとは思わないはず。そもそも、あの場所って名前すらあるんだか、ないんだか……」

――あれ、ひょっとして私、西荻のことディスってる？

ふと疑念を覚える葵だったが、いやいや、そんなはずはない、自分はちゃんと西荻の魅力を伝えているはずだ、と思い直して前を向く。テーブルの向こうで吉田は「ふんふん、なるほどなるほど」と熱っぽく頷きながらノートにペンを走らせていた。

自分の言葉を彼は真面目に聞いてくれている。そのことが、葵にとっては何より嬉しい。

気分が乗ってきた葵は、続けて西荻窪に点在する骨董品店やリサイクルショップなど、いわゆる西荻のセコハン文化について語った。これについても葵は充分に語る資格があると感じた。

「着る物や家具、家電製品など、大半は中古で揃います。ときに思わぬお宝グッズを発見することもありますしね。そうそう、この春のことですけどアンティークショップで『探偵戦隊サガスンジャー』のレッド・シャーロックのフィギュアを見つけて九八〇〇円も払って購入したんですが、よく見たら一部が欠損していて大失敗。後日、店の女主人に抗議したんですけど、『それは買う側の自己責任』っていわれて全然、取り合ってもらえませんでした。――いや、えと、まあ、それが楽しいんですけどね」

――ヤバイ！　戦隊モノのフィギュアの話なんてマニアック過ぎるだろ。馬鹿かよ、私！

しどろもどろで、なんとか誤魔化そうとする葵。それを見て、吉田のほうが話題を変えた。

「ところで、最近よく話題になる西荻のカフェ文化については？」

「カフェ!?　ああ、カフェですか……」

正直、これについては語る資格がない、と葵は思った。そもそもカフェと喫茶店と、いったい何が違うのか。それが葵には判らない。お洒落なのがカフェで、お洒落じゃないのが喫茶店？　だがしかし、いま自分がこうしてインタビューを受けている、この古い喫茶店だって充分にお洒落ではないか。では、これはカフェなのか。いや、違う。どう見ても、この店は喫茶店だ。では、カフェとは何か。漠然としたイメージでは、ガラス張りの明るい店内、エプロン姿の若い女性店員、店によってはオープンテラスなどあるのがカフェ。一方、薄暗い店内、渋い中年マスター、店によってはスポーツ新聞読み放題というのが喫茶店。——そういう認識でいいのかしら？　葵はまったく自信が持てない。

「うーん…………………………カ、カフェ、ですかぁ……」

「わ、判りました。やめましょう、カフェの話は！」決定的に気まずくなる瞬間を避けるように、吉田は自らこの話題を切り上げた。「なに、お洒落なカフェの情報なんて、『Hanako』の吉祥寺特集にでも任せておけばよろしい。我々の雑誌が扱うべき事柄ではない」

それを聞いて、葵はホッと胸を撫で下ろす。吉田は柔和な笑みを浮かべながら、

「では、ガラリと話題を変えて。西荻窪に対して不満に思う点や、不便に感じるところなどは？」

「え、西荻への不満ですか。特にないですけど、そうですねえ、敢えていうなら……」

と控えめに前置きしてから、葵はいきなり鬼のように語り出した。「スーパーが少なくて買い物が不便。大きな本屋さんがない。静かな街並みっていうけど、要するに繁華街がほとんどないってことですよね。それに、なんたって中央特快が停まらない。休日運転だと快速すら通過する。それから、雑誌の吉祥寺特集のときに『吉祥寺・西荻窪』って具合に、なんだかおまけみたいに取り上げられる。そして、それを内心ちょっと自慢に思っている人もいて、その意識の低さが嫌。それとあと、夜道に人通りがなさ過ぎて怖い。——ああ、これ以上いうと、さすがに怒られるかしら、西荻主義者《ニシオギスト》たちに」

「い、いえいえ、非常に興味深い意見です。どうぞ、続けて続けて……」

吉田から促されながら、葵は時間を忘れて喋りまくるのだった——

こうしてインタビューは終始、和やかな雰囲気で続いた。取材の間、吉田は笑顔を絶やすことなく、葵の話に耳を傾けてくれた。葵は魅入られたように彼の目を見詰めながら話している自分に気づいた。

——このまま、ずっとこの人と話をしていたい。

葵がそう思いはじめたころ、吉田はペンを置いて手元のノートを閉じた。気がつけばインタビュー開始から二時間近くが経過していた。葵にとってはアッという間の二時間だった。

「いや、実に愉快な話を聞かせていただきました。なんだか、良い記事が書けそうな気がします。あなたを選んで正解でしたよ」

「そういっていただけると嬉しいです」葵は充実した気分を覚えた。「結局、カフェの話題だけが駄目でしたね。だけど私、本当に苦手なんです、ああいうお洒落スポットが」

「判ります。わたくしもあまり好きではありません。以前、妻に連れられて何度かいった程度で……」

何気なく彼の口から飛び出した『妻』というワード。それを耳にした瞬間、葵は自分でも驚くほどの動揺を露にした。オドオドとした視線で、彼の左手の薬指を再度確認する。確かに、そこに指輪はない。だが年配の男性ならば、結婚指輪などしないのが、むしろ普通なのかもしれない。

——そうか、奥さん、いるんだ。そりゃそうよね。

と、ついつい落胆の思いを抱いてしまう小野寺葵三十一歳。だがその一方で、

——仮に奥さんがいなかったなら、どうするっていうの？

と自分の胸に問い掛けずにはいられない。葵はそんな自分自身を責めた。

——馬鹿じゃないの？　奥さんがいようがいまいが、関係ないじゃない。私はこの素晴らしい西荻窪の魅力を世の中に発信するために、今回のインタビューを引き受けたんだから！

そう無理やり思い込もうとする葵だったが、それでもやっぱり気になるので念のため聞いてみる。

「あのー、ちなみに吉田さんの奥さんって、どういう方なんですか」

「え、ああ、いや、妻は、その……」

質問が唐突過ぎたのだろうか。吉田は慌てた仕草で、残り僅かのアイス珈琲をひと口。そして、ようやく落ち着きを取り戻したように「ふう」と小さく息を吐くと、何もない壁に視線をやりながら、

「妻は死にました。二年ほど前に悪い病気で」

「えッ!?」

予想外の答えに驚きながらも、その一方で葵は「やった!」と心の中で快哉を叫ぶ。そしてテーブルの下で思わず拳を握ってガッツポーズ。だが次の瞬間、彼女はその握った拳を邪悪な自分自身の脇腹に向けて思いっきり叩き込んだ。——この罰当たりめ! 他人の不幸を喜ぶ下衆女め! そんなふうだから、三十過ぎてロクに恋人もできないのだ。この人でなし、駄目女、人間の屑、西荻の恥!

「このッ、このッ」と自分をぶん殴りながら「んぐっ、んぐっ」と自分で苦しがる葵。

テーブルの下の葛藤を知らない吉田は、訳も判らずキョトンとした顔つきだ。

「あの、どうかなさいましたか、小野寺さん。どこか体調でも悪いとか?」

「いえ、気になさらないでください、吉田さん。——んぐッ」最後の一発を脇腹に叩き込んで、ようやく気が済んだ葵は目の前の紳士に一方的にいった。「私ならもう大丈夫です。邪悪な鬼は追い払いました。ごめんなさい。本当に、ごめんなさい」

「いや、べつにあなたに謝っていただく理由はありませんが……」不思議そうに首を傾げた吉田は、小さく肩をすくめると、一転して優しげな笑顔を覗かせた。「なんだか、よく判りませんが、どうやらあなたは他の方とは違った魅力をお持ちのようだ。そう、ちょうど西荻が荻窪とも吉祥寺とも違う

独特の魅力を持つように。ええ、間違いありませんとも。こうして短い時間お話ししただけでも、そのことはハッキリ感じます。あなたのお話をもっと聞きたくなりましたよ。――ああ、そうだ」

紳士はいきなりパチンと指を弾くと、「いま、いいことを思いつきました」

「はあ、いいことって、何を？」

怪訝な表情の葵に対して、吉田の口から思いがけない提案がもたらされた。

「表紙ですよ、表紙。新雑誌の創刊号の表紙です。それを小野寺さんに飾ってもらいたい」

「え、表紙!?　この私が!?」思わず自分で自分を指差す葵。

「ええ、そうです。インタビューだけじゃもったいないと思うんですよ。魅力的なあなたに、ぜひ新雑誌の顔になっていただきたい。どうか、ぜひともお願いします」

テーブルの上に両手を突いて、「このとおり！」と頭を下げる中年紳士。

意外な成り行きに、葵は目を丸くするばかりだった。

3

「実は今日の昼間ね、『西荻向上委員会』の人に会ってきたの」

その日の夜、『かがやき荘』の共用リビングにて。発泡酒の缶を片手にした小野寺葵が、いきなり事実を告げると、賑やかだった室内がたちまちシンと静まり返った。ゴクリと唾を飲み込みながら、占部美緒が前のめりになって聞いてくる。

「や、やっぱりかいな。――で、どねえ感じじゃった？　会った瞬間、いきなり髪の毛を摑まれた、とか？」

「なによそれ、『赤毛連盟』じゃあるまいに。『西荻連盟』――いや違う、『西荻向上委員会』は、そんな怪しいものじゃなかったわ。ちゃんとしたインタビューだったわよ」

葵は昼間のインタビューの詳細を、二人の妹分たちに話して聞かせた。すると――

「うわあ、表紙ですかぁ」昼間の葵と同じく、関礼菜も話を聞くなり目を丸くして興奮を露にした。

「それでそれで、葵ちゃん、いったいなんてお返事したんですかぁ？」

興味津々で葵に詰め寄る礼菜。だが、それを押し退けるようにして、「そんなことより！」と美緒が横から口を挟んだ。「出掛けるときは『吉祥寺でお買い物』とか嘘ついてたくせして、帰ってきたらべらべら自慢話って、おかしいんと違うん、葵ちゃん？」

「あら、べつにおかしくないでしょ。だって、隠しておくようなことじゃないもの」

開き直った葵は、悪びれもせずに発泡酒の缶をぐいと傾ける。「だいいち、その雑誌が書店に並べば、どうせ隠してたってバレるじゃない。なにしろ表紙が、この私なんだから」

「うわあ。じゃあ、OKしたってことですねぇ。葵ちゃん、凄ぉーい」

無邪気に手を叩いて、葵の幸運を祝福する礼菜。だが美緒は全然面白くないようで、

「くそ、ムカつく。ちょっと、チヤホヤされたからって、まるで読モ気取りっちゃ！」

「べつに、それほどチヤホヤされてないわよ」

と葵は余裕のある態度で応じながら――ああ、他人から嫉妬される立場というのは、なんと気分のいいものか、と滅多に味わうことのない優越感に酔いしれた。

「それに『読モ気取り』っていう言い方も不正確だわ。私は単なる表紙のモデルに過ぎないんだから」

「自慢げにいいよって。ふん、アホらしい」

不満そうに鼻を鳴らして、美緒はハイボールのグラスを呷る。隣で礼菜が、「まあまあ、そう怒ん

ないで……」といって不機嫌な美緒を宥める。その一方で葵は「まあまあ、そう妬《ねた》まないで……」といって美緒の中で燃え盛る嫉妬の炎に、大量の油を注ぐ。たちまち美緒の眉毛が逆立ち、激昂した声がリビングに響き渡った。「だ、誰も妬んでなんか、おらんっちゃ！」

「あら、そうかしら。じゃあ、なんで不貞腐れてるわけ？」

「不貞腐れてないっちゃ。ただ、ウチは葵ちゃんのことが心配なだけ。そもそも、その吉田啓次郎とかいう人、ホンマに信用してええん？　葵ちゃん、騙されてるんと違う？」

「騙されてるですって!?　どう騙されてるっていうのよ」

「例えば、ええと、そう、もしかして結婚詐欺師とか」その瞬間、口にした美緒自身、驚いたようにパチンと手を叩いた。「おお！　ひょっとしたら、その男、中年紳士のフリをしながら、独身女性を毒牙にかける結婚詐欺師かもしれんっちゃ。男性経験の極端に少ない葵ちゃんに接近して、言葉巧みに女心を手玉に取り、最終的には葵ちゃんの財産を狙うつもり……って、ああ、そんなわけないか」

重大な見落としに気づいて、ガックリと肩を落とす美緒。

隣で礼菜が厳しい現実を口にした。「はい、そんなわけありませぇん。だって葵ちゃんには、詐欺師に狙われるような財産なんて、全然ないんですからぁ」

遠慮のない二人の言葉を耳にして、葵は思わず発泡酒の缶をぐっと握り締めた。

「ちょっと、あんたたち、黙って聞いてれば、ずいぶん失礼じゃないよ。財産が全然ないとか、男性経験が極端にどうとか……」そのこと自体はまさしく事実だとしても、「そんなの余計なお世話よ。もういい。心配していただかなくて結構。吉田さんが結婚詐欺師だなんて見当違いも甚だしいわ」

そう言い放った葵は、缶の底に残った液体を一気に飲み干す。そして空き缶をゴミ箱に放り捨てると、「それじゃあ、私はこのへんで」といって、ひとりだけ早々と酒宴の席を立った。「だって、飲み過ぎと寝不足はお肌に悪いもんね」

まさしく美緒の嫌いな《読モ気取り》そのものみたいな言葉を残しながら、葵は軽い足取りで二階への階段を駆け上がっていった。

葵が去った直後の共用リビングにて。取り残された恰好の美緒と礼菜は、不安そうな顔を見合わせて、今後の対応について密かに語り合った。

「マズいことになったっちゃ。いまの葵ちゃんは、金持ちの中年男にたぶらかされて、完全に理性を失っとる。このまま放っといたら、きっと大変なことになる。騙されとるとも知らずに、ウチらのことを見捨てて、中年男のもとに走るかも……」重大かつ一方的な不安を口にした美緒は、拳を強く握り締めながら訴えた。「ええね、礼菜、これ以上、葵ちゃんを幸せな――いや、可哀想な目に遭わせたらいけん。ウチらの手でなんとかするっちゃよ！」

「いま、『幸せな目』っていいそうでしたよねぇ、美緒ちゃん？」

「ううん、全然いってないっちゃよ。そねえなこと、いうわけないいやん」美緒はとぼけるように首を左右に振った。「ウチはただ、葵ちゃんのことを心の底から心配しとるだけやもん」

「そうですかぁ、そんなに葵ちゃんの幸せが許せないんですかぁ」

まったく嚙み合わない二人の受け答え。そして礼菜は小さく溜め息をついた。「いずれにせよ、葵ちゃんが中年男とくっつくようなことになったら、困るのは私たちですよねぇ」

「そのとおり。『かがやき荘』での共同生活が、もはや成立せんようになるっちゃ」

「もともと三人でさえ払えるかどうかギリギリの家賃ですもんねぇ。しかも、ここ数ヶ月は葵ちゃんが探偵として活躍することで、その家賃を免除してもらっていたわけですしぃ」

「そう、葵ちゃんの存在は『かがやき荘』には不可欠。だからこそ、ウチらが――」

といって、すっくと立ち上がる美緒。しかし礼菜はゆっくりと首を振った。

「ですけどぉ、葵ちゃんが中年男に騙されている、と決めつける根拠はありませぇん。中年男は本気で葵ちゃんに好意を持っているのかも。あるいは単純に表紙を飾るモデルとして見ているだけかも。もちろん、野蛮な下心がある可能性も否定はできませんけどぉ……」

「ああもう、じれったい！」美緒はリビングをウロウロしながら、短い茶髪を両手でワシャワシャと掻き回した。「ほいじゃあ、ウチら、どねえしたらええんよ！」

叫ぶような美緒の問いに、礼菜は落ち着き払った声で答えた。

「いまはただ、葵ちゃんのことを信じて、静かに見守るしかないと思いますぅ。葵ちゃんの幸せを邪魔する権利は、誰にもないのですからぁ」

礼菜が口にしたのは、愛情に満ちた大人の見解。それを聞かされた美緒は「うッ」と短い呻き声。そして突然、脱力したかのようにその場にしゃがみ込んで床に両手を突く。その口からは後悔と懺悔の言葉があふれ出した。

「礼菜のいうとおりっちゃ。確かに葵ちゃんの幸せを邪魔する権利は、ウチらにだってない。ああ、それなのに……ウチは汚い。ウチは自分が恥ずかしい。仲間の幸せを妬むあまり、葵ちゃんに向かって『フケ専』だの『読モ気取り』だの『欲ボケ女』だの勝手なことばかりいって……」

「えーっと、『欲ボケ女』って悪口は、いま初めて聞きましたけどぉ」

「と、とにかく、ウチが間違っとった」

美緒は涙に濡れた顔を上げて決然といった。「いまの礼菜の言葉で目が覚めたっちゃ。確かに、いまウチらにできることは、葵ちゃんのことを信じて見守ってやること。それだけしかないっちゃ」

「美緒ちゃん……」

感情のこもった美緒の言葉に、今度は礼菜が眸をウルウルさせる番だった。

4

そうして迎えた写真撮影当日。「海の日」を含む三連休の初日の朝のこと。

小野寺葵はとっておきのホワイトデニムに、普段は滅多に着ないピンクのブラウス、そしてやっぱり寒くもないのに――いや、むしろこの夏いちばんの暑さだというのに――水色のサマーセーターを羽織って密かに自室を出た。

――どうか、あの二人、特に美緒のヤローと出くわしたり、しませんように！

心の中で祈りながら、静かに階段を下りて玄関へと向かう葵。だがその願いも虚しく、玄関の手前の廊下に美緒と礼菜、二人の姿を発見。一瞬、美緒と目が合った葵は、やましい場面を目撃されたかのように、慌てて視線を逸らす。そして何かいわれたわけでもないのに「べ、べつに、めかし込んでいるわけじゃないのよ。ただ、写真を撮られるんだから、マシな恰好をしただけで……」と無用の言い訳。しかし美緒と礼菜は黙ったままだ。二人の間を突っ切るようにして、葵は玄関へと進む。

すると白いパンプスを履こうとする葵に、背後から美緒の声。「撮影、頑張ってなー、葵ちゃん」

「――え!?」驚きとともに、後ろを振り返る葵。

すると礼菜も「出来上がりを楽しみにしていますよぉー」と邪気のない笑顔を向ける。

「あ、ありがとう」若干の気恥ずかしさを覚えた葵は、表情を隠すように下を向き、靴を履き終える。

そして何事もなかったような調子で「じゃあ、いってくる」と片手を振った。

二人もまた普段どおりの様子で、「いってらっしゃい」と声を合わせ、揃って手を振る。

パンプスの踵を鳴らしながら、軽快な足取りで『かがやき荘』を出発する葵。その胸に広がるのは、笑顔で見送ってくれた妹分たちへの感謝の思い。だが、それと同時に、

――彼女たちを差し置いて、私だけ良い思いをしていいの？

そんな若干後ろめたい感情が、葵の中には拭いきれず残るのだった。


それから、しばらくの後。葵は待ち合わせの場所であるJR西荻窪駅前に到着。そこには、すでに中年紳士の姿があった。過去二回と変わらず、仕立ての良いサマースーツをキッチリと着込んだ、一分の隙もない装い。七月の暑さの中にありながら、まるで彼の周りにだけ涼しい風が吹いているかのようだ。

葵は申し訳なさそうに頭を下げて、彼のもとへと駆け寄った。「お待たせしました、吉田さん」

「なに、時間どおりですよ。わたくしも、いまきたところですから」吉田は優しげな微笑みを葵に向けると、「では、さっそく参りましょうか。どうぞ、お乗りになってください」

そういう吉田の背後には一台の高級乗用車。見覚えのあるエンブレムのお陰で、それがドイツの高級車BMWだと判る。葵は思わず眼鏡の縁に指を当てながら確認した。

「あ、あの、これに乗るんですか。これって、吉田さんの車……？」

いいえ、他人の車です、と答えるわけもない。吉田は愉快そうに口許を緩めながら頷いた。

「はは、もちろんですとも。今日は街中をアチコチ移動することになるでしょうから、車が必要だと思いましてね。さあ、遠慮なさらずに、どうぞ」

葵のために、吉田は自ら助手席の扉を開け放つ。若い女性が中年紳士の手で高級車の助手席にエス

コートされる光景。それを見て、西荻窪駅前の通行人が一瞬、ザワッとなった。彼らの好奇の視線を一身に集めながら、葵もけっして悪い気はしない。精一杯、優雅な振る舞いを心がけながら、「じゃあ、お言葉に甘えて」といって、葵は助手席に収まった。

やがて二人を乗せたBMWは豪快なエンジン音を響かせながら、駅前の広場をスタート。おそらくは撮影スポットへと向かうのだろう。今日が写真撮影の日である以上、それ以外の目的地は考えられない。

そう思って安心していた葵だったが、どうも様子が変だ。

車は住宅街の道を縫うように進む。やがて青梅《おうめ》街道へ出た車は、その道を東へ東へと走り出した。このままだと西荻窪ではなくて、普通の荻窪に到着してしまう気配だ。不安を覚えて葵は聞いてみた。

「あの、この車、どこへ向かっているのですか。もう、このあたりは西荻じゃないと思いますけど」

もっとも、どこまでが西荻でどこからが荻窪か、厳密な境界線がどこにあるか、葵は知らない。『西荻向上委員会』の人間なら正確なことを知っているかもしれないが、いずれにせよ車が妙な方角に進んでいることは事実だ。

すると運転席の吉田が答えた。「これから新宿に向かおうと思っているんですよ」

「え、新宿!?　新宿で何を……?」

西荻の雑誌の表紙を飾る写真。それを新宿で撮るとは考えられない。ますます不安を募らせる葵に対して、吉田の口から意外な発言。「新宿に素敵な洋服店がありましてね」

「――はあ!?」

「あの、非常に申し上げにくいんですが、怒らせてしまったら御免なさい。実は、前もってあなたの衣装を考えてあるんですよ。――いえ、もちろん今日のあなたのお洋服も、充分に素敵だとは思うのですが」

「あ、ああ、そういうことですか……」

葵は気恥ずかしさのあまり、思わず助手席で顔を伏せた。目一杯、お洒落してきたとはいえ、所詮はバイト生活者のクローゼットの中から見繕った洋服だ。この恰好で雑誌の表紙が飾れるわけがない。吉田が撮影前に特別な衣装を調達しようとするのは、当然のことだった。

「そういうことでしたら、吉田さんにお任せいたします」小声で呟く葵。

運転席の紳士は、自信に満ちた声でいった。

「期待してください。きっと、あなたにも気に入っていただける衣装ですから」

5

吉田の運転するBMWが向かった先は、新宿駅近くの有名百貨店だった。三階の一角に出店するお洒落な洋服店。その名を聞けば若い女性の誰もが、『ああ、近ごろセレブたちの間で話題の……』と頷くような超有名ブランドのお店に違いない、と小野寺葵は勝手にそう思ったが、実際のところブランドに疎い彼女自身はその店名を耳にしたことはなかった。ということは、実は有名じゃないブランドの店という可能性もゼロではないのだが——いやいや、そんなはずはあるまい！

葵は心の中でキッパリ首を振った。一流の立地。洒落た店構え。店員たちの洗練された振る舞いの中にある、けっして貧乏人を寄せつけない高飛車な雰囲気。どれを取っても超一流の洋服店だ。

葵にとっては、そこはまさに究極の未体験ゾーン。オドオドするあまりかえって挙動不審に陥ってしまう。対照的に吉田は、慣れた立ち居振る舞いで悠々と商品を見て回る。季節は夏真っ盛りだが、店内は夏物と秋物の商品が半々程度の割合で並んでいる。葵は飼い主に従う忠犬のごとく彼の後をついて回るしかなかった。そうするうちに、吉田が一着の服に目を留めた。

「これなんか、どうですか、あなたにピッタリだと思うのですが」

彼が手にしたのは、いかにも清楚なお嬢様が着るようなベージュのワンピースだ。ひと目見ただけで「素敵！」と目を輝かせる葵だったが、次の瞬間、視界に飛び込んできた値札の数字に愕然。サーッと顔色を変えると、ブンと首を左右に振った。「いけません。駄目です、駄目！　駄目駄目駄目駄目……こんな高いもの買えません！」

異様なテンションで拒絶の意思を示す葵の姿に、静かだった店内がザワッとなった。口髭を生やしたスーツ姿の客が、眼鏡越しに冷ややかな視線を向ける。同伴するグレーのワンピースを着た若い女性も葵を見て笑っているようだ。葵は恥ずかしさのあまり俯くしかない。

だが吉田は優しく微笑みながら、

「なに、値段のことは気にすることありません。これは必要経費なのですから」

「そ、そうなんですか。でも、それにしたって、こんな高い服、無駄ですよ、無駄！」

場所柄をわきまえない葵の言葉に、近くの女性店員が一瞬ムッと眉根を寄せる。葵は自分の失言を誤魔化すように、慌てて間近にあった吊るしのTシャツを手に取った。

「こ、こっちにしませんか。夏はやっぱりTシャツでしょう！」

「ふむ、Tシャツも悪くはないが、もう少しエレガンスが欲しいところですね」

いやいや、そんなの必要ないですって。西荻窪にエレガンスなんて誰も期待してないですから！

葵は念力で強く訴えたが、そんなテレパシーが相手に伝わるはずもない。吉田はTシャツを元の場所に戻すと、別の洋服に目を留めた。壁際に飾られた半袖のブラウス。色は透き通るような白だ。

その商品の前に、先ほどのグレーのワンピースの女性の姿があった。大きなサングラスを掛けた横顔は、白いブラウスの値打ちを真剣に量っている様子だ。するとなぜか吉田は、いくらか慌てた態度を見せながら、

「ああ、それだ、それがいい！」

叫ぶようにいって、真っ直ぐ白いブラウスに歩み寄る。同じ商品に手を伸ばしかけていたサングラス女は、彼の剣幕を見てギョッとした表情。恐れをなして手を引っ込めると、吉田は当然の権利を主張するかのように、お目当ての品をゲットした。――ん、なぜ、そこまで？

首を傾げる葵に、吉田はその品物を勧めた。

「うん、これがいい。あなたにピッタリだ。この白のブラウスに……そう、こっちの黒いスカートはどうかな？　悪くないコーディネートだと思うんだが」

吉田は膝丈の黒いスカートを併せて提案した。葵は普段スカートなど滅多に穿かない。だが細かなプリーツの入ったそのスカートには、確かに女心をくすぐる魅力があった。

すると心動かされる葵の様子を見て取ったのだろう。すぐさま女性店員が歩み寄ってきて、彼女の耳元に魅惑の囁きを吹き込んだ。

「お客様、とりあえず、ご試着されてみては？」

――馬鹿馬鹿、なんてことというのよ、この悪魔！　見なさいよ、このブラウスの上品な白さ、そしてこのスカートの繊細で優雅なプリーツ。こんなもん試着したら……こんなもん試着したら、絶対欲しくなるに決まってんでしょーが、この人でなし！

心の中で店員を激しく罵倒しながら、葵は試着室へと自ら飛び込んでいった。

「やはり思ったとおりだ。実に素晴らしい。完璧ですよ。素敵です」

試着室のカーテンを開けた瞬間、吉田は満足そうな表情。その口からは、聞いてる葵のほうが照れくさくなるような賞賛の言葉が次から次に飛び出した。女性店員も「よくお似合いですわ」と完璧な営業スマイル。もちろん葵としても褒められて悪い気はしない。はにかむような笑顔を浮かべていると、吉田はもう一着の品物を差し出してきた。「その上に、これを羽織ってもらえませんか」

それはワインレッドのカーディガンだった。葵が着替えている間に彼自身が選び出したものらしい。この暑いさなかにカーディガン？　と葵は思ったが、考えてみれば、いまは真夏でも雑誌は秋ごろに出るのかもしれない。だとすれば、表紙の写真には秋らしさが必要だ。カーディガンといえば秋の定番アイテム。少しぐらい暑くても、それは仕方がないことだ。それになにより——彼の差し出すカーディガンの柔らかな肌触りといったら！

いっぺんで着てみたくなった葵は、さっそくそのカーディガンに袖を通してみる。サイズはピッタリで、葵はたちまちそれを気に入った。「に、似合いますか？」

恐る恐る聞いてみると、吉田はにこやかに頷いた。「ええ、もちろん」

ホッと胸を撫で下ろす葵。その前で吉田は店員に向き直ると、「では全部いただこう」と即決。そして葵に向かって、さらに提案した。「どうせだから、服はそのまま着ていけばいい。いままで君が着ていた服は持ち帰ればいいのだから」

確かに彼のいうとおりだ。撮影のためには結局、この新品の服に着替えなくてはならない。ならば、このまま着ていくほうが、確実に手間が省けるわけだ。「じゃあ、そうします。カーディガンは暑すぎるから、とりあえず脱ぎますけど」

「ああ、それは君の好きなように。でも、写真を撮るときは着てもらえるね」

「ええ、もちろん」そう答えると同時に、葵はあることに気づいた。

いつしか吉田の葵に対する呼び方が、『あなた』ではなく『君』に変わっている。だが、そのことが嫌だとか馴れ馴れしいなどとは微塵も感じない。むしろ二人の距離が縮まったような気がして、葵は密かに嬉しささえも感じていた。

こうして葵はブラウスとスカート、そしてカーディガンを手に入れた。代金はもちろん全額、吉田の財布から支払われた。しかもキャッシュだ。夢見ごこちの葵は、吉田に礼をいいながら店を出た。

ここまで着てきたデニムパンツやピンクのブラウスは、お店の袋の中に纏めて、吉田が持ってくれた。脱いだカーディガンは持って歩くのも面倒だし、それにやっぱり見せびらかさないと買ったばかりの服がもったいないので、肩に羽織るような恰好でお洒落っぽく着る。

正直いって暑い。暑すぎる。だが、どこかで誰かがいっていた。お洒落の本質はヤセ我慢だと！

その真理を嚙みしめながら、葵は百貨店の雑踏の中を歩く。なんだか生まれ変わったようで実に新鮮な気分。人々の自分を見る目も歴然と変わったのではないか。そのことを、じっとり汗ばんだ二の腕で感じる葵だった。

とはいえ一気に服がグレードアップすると、今度は靴とのバランスの悪さが際立つ。なにせ、ここまで葵が履いてきた靴は、『かがやき荘』のシューズボックスの奥に眠っていたローヒールのベージュのパンプス。それは、やや履き古した感じの否めない流行遅れの靴だった。

そのことを目ざとく見つけて吉田がいった。「では次は、靴を買いにいくとしようか」

瞬間、葵はハッとなった。――なぜ、この人は私の心が、こうも読めるのだろうか？

驚きと嬉しさで目を丸くしながら、葵は「ええ」と笑顔で頷いた。

二人はそのまま同じ百貨店の婦人靴売り場へと向かった。店内に所狭しと並べてあるお洒落な高級靴の数々。その輝かしい光景は葵の中に僅かながら残されていた理性や遠慮、気おくれだとか貧乏であるがゆえのプライドなどを、一気に吹き飛ばすものだった。

「こ、ここで買うんですか、く、靴を」――『AB〇マート』じゃなくて、ここで！

激しく動揺する葵を眺めながら、吉田が愉快そうに声をあげる。「ははは、そりゃそうさ。だって、ここは靴売り場だからね。君に似合う靴があればいいんだが」

「あああ、ありますとも。ななな、なくても必ず見つけ出します！」

なぜか拳を握って決然と断言した葵は、自分の中に存在するかしないか判らない《お洒落センサー》を頼りに売り場を見て回る。するとやがて彼女の中のなにがしかのセンサーが、ピンクのハイヒールの前でビビビッと鋭い反応を示した。「あッ、これ素敵。私、これがいい！」

ピンクの靴を手にして葵は吉田に訴える。そんな彼女の姿を、丸の内ＯＬ風のスーツ姿の女性客が、眉をひそめながら見詰めている。きっと、年の離れた愛人に高価な靴をおねだりする馬鹿女に見られているに違いない。そのことを充分に感じながら、それでも葵はすがるような視線を吉田に送った。

すると中年紳士は「うん、なかなかいいね」と期待どおりの優しい笑顔。その靴を葵から受け取ると、一瞥もすることなくそれを元の陳列棚に戻した。――あれ⁉

若干の違和感を覚える葵をよそに、吉田は違う靴に迷うことなく右手を伸ばした。

「それはそれとして、この靴なんか、どうかな？　君にピッタリだと思うんだけど」

彼が選び出した靴は、至ってシンプルな白いハイヒールだった。もちろん素敵な靴だ。気品があって清楚でお洒落で、要するに洗練されている。何もいうことはない。きっと純白のブラウスにも黒のスカートにも充分釣り合うことだろう。だが葵は一度手にしたピンクの靴に対する執着心を容易に捨て去ることができなかった。

——所詮、男には判るまい。あらゆる女子を魅了するこのピンクの魔力！

葵は再度その点を訴えようとして口を開く。「でも、私は——」

「それじゃあ、店員さん、この白い靴を」吉田は一方的に白いハイヒールを店員に手渡して商談は成立した。こうなっては、もう葵としては何も口を挟むことはできない。なにしろ実際に代金を支払うのは彼なのだ。葵は彼の趣味に合わせるより他はない。——それは、確かにそうなのだけど。

胸中に僅かな疑念を抱きながら、葵は購入したばかりの白い靴に履き替える。その姿を紳士は満足げに眺めながら、また新しい提案を口にした。

「もうお昼だ。どこかで軽い昼食を。それが済んだら、そう——次は髪の毛かな」


——いったい、自分は何をしているのか？　いや、何をさせられているのか？

新宿の百貨店から歩いてすぐのところにあるヘアサロン。カリスマか否かは知らないが、結構イケメンの男性美容師に髪の毛をいじられながら、葵はいまさらのように不安を覚えはじめていた。

吉田啓次郎と名乗る彼は、確かに紳士的だ。物腰は柔らかく、話し振りには知性と落ち着きが感じられる。その表情には常に柔和な笑みが浮かび、相手を魅了する。『西荻向上委員会・副委員長』という肩書きだけが、いささか奇妙ではあるが、それを除けば、まず文句のつけどころのない男性だといえる。

だが——と葵は内心、首を傾げずにはいられなかった。

吉田のやや一方的な行動。そして一見、優しく提案しているようでありながら、その実、こちらが拒絶しがたい要求を突きつけてくる、不思議と強引な態度。なんとなく曖昧な気分でそれに従ううちに、自分は思わぬところに連れていかれるのではないか。そんな恐怖を、葵は感じはじめていた。

この感覚は、何かの物語の登場人物に近い気がする。こういう物語を自分は確かに知っている。でも、なんだったろうか。よく思い出せないが、少なくともそれは『マイ・フェア・レディ』ではけっしてない。もっと身近なところで読んだお話だ。ああ、そうか――

そのとき葵の脳裏に浮かんだのは間抜けな鉄砲撃ちのイメージだった。森の中で道に迷い、見知らぬ料理店を見つけ、そこで次から次に不思議な注文を受けては、それに自ら応えていく男たち。

――そうだ、宮沢賢治の『注文の多い料理店』だ！

胸のつかえが取れたように、葵はひとつ息を吐いた。あの童話の中で、二人の鉄砲撃ちは奇妙な注文に従いながら徐々に服を脱いでいった。いまの自分はむしろ服を着せられていく感じだ。話の展開としては正反対だが、どことなく似ている気がする。では、あの鉄砲撃ちたちは最終的に、どんな結末を迎えたのだったか。そう確か、大きな山猫に食べられそうになり、命からがら逃げ出すのだ。

――え!? てことは、私もあの注文の多い中年紳士に食べられちゃうって展開なわけ!?

そんな馬鹿な、と呟きながら葵は鏡越しに紳士の姿を捜した。吉田は待合室の椅子に腰掛けて、ジッと彼女のヘアセットが完了するのを待っている。西荻窪の路上で見つけた、どこの馬の骨とも判らないアラサー女が、食べごろの姿かたちになる瞬間を、彼は舌なめずりしながら待ちわびているのだろうか。

だが、そんな吉田の姿はあくまで紳士然としていて一分の隙もない。どこから見てもロマンスグレーの優しいオジサマとしか思えないのだった。そうこうするうちに――

「ハイ、お疲れさまでした」

耳元でイケメン美容師の声が響き、葵はハッと我に返る。気がつけば鏡の中にいるのは普段とは違う、まるで別人のような自分の姿。ただ無造作に長くしていただけのストレートヘアには、緩めのウエーブが掛かって、いままでになく女っぽい印象だ。――凄い。ホントに、これが私？

信じがたい思いで目をパチクリさせた葵は、高ぶった感情のまま待合室に戻る。その姿をひと目見るなり吉田もまたハッとした表情。そしてすぐさま満足そうな笑みを浮かべながら、彼女の新しいヘアスタイルを絶賛した。「素晴らしいよ。やはり君は、私が思い描いていたとおりの女性だ」

その言葉に誇張や嘘の匂いは感じない。心から飛び出した賞賛の言葉なのだ。葵はそれを信じた。そもそも疑うこと自体、間違っている。この紳士がお腹をすかせた山猫なわけがないではないか。

それに――と葵は大胆にもこう思った。

もしも本当に、この紳士がお腹をすかせているのなら、それも結構ではないか。そのときは、この私が彼の《空腹》を満たしてやるのも、そう悪い話ではない。いや、むしろ私のほうから積極的に、この紳士を《食べちゃう》という手だってあり得ないことでは――って馬鹿、なに考えてるの、私！

「ん、どうしたの？　私の顔に何か付いてる？」怪訝そうに葵の顔を覗きこむ吉田。

葵は慌てて彼の顔から視線を逸らすと、整えたばかりの髪を左右に振った。

「いえいえいえいえ……なんでもないです……すみませんすみません……」

なぜか必要もないのに謝ってしまう葵。多少見栄えがよくなったところで所詮、根っこの部分は変わらない。金持ちの中年紳士を《食べちゃう》ほどの自信は、やはり彼女のどこにもないのだった。

6

新宿での用事を終えた小野寺葵は、中年紳士の運転するＢＭＷで再び西荻窪の街へと舞い戻った。

うっかり忘れてしまいそうになるが、今日の目的は、あくまでも新雑誌を飾る表紙の写真を撮ることにある。洋服を買ったことも髪の毛をセットしたことも、すべてはそのための準備。ここからが本番なのだ。そう思って助手席の葵は気合を入れ直した。

西荻窪に到着すると、吉田はまずJR西荻窪駅前に車を停めた。スーツの上着を脱ぎ、身軽なワイシャツ姿になった彼は、一眼レフを手にしながら車を降りる。葵はワインレッドのカーディガンに袖を通しながら助手席を出た。

「ここで撮るんですか」

「ええ。まずは西荻窪だとひと目で判る場所がいいと思ってね」

確かに『ここぞまさしく西荻窪』とハッキリ判る場所が、西荻窪にはあまりない。その意味でJRの駅前は、間違いようのない場所だ。吉田の選択に、葵は納得した。

葵は西荻窪駅の看板の見える路上でニッコリ笑ってポーズ。その姿を吉田が構えた一眼レフで撮影する。カメラを扱う彼の手つきは慣れていて、本物のカメラマンっぽい。そんな二人の様子を見やりながら多くの通行人たちは、「なんだなんだ？」「何かの撮影か？」「この娘、有名人？」「ひょっとしてモデル？」「そういや確かにべっぴんだ！」などと口々に噂しあっているのだろうなあ――と葵は自分で勝手にそう思った。事実はどうか知らないが、二人の姿が駅前で異彩を放っていたことだけは間違いない。葵はいい気分だった。

「それじゃあ、次はもっと静かな場所で撮りましょう」

駅前での撮影を終えた吉田が車へと歩き出す。葵はもう少し人ごみの中での撮影大会を満喫したいと思ったが、例によって吉田の提案には逆らえない。おとなしく助手席に乗り込むと、すぐさま吉田は車をスタートさせた。向かった先は善福寺公園だ。

まあ、ここでの撮影は必ずあるだろうな、と想像していた場所なので驚きはしない。吉田の指示に従って池の畔のベンチに腰を下ろした葵は、これまた吉田の指示どおり、水面を見詰めながらアンニユイな表情をつくる。――でもアンニュイって何のこと？

自分で自分にツッコミを入れながら、精一杯モデルの役を演じ切ろうとする葵。ここでも吉田は、ほんの僅かな時間で数枚の写真を撮り終えた。

これ以外の撮影スポットといえば街に点在するお洒落なカフェ――という話に普通はなるのだが、葵のカフェ嫌いは先日のインタビューで吉田も知っている。そこで二人は西荻窪の閑静な住宅街に車を停めて、『なんでもない路地をブラブラ歩くアラサー女性』の写真を撮ることにした。ただただ葵が歩く姿を、一眼レフで狙う吉田。だが、そうやって数枚の写真を撮り終えたころ、ふいに彼が聞いてきた。

「ねえ君、その眼鏡は外しちゃ駄目なやつなのかい？」

「え、これですか」葵は眼鏡の縁に指を当てながら、「いいえ」と首を振った。

葵は確かに近視だが、眼鏡の度はそれほど強くはない。眼鏡なしでも日常生活にさほど支障はないが、眼鏡を掛けているほうが知的に見えて男にモテる、とそう思って掛けているだけだ。

――でも考えてみれば、この眼鏡のお陰でモテたことなんて一度もないわね！

「眼鏡、ないほうがいいですか？」

「いやいや、その眼鏡はよく似合っているよ。知的に見えるしね。ただ――」といった吉田は、続けて驚きの殺し文句を口にした。「ただ、魅力的な目が隠れてしまうのが惜しいような気がしてね」

「わ、判りましたッ。外しましょうッ」

一瞬の迷いもなく葵は、自身のアイデンティティーの重要な一要素である眼鏡をアッサリと顔から取り去った。もうこれからは眼鏡っ娘とはいわせない。――ま、三十過ぎたいまじゃあ、そもそも誰も眼鏡っ娘とは呼ばないけどね。

「うん、それだ、その顔。このままで何枚か撮らせてもらうよ」

再びカメラを構えた吉田は、それからしばらく住宅街で葵の写真を撮り続けた。

やがて写真撮影はすべて終了。どの写真が表紙として使われるのか、見当もつかなかったが、とにもかくにもモデルとしての役目を果たした葵は、達成感でいっぱいだった。

車に戻ると、葵はようやくカーディガンを脱いだ。撮影中は暑くて堪らなかったのだ。逆に吉田は脱いでいた上着を着てから、運転席に腰を下ろした。

「ごくろうさま」と吉田は葵の労をねぎらう。そして腕時計を見やりながら、「少し早いけど、一緒に夕食でもどうかな？　ここから車で少しいったところに、美味しいイタリアンの店があるんだ」

この提案は強引でもなんでもない。葵にとって、それは願ったり叶ったりの誘いだった。

「わあ、イタリアン大好物なんですよ、私」

と口ではそういったけれど、正確にはイタリアンもフレンチも和食も中華も、あるいは焼肉だって寿司だって、それがタダ飯ならば、なんでも大好物な葵だった。


『車で少しいったところ』と吉田はいったが、実際はたっぷり三十分かけて車は北へと向かった。中央線沿線以外ほとんど土地勘のない葵は、途中から車がどこをどう走っているのか、見当もつかなくなった。そうするうちに、やがて車はとある住宅街へと入っていく。すると狭い路地の先に、お洒落なレストランが忽然と現れた。意外な展開に葵の胸はドキリと高鳴った。またしても『注文の多い料理店』の話を思い出したのだ。しかし彼女の内心など知る由もない吉田は「ここだよ」とアッサリいって、その店の駐車場に車を停めた。

恐る恐る車を降りて店の看板を確かめる。『山猫軒』なら踵を返して逃げ出すしかない。密かに身構える葵だったが、幸いにして店の名前は『ミラノ軒』というらしい。とりあえずホッと胸を撫で下ろして、店の玄関をくぐる。白いワイシャツ姿のフロア係が、深々としたお辞儀で二人のことを迎えた。まだ早い時間帯なので、客の姿は自分たち以外にはない。実質的な貸し切り状態の中、二人は個室のテーブル席に腰を落ち着けた。

差し出されたメニューを覗き込むと、案の定、そこに書かれているのは意味不明なカタカナの羅列。葵には何の料理のことだかサッパリ判らない。メニューに顔を近づけて、懸命に料理名の解読に努めていると、目の前に座る紳士がハッとしたように声をあげた。

「そうか。眼鏡がないから見えにくいんだね」

「そ、そう、それです！　それなんです！」葵はわざとらしく指先で目を擦った。

「何か嫌いなものとかある？　なければ私が適当に注文してもいいけれど……」

「それでいいです。それにしましょう。それしかありません」

葵はメニューを閉じて頷いた。吉田はにこやかな笑みを浮かべながら、「私は車だからお酒は控えるけど、君は遠慮せずにどうぞ。ワインでもビールでもシャンパンでも」

「え!?」そういわれると葵も遠慮しないわけにはいかない。「いえいえ、そんな、私だけお酒を飲むわけには……そもそも私、べつにそれほど飲むほうじゃ……え、そうですか……このお店、美味しいワインが有名なんですか……そうですか、そんなにいわれるなら……」と超面倒くさいやり取りがあって、葵はようやく注文した。「じゃあ、とりあえず生ビール！」

一方の吉田はノンアルコールビールを注文。こうして二人は仲良く乾杯した。

やがて吉田の注文した料理が次々と運ばれてきた。それらはどれも美味だった。イワシの切り身を野菜にのっけてオリーブオイルをぶっかけた料理とか、まだ幼い羊の肉を分厚くスライスして、こんがり焼いたやつとか、実に絶品である。葵は夢中で食べた。手にする酒は生ビールから赤ワインに移った。そんな葵に愉快そうなまなざしを送りながら、吉田が聞いてきた。

「どうやら気に入ってくれたようだね」

「ええ、とっても」葵は二杯目の赤ワインを半分ほど飲むと、なんの気なしに尋ねた。「このお店、よくいらっしゃるんですか」

「ええ、まあ、ときどきくる程度だけどね」

「おひとりで?」そう口にした直後、葵はハッとなった。「ああ、おひとりなわけがありませんよね、こういう店ですし……」

『ミラノ軒』はシックで落ち着いた雰囲気の店で個室もある。どう考えても、中年男性がひとりで食事しにくるような店ではない。では、いったい彼は誰とこの店に『ときどきくる』のだろうか?

勝手な想像を巡らせる葵に対して、吉田はぎこちない口調でいった。

「いや、まあ、死んだ妻と以前に何度か……」

「ああ、そうでしたか」沈んだ声で頷いた葵は、そのとき胸に浮かんだひとつの疑念を、思い切って彼にぶつけてみた。「ひょっとして亡くなった奥さん、お若い方だったんですか」

「――え!?」

「いえ、なんだか、そんな気がして」葵は小さな声で続けた。「間違っていたらごめんなさい。私、なんとなく感じたんです。吉田さんは、私のことを誰か別の女性に近づけようとしているんじゃないか。私の姿に誰か別の女性の面影を見ているんじゃないか。だから、その人が着ていたような服を着せて、その人が履いていたような靴を履かせて、そして髪型も……」そういって葵は緩くウェーブの掛かった髪を指先で撫でた。「だから、その別の女性というのは、亡くなった奥様なのかな、と」

「あ、ああ、いや、そういうわけでは……」吉田は戸惑いがちに手を振り、そしてテーブルの向こうで俯いた。「でも、君のいうとおりなのかもしれない。正直、死んだ妻と君とでは年齢も見た目も随分と違う。だが、どこかに通じる部分があるのかもしれない。私はその面影を知らず知らずのうちに君に求めていた。確かにそうなのかも……」

「あ、あの！」居たたまれない思いになって、葵は相手の言葉を遮った。「気になさらないでください。私は今日一日、とても楽しかったんですから」

「ありがとう。そういってもらえると、私も嬉しいよ」

瞬間、二人のテーブルに微妙な沈黙が舞い降りる。葵はその沈黙から逃れるように、いったん席を立った。化粧室に入り、個室の中でひとり便器に座りながら自問自答する。

「こここ、この雰囲気は、ひょっとして！　ああ、これから、どーするのよ、小野寺葵。ままま、万が一、彼が自宅に誘ってきたりした場合、いったいどう応えるの？」

だが長々と考え込んでいる暇はなかった。化粧室に長居して、結果、食事の合間に《大きいほう》をしているなんて勘違いされたりしたら、それこそ恥ずかしいではないか。

結局、何の結論も出ないまま、葵は化粧室を出て自分の席へと戻る。料理はあらかた食べ終えて、グラスの中には半分ほどの赤ワインが残るばかりだ。

「これを飲んだら出ようか」吉田がノンアルコールビールのグラスを傾けながらいう。

「そうですね」と頷きながら、葵も自分のワイングラスを口に運んだ。

深刻な話題は避けて、他愛ないお喋りで時間を潰す。吉田は楽しそうに相槌を打ってくれる。やがて葵のグラスはすっかり空になった。

それを見て、吉田がおもむろに腰を上げた。「それじゃあ、そろそろ――」

「ええ、そうれすね」

葵は自分の言葉に自分で驚いた。――あれ、いま私、『そうれすね』っていった!?

葵は自分の呂律が妙に怪しくなっていることに気がついた。

「あれ!? どーしたんらろう、わらし……すごく身体が重ひ……なんらか眠ひ……」

椅子から立とうとしても、身体がまったく動かない。テーブル越しに見える中年紳士の顔が、なぜだか揺れて見える。葵は訳が判らなかった。中年紳士が椅子から立ち上がる。

「おやおや、どうしました? ああ、さては飲みすぎたんですね。でも大丈夫。心配しないでください。何も問題ありませんよ」

朦朧とする意識の中、ロマンスグレーの紳士は、あのにこやかな笑みを見せながら、いままでどおりの優しい声で葵にいった。「大丈夫です。ちゃんと家まで送ってあげますから」

彼の言葉は、いつの間にか元の敬語に戻っていた。

7

寝返りを打った瞬間、ドスンと耳元で大きな音。そして右肩に激痛が走った。痛みは曖昧模糊としていた意識を明瞭にし、お陰で小野寺葵は正気を取り戻した。

目を開けると、そこは真っ暗な闇の中だ。

恐る恐る上体を起こす。徐々に目が暗闇に慣れはじめると、見知らぬ部屋の光景がボンヤリと確認できた。誰かの寝室らしい。目の前にあるのは、大きなベッドだ。それを見て、ようやく葵は自分がこのベッドから床に転がり落ちたことを理解した。どうりでドスンと大きな音がしたわけだ。だが目覚めた理由は判っても、眠っていた理由が判らない。なぜ自分は他人の部屋のベッドに寝ていたのだろうか？

暗がりの中、葵は懸命に記憶の糸を手繰った。「ええっと、確か私は吉田さんとレストランで食事を……楽しく食べて飲んで、それから……そう、なんだか急に酔っ払って……」

瞬間、葵はハッとなって周囲を見回した。

「じゃあ、ここはあの人の家？　私、彼の家に連れ込まれたの？　てことは、まさか！」

咄嗟に脳裏に浮かぶ悪い想像。それを打ち消すために、葵は慌てて着衣を確認した。買ってもらったばかりの白い半袖ブラウス、そして黒のプリーツスカート。それらは撮影当時の状態を保っている。

葵はホッと安堵の溜め息を漏らした。「良かった。ちゃんと着てる……」

ということは、吉田は酔っ払った彼女を自分の家に連れ込みはしたが、その後もちゃんと紳士的に振舞った、ということなのだろう。葵は吉田の自制心に感謝した。なにしろ街の噂や週刊誌の記事によれば、卑劣な男というのはいるものらしい。中には、薬を使って女性を昏倒させ、別の場所に連れ込み悪さをする。そんなケースも実際あると聞く。まあ、吉田のような紳士に限って、そんな薬など用いるわけもないのだが――「ん、薬!?」

そのとき葵の脳裏を覆っていた霧の一部が突然サーッと晴れた。

化粧室から戻った葵。グラスに半分だけ残った赤ワイン。『これを飲んだら出ようか』という彼の台詞。だが、それを飲み干した直後に、葵は突然、前後不覚の状態に陥ったのだ。ひょっとして、あのグラスに変な薬が混ぜられていた。そんな可能性はないだろうか。――いや、ある！　でなければ、たかだかビールやワインの数杯で、この酒好きな私が意識を失ったりするはずがないではないか！

事ここに至って、葵は確信した。「そうだ。彼が私のグラスに睡眠薬を入れたんだわ」

ならば吉田の目的はなんだ？　それはもちろん、この身体だろう。三十を若干過ぎたとはいえ、まだまだ若くてピッチピチで女ざかりの美しい——実際、あの中年男性の衰えた肉体に比べれば、断然若くて綺麗に決まっている——この魅力的な肉体。彼はそれをほしいままにするつもりなのだ。

吉田の邪悪な目論見を察して、葵は激しい憤りに震えた。

「あの男、やっぱり大きな山猫だったのね。だったら、こうしちゃいられないわ！」

薬を使う卑劣漢に、まんまと食べられてなるものか。そう決意した葵は、暗闇の中で立ち上がった。手探りでベッドサイドの明かりを灯す。ほのかな明かりの中、部屋の片側のカーテンが目に入った。歩み寄ってカーテンを引く。大きなサッシ窓があった。曇りガラスの向こう側は、すでに夜の闇だ。葵はじれったい思いでクレセント錠を外して、サッシ窓を開けた。これでなんとか逃げ出せる。

そう思った直後、葵は激しい落胆に襲われた。「なによ、この窓、格子が嵌ってるじゃない」

格子の向こうには、見知らぬ庭の景色が見える。ここは一階なのだ。だったら、別の窓や玄関から逃げ出せるはずだ。とにかく出口を探さなくては！

気を取り直した葵は、部屋の唯一の出入口へと駆け寄った。ドアノブに手を掛けて、木製の重厚な扉を開け放つ。その直後、葵はアッと悲鳴をあげそうになった。

目の前にスーツ姿の中年紳士の姿があった。その顔には、あの優しげな微笑みが、いまもなお浮かんでいる。愕然とする葵の前で、彼は眉ひとつ動かすことなくいった。

「やあ、お目覚めのようですね。それは良かった。一時は、どうなることかと心配しましたよ」

「お、お陰さまで」咄嗟に葵もぎこちない笑みを返した。「あ、あの、ごめんなさい。私、なんだか急に酔ってしまったみたいで……」

「なに、気にすることはありません。きっと慣れない撮影で疲れが出たんでしょう」

いいながら吉田は部屋へと足を踏み入れる。そして後ろ手にピタリと扉を閉めた。

「わ、私、どうやって、この家まで？　吉田さんが……？」

「ええ。車で運んだんです。駐車場から家の玄関までは、私が肩を貸しながらね」

「そうでしたか。そ、それは、とんだご迷惑を」葵は後ずさりしながら、小さく頭を下げた。「こ、このお詫びは、いつか必ず……ですが、今日のところは、これで失礼を……」

「なにも、そう慌てることはないでしょう」葵に向かってにじり寄ってくる吉田。

「近寄らないで！」

一喝すると中年紳士は一瞬ひるんだ表情。「どうしました？　そんな怖い顔をして」

いいながら葵に向かって、ゆっくりと右手を伸ばす。恐怖を感じた葵は咄嗟に、

「触らないで！」

大声で叫ぶと同時に、吉田の身体を両手でドンと突き飛ばした。部屋の端まで吹っ飛んでいって壁に頭をぶつける吉田。その口から「うッ」という呻き声が漏れる。

葵は扉に駆け寄り、それを開け放った。

部屋を飛び出すと、暗くて長い廊下が左右に延びている。どちらに逃げるのが得策か、まったく判らない。葵は山勘で廊下を右へと駆け出した。突き当りを直角に曲がると、その先にも廊下が延びている。

――なんて広いお屋敷なの？　いったい玄関はどこよ？

迷いながら葵は暗い廊下を直進する。いまごろ吉田は体勢を立て直して、逃げた彼女のことを追っているはずだ。モタモタしている暇はない。焦る葵の前で、廊下は再び直角に折れ曲がる。闇雲にそれを曲がった瞬間、葵はまたしても絶望的な気分に襲われた。

目の前にあるのは洗面所だ。廊下は行き止まりになっている。

葵はいまきた廊下を引き返さざるを得なかった。だが廊下の先からは大股に歩く足音が、徐々にこちらに向かって接近してくる。このままでは間違いなく鉢合わせだ。葵は慌てて周囲を見渡した。廊下に面して、いくつもの扉がある。扉の向こうが何の部屋なのか、それは判らない。だが躊躇している場合ではなかった。葵は目に留まった扉の一枚に駆け寄り、それを開け放った。部屋の中へと身を躍らせ、すぐさま扉を閉める。部屋の中は真っ暗だった。扉を押さえながら息を殺していると、やがて廊下に人の気配。荒々しい足音が、葵のいる扉の前をいったん通り過ぎ、そしてまた同じ扉の前まで戻ってくる。

「くそ、どっちに逃げやがった?」扉越しに聞こえるのは、紳士らしからぬ乱暴な言葉だ。

――いまのは誰? 吉田とは違う男?

混乱しながら、聞き耳を立てる葵。男は扉一枚隔てたところにいる彼女の存在に気づかないまま、再び足音をたてて廊下を遠ざかっていった。――良かった。いってくれたわ!

とりあえずホッと息をついた葵は、扉を背にして部屋の様子を窺った。暗い中で目を凝らしてみると、どうやらこの部屋も誰かの寝室らしい。壁際に大きなベッドが置いてあるのが、辛うじて判る。

明かりを点けてみようか。一瞬そう思ったが、いや、そんなことをすれば、こちらの居場所を相手に教えることになりかねない。自重した葵は、暗い中を手探りで進んだ。とにかく窓を開けてみよう。この部屋の窓にも格子が嵌っているかもしれないが、期待は持てる。

葵はカーテンの引かれた窓へ向けて、じりじりと歩を進めた。だが、その直後――「あッ」

いきなり何かに躓いて転倒。両手を床に突いて四つん這いになった葵は、「もう、なんなのよ!」と苛立ちを露にする。だが文句をいっている暇はない。すぐさま立ち上がろうとするが、そのとき

「あれ!?」と彼女の口から疑問の声。中腰のまま動きを止めて、ジッと足許の床を見詰める。そこになんらかの形が見える気がした。派手なラグでも敷いてあるのだろうか。目を凝らすが、よく見えない。いまさらながら葵は、自分が眼鏡ナシの状態であることに思い至った。だが、さらに目を凝らすうち、ボンヤリとした視界の中に、曖昧ではあるが何かの輪郭のようなものが浮かび上がってきた。

「……………」こ、これは、まさか！

悪い予感に震える葵は、慌ててベッドサイドを手探りした。電気スタンドのスイッチを探り当て、それを点灯させる。暗かった部屋に明かりが満ちる。フローリングの床の様子が露になる。その瞬間、葵の目に飛び込んできたのは、想像もしない異様な光景だった。

床の上で女が首を絞められて死んでいた。

葵は思った。——死んでいるのは、誰？

そして葵は気づいた。——死んでいるのは、私だ！

8

床に転がる女は、首にロープが食い込んだ状態で、長々と伸びたまま微動だにしない。死んでいることは一目瞭然だった。葵は息を呑んで、その死体を見詰めた。

純白の半袖ブラウスに黒のプリーツスカート。長い髪には緩めのウェーブが掛かっている。いまの葵の装いとまったく同じ服装。なにより同じなのは、その顔だ。葵は自分に瓜二つの人間というものを、初めて見た気がした。そして出来ることなら生きた姿のこの女性に出会いたかった、と心から思った。これではまるで——そう、これではまるで、自分の死に顔を眺めているようではないか！

と、そのとき突然、背後に人の気配。「おや、こんなところにいたんですね」

驚いて振り返ると、いつの間にか開いた扉の前に、中年紳士の姿。彼はゆっくりとした足取りで部屋の中に足を踏み入れながら、「随分と捜しましたよ」と落ち着いた声。そして床に転がる死体を一瞥すると、無感動な視線を葵へと戻した。「ああ、ご覧になったのですね」

「え、ええ。見させてもらったわ」葵は僅かに後ずさりしながら、「これは、どういうこと？　なぜ、この女は私と同じ恰好をしているの？」

「ふむ、なぜこの女があなたと同じ恰好なのか……」質問の意味を噛み締めるように繰り返すと、吉田はゆっくりと首を振った。「いや、それは少し違いますね。むしろ、あなたのほうが死んだ女と同じ恰好をしているのですから」

「………」葵は思わず絶句した。だが確かに彼のいうとおりだ。今日の昼間に吉田が葵に対しておこなった提案の数々――それは提案という形をとった注文であり指図だったわけだが――それの意味するところを葵は、おぼろげながら理解した。「わ、判ったわ。あなたは私を、この女の身代わりにしようとしたのね。だから、この女と同じ服を着せて、同じ髪型にした。――この女は誰なの？　あなたの奥さんじゃないはずよね？」

「ええ、妻じゃありません。この女性の名前は藤本麻子《ふじもとあさこ》。死んだ夫の莫大な遺産で優雅に暮らすセレブですよ。そして私の妻は彼女の実の妹。つまり藤本麻子は私にとって義理の姉というわけです」

「この女の妹が、あなたの奥さん？　その奥さんは確か、二年ほど前に病気で亡くなったっていう話だったけど……」

混乱しながら呟く葵。その言葉を聞いて吉田はニヤリと意味深な笑みを覗かせる。葵はハッとなった。「判ったわ。あなたの奥さんは死んでなんかいない。さては遺産目当てね。この女が死ねば、その遺産の一部は、あなたの奥さんに転がり込む。だからあなた、この女を殺したのね」

「違う、といっても無駄でしょうから正直にいいます。――ええ、おっしゃるとおり、私が殺しました。今日の午前、あなたとの待ち合わせの場所に向かう、その直前にね」

「な、なんですって！」では、西荻窪の駅前にBMWを乗りつけていた吉田は、あのときすでに殺人者だったということか。そして、そんな素振りを微塵も見せずに、あのにこやかな微笑みを振りまいていたというのか。殺人よりも、むしろそのことに葵は底知れぬ恐怖を感じた。「い、意味が判らないわ。これはなに？　いったい、どういうトリックなの？」

相手の魂胆が読めずに、葵は激しく混乱した。吉田はなんらかのトリックを弄して、自らの犯罪を成功させようとしている。そのための駒として、被害者によく似た顔の自分が利用されたのだ。そのことは間違いない。ならば、これは身代わりトリックだ。二人一役といってもいい。自分は知らないうちに藤本麻子という女性と同じ恰好をさせられて、その姿を大勢の前で晒していたわけだ。

――だが、待てよ、と葵は思った。

ならば自分は、どのタイミングで藤本麻子の姿になったのだろうか。新宿で服を着替えたときか。それとも髪型を変えたときか。いや、違う。あのときだ！

西荻窪での撮影の後半、眼鏡を外したとき。そしてその直後に車の中でワインレッドのカーディガンを脱いだ。その時点で小野寺葵は藤本麻子の死体と同じ姿になったのだ。そして吉田は、そんな彼女をレストランへと誘った。それも西荻窪からは、かなり離れた場所にあるレストランに――

葵は吉田の策略の一端を摑んだ気がした。「判ったわ。これはアリバイトリックね。あなたの目的はレストランの店員たちに、私の姿を見せつけることにあった。私の姿は西荻窪の人たちの目には、小野寺葵の着飾った姿に見えたかもしれない。だけど離れた街のレストランの店員たちの目には、私の姿は藤本麻子に見える。そうすることで、あなたはすでに死んでいる藤本麻子がまだ生きているように見せかけた。そうして実際の犯行時刻を誤魔化したあなたは、その一方で自分の贋《にせ》アリバイを作る。これは、そういうトリック――」

「ほう、そんなことが可能ですかね。もしそうなら、いまごろ私はどこか別の場所で、善意の第三者たちと一緒にいなきゃならないはずですが」

「た、確かに、そうね」死体と一緒にいたのでは、アリバイ工作にはならない。

この推理の何が間違っていたのか。途方に暮れる葵を前に、吉田が余裕の口を開いた。

「ふふ、アリバイなんて関係ないんですよ。今日は三連休の初日。それに連休が明けたからといって、すぐに彼女の死体が発見されるわけでもない。なにせ藤本麻子は独身のひとり暮らしですからね。この死体が発見されるのは、数日先のこと。だとすれば警察の割り出す死亡推定時刻も、所詮は大雑把なものにしかならない。容疑者のアリバイなどは大した意味を持たないってことです」

「そ、それじゃあ、いったい……」

「大事なことはレストランの人たちに、私たちの姿を印象づけることでした」

「やっぱり、そうだったのね。確かに店員たちは私の姿を記憶したに違いないわ。――だけど」といって葵は強気な顔を上げた。「同時に彼らは、あなたの姿も記憶に留めたはずよ。それでいいのかしら?」

「ほう、私の姿?」吉田がいった。「それはロマンスグレーの中年紳士の姿ってこと?」

「――え!?」呟いたきり、絶句する葵。

彼女の目を見ながら、吉田は両手をゆっくり頭上に持っていった。その両手が彼の頭の部分を摑み上げる。そして次の瞬間、彼の頭髪は丸ごと床にビシリと叩きつけられた。

驚愕のあまり目を丸くする葵。そんな彼女の前でスキンヘッドの男がいった。

「これで判ったろ。あんたの思うような中年紳士なんて、どこにもいねーんだよ！」

ポカンと口を開けた小野寺葵は、大きく見開いた目でスキンヘッドの男を見詰めた。年齢は不詳だが、けっして若くはない。かといって初老と呼ぶほどの枯れた雰囲気でもなくて、むしろギラギラした印象すら感じる。中年は中年としても四十代ぐらいか。もちろん紳士ではない。敢えていうなら《ヒップホップ系中年極ワルおやじ》といったところだ。

「………」長い沈黙の時間が過ぎた後、「ぎゃあああぁぁぁ――ッ」と盛大な絶叫が、葵の口を衝いて飛び出した。「へ、変態！　痴漢！　騙したわね、このツルツル詐欺師！」

「誰がツルツルだ！」スキンヘッドの男は取り乱す葵のことを一喝した。「なんだ、くそ、人の頭を見ただけで、股間のナニでも見せられたみたいに騒ぎやがって。殺すぞ！」

知性の欠片も感じさせない脅し文句を受けて、葵は壁際まで後退した。あらためて冷静な目で男の顔を見やる。そして葵はハッとなった。「あ、あなたの顔、見たことあるわ。いつだったか、吉祥寺の街中で、誰かと間違えて私に声を掛けてきたこと、あったわよね？」

「そうだ。あんたのことを藤本麻子だと本気で勘違いしてな。『なんで彼女が吉祥寺に？』って思ったんだが、声を掛けたら別人だった。あんたは知らないだろうが、あの後、俺はあんたを尾行したんだ。あんたの素性を知りたいと思ってな。もちろん、あんたの存在を利用できると踏んだからだ」

「利用できるって――人殺しに？」

「まあ、そういうことだ。といっても、この風貌で『頼むから、殺人の共犯になってくれ』と頭を下げたところで、まあ、通報されるのがオチだよな。そこで俺は計画を練った。そしてダンディな中年紳士に成りきった俺は、あんたにこう頼んだんだ。――『雑誌のインタビューをさせてくれ』ってな」

「『西荻向上委員会』ね。あんな組織、本当にあるの？」

「ああ、意外だろうけど組織は実在する。もっとも、俺とは縁もゆかりもない団体だがな。あんたにインタビューする口実として利用させてもらったのさ」

「じゃあ『吉田啓次郎』という名前も、もちろんデタラメね」

「いや、意外とそうでもないんだぜ。俺の名字は『吉田』で間違いない。ありふれた名字だから、そのまま使ったんだ。『啓次郎』って名前は、まったくの偽名だけどよ」

そういって吉田はニヤリと笑みを浮かべた。『吉田啓次郎』とは別人のような嫌らしい笑い方だ。

葵は素朴な疑問を彼に向けた。「あなた、役者か何かやってたの？」

「ああ、お察しのとおり元劇団員だぜ。特に老け役は大の得意だったんだ。俺は渋い中年紳士に成りきって、普段はあらゆる男性から全然モテないあんたの心を鷲摑みにした」

「し、失礼ね、勝手にモテないって決めないでちょうだい！」図星をさされた葵は顔をそむけるようにしながら、「べ、べつに、あんたなんかに心を摑まれてなんかいないんだから！」

「お、意外にツンデレじゃん。へへ、萌えるなあ」

「馬鹿か！　勝手に萌えるな、この変態！」

「そうかい。まあ、いいや」吉田は再びニヤリと笑って続けた。「とにかく、あんたは俺の投げたエサに食いついた。インタビューの後は、『雑誌の表紙になってくれ』だ。これにもあんたは食いついた。そして迎えたのが今日だ。中年紳士に成りすました俺は、あんたを藤本麻子の姿に近づけていった。俺が期待したとおり、あんたは見事なくらい藤本麻子になってくれた。感動したぜ」

「ふん、それはどうも」葵は無感動な声でいった。「あなたは藤本麻子の姿になった私を夕食に誘った。『ミラノ軒』だったかしら。あの店は藤本麻子の行きつけの店なの？」

「まあ、常連ってほどでもないが、何度か利用している店だ。そういう店を選んだのさ。あんまり顔馴染みの店だと、店員のほうから話しかけてくるかもしれない。まったく初めての店だと、記憶に留めてもらえないかもしれない。その点、あの店はちょうど良かった」

「あの店であなた、私のグラスに毒を盛ったわね。私を眠らせるために。そして店員の記憶に私を印象づけるために。そして、あなたは意識朦朧となった私を車に乗せ、この屋敷へと運び込んだ――」

「そういうことだ。なかなか理解が早いじゃねーか」

「ありがと。――で、これからどうするつもり？」

「俺は彼女の死体に『ミラノ軒』の名刺を残しておく。死体を調べた警察は、その名刺を手掛かりにして、『ミラノ軒』に話を聞きにいくだろう。そして警察は知ることになる。藤本麻子がそこで謎の紳士と食事をしていたことを。そして食事の最中に前後不覚になって運び出されたことを。警察は謎の紳士を捜すだろう。藤本麻子は金持ちの女だ。彼女の周囲を捜せば、ロマンスグレーの素敵な中年紳士は何人もいる。警察の疑いの目は、そいつらに向くだろう。だが結局、警察は謎の中年紳士にたどり着くことはできない。そんな奴は、そもそもこの世にいないんだからな。そして俺は容疑を免れるって寸法だ」

男は得意げな顔を葵に向けた。

「どうだい、単純だけど、なかなか愉快なトリックだろ。なにより、これならうちの奥さんに疑われずに済む。ここが意外に重要でね。いくら遺産が奥さんに転がり込んでも、俺が奥さんに疑われて夫婦関係がギクシャクしちゃ、俺は彼女のカネを自由にできなくなる。それじゃ元も子もねーからな」

「そう、素敵なトリックね。これからも奥さんと仲良くリア充生活を満喫してちょうだい」

と精一杯の皮肉をいってから、葵は彼に尋ねた。「――で、私はどうなるの？」

「実は、どうするべきか考えていたんだ。あんたは充分に役だってくれた。今回の事件の最大の功労者だ。もし、あんたが何も知らないままでいてくれるなら、このまま西荻窪に帰してやっても問題はないんじゃないかって、本気でそう思ったりもした。――だがな！」

吉田は語気を強めると、足許の死体を顎で示した。「こいつを見られちまったんじゃ、もうどうしようもない。黙って帰すっていう選択肢は、完全に無くなったってわけだ」

「まあ、そうでしょうね。じゃあ残る選択肢は、やっぱり――？」

「そうさ、死んでもらうしかねーってこと！」

短く叫んだ次の瞬間には、彼の右手にはギラリと光る一本のナイフが握られていた。

葵はその刃先を冷静に見詰めながら、

「そう、私は死ぬのね。でも待って。藤本麻子が今日殺されて、同じ日に私も殺されるの？　だとすれば、警察は二つの事件に関連性があると判断するんじゃないかしら。だって同じ日に、よく似た顔の二人が死ぬんだもの。偶然では片づけられないでしょ？」

「誰かが気づくってか？　馬鹿な。二つは全然違う事件さ。だって片方は西荻窪からアラサー女が失踪した事件。もう片方は埼玉のアラフォーセレブが殺された事件だからな」

「え、アラフォー!?」葵は、まずその点に驚いた。床に転がる死体の顔を横目で見ながら、「この女の人、アラフォーなの？　私によく似ているけどアラサーじゃなくて――」

「アラフォーだ。アンチエイジング化粧品の効果で実年齢より五歳ほど若く見せてるだけ。その一方で、肌の手入れを怠っているあんたは、実年齢より五歳ほど……」

「やめろおッ！　それ以上いうなあッ！」

葵は今日いちばんの剣幕で、失礼極まるお喋り男を黙らせた。それから葵は、彼の話の中にもうひとつ驚くべきポイントがあったことを思い出した。「そう、埼玉！　あなたさっき埼玉っていったわよね。――え、じゃあ、ここって東京じゃないの？」

「ああ、ここはもう埼玉県だ。当然、藤本麻子殺害事件を捜査するのは埼玉県警。そして小野寺葵失踪事件を調べるのは警視庁――っていうか荻窪署だな。だから大丈夫。二つの事件はちゃんと別々に捜査してもらえるはずだ。そもそも、あんたと藤本麻子は顔こそ似てるが、それ以外のものが違いすぎるんだよ。片やブランド好きのセレブなお屋敷住まい。片やコンビニ弁当好きの貧乏なシェアハウス住まい。おまえらが瓜二つだって気づいてるのは、この世で俺ぐらいのもんだってーの！」

そう断言した吉田は、あらためてナイフを正面に構えた。「さあ、お喋りはこれで終わりだ。細かい部分で判んねーことは、死んでからいくらでも考えられるだろ」

そうはいかない。死んでから考えたって無意味だ。葵は生きているいまのうちに、必死で頭脳を回転させた。やがて顔を上げると、強気に言い放つ。「待って。ここでナイフは使わないほうが賢明よ。だって藤本麻子の殺害現場を、他人の血で汚しちゃマズイでしょ。もっとも他の部屋で使ってもマズイことに変わりはないけどね」

どうするの？　と視線で問い掛ける葵。吉田は一瞬、考え込む表情。しかしすぐに「なるほど、あんたのいうとおりだ」といってズボンのポケットにナイフを仕舞う。そして今度は一転、猛然と素手で襲い掛かってきた。「だったら、この手で絞め殺してやるぜ！」

逃げ惑う葵は窓辺に駆け寄る。窓を開けようとするが、クレセント錠に指が掛かる前に、背後から首に手を回された。「きゃあ！」悲鳴をあげる葵の身体を、吉田は無理やり壁に押しつける。両手を細い首に掛けて、徐々に絞め上げていく。残忍な表情の彼は、荒い息の隙間から葵に囁いた。

「この期に及んで、こんなことをいうのもアレだが、あんたと過ごした時間は結構楽しかったぜ。これでもう会えなくなると思うと、本当に残念だ。——ま、いまさら仕方がねーけどよ」

両手にさらなる力を込める吉田。葵は薄れそうになる意識の中で、なおも脱出の機会を窺うように、窓辺に視線をやる。するとそのとき、葵の震える唇が微かに言葉を発した。

「ご、ごめん……ま、待って……」

「ん、なんだよ。いまさら命乞いか？」

男の両手が僅かに緩む。息を吹き返した葵は、「違うの……」といって顔を横に向けた。

「……ほら、窓の外に……友達がきてるわ……」

瞬間、吉田の口から「なに？」という呟き。

葵は半分ほど開いたカーテンの向こう側を、弱々しく指差した。曇りガラスの向こうには、確かな人の気配。それもひとりではない。葵にはそれが誰であるかハッキリ判る。そして彼女は普段は滅多に口にしないような、恰好悪くて情けない台詞を口にした。

「——ここよ、助けて！」

すると葵の言葉に応えるように、突然ガチャンとガラスの砕ける音。クレセント錠のすぐ脇に大きな穴が開いた。吉田はひるんだ様子で、葵の喉もとから両手を引く。開いた穴の向こう側から白い腕が伸びてきて、クレセント錠を外す。たちまち窓は全開になった。この窓には格子はなかったらしい。すぐさま二人の女たちが室内へと飛び込んできた。占部美緒と関礼菜だ。

二人は部屋の様子を一瞥すると、

「お待たせ、葵ちゃん！　助けにきたけえ、もう安心っちゃよ！」

「う、うわあ！　な、なんですかぁ、この女の人、なんで死んでるんですかぁ！」

――ありがとう、美緒！　だけど、いまここで説明している暇はないのよ、礼菜！

二人の顔を見てホッとした葵は、腰が砕けそうになる。だが安心するのは、まだ早い。膝を屈しそうになる葵を無理やり立たせながら、吉田は再びズボンのポケットからナイフを取り出す。その刃先をピタリと葵の喉もとに当てながら、

「近づくんじゃねえ。それ以上、近づいたら、この女の命はねえぞ」

闖入者二人を牽制する吉田。美緒と礼菜は悔しげに唇を震わせた。

「うぬぬぬ、このハ○男、程度の低い脅し文句をいいおって！」

「だ、駄目ですよぉ、美緒ちゃん！　○ゲ男なんていっちゃ、相手を怒らせるだけですぅ」

――もう充分怒らせてるわよ、あんたたち！

軽率なルームメイトたちの言動に、吉田の鼻息は異常に荒くなっている。葵はむしろ今宵最大のピンチに直面している事実を思い知った。これは本当に刺されるかもしれない！

と、そのとき葵は気づいた。普段はＴシャツやパーカー姿の美緒が、いまはなぜかグレーのワンピース姿。一方の礼菜も普段の女子高生ルックではなく、丸の内ＯＬ風のスーツ姿で髪を下ろしている。こういう恰好の女性を、葵は最近どこかで見たような気がした。

そうだ。今日の昼間、新宿の洋服店に、こういうグレーのワンピースを着た女がいた。大きなサングラスをした彼女。あれは美緒の変装した姿だったのだ。ならば靴売り場で見かけたＯＬ風の女性の正体は、きっと礼菜だ。二人は普段と異なる恰好で葵を尾行していたのだ。――でも、なんで？

思わずそう尋ねたくなる葵だったが、しかしその尾行のお陰で、二人はこの現場にたどり着けたのだ。むしろ彼女たちの行動力に感謝すべきところだろう。だが、もしそうだとするならば――

「ハッ！」

突然、あることに思い至った葵は、咄嗟に美緒と礼菜を見やる。二人の顔は真っ直ぐ葵と吉田に向けられている。だが、その実、彼女たちの視線は葵たちの間を素通りして、背後の開いた扉へと向けられているのだ。そうか、そういうことか。状況を理解した葵は、その場面に備えて身構える。美緒と礼菜の間で一瞬、素早いアイコンタクトが交わされる。

微妙な雰囲気を察して、「ん、なんだ!?」と吉田が警戒心を露にする。――と次の瞬間！

「いまっちゃ！」

「いまですぅ！」

微妙にシンクロ率の悪い掛け声が響くと、葵の背後から「――退《ど》け、葵ッ！」と、いきなり響く男の声。と同時に、後方から飛び込んできたのはスーツ姿の髭面の男だ。新宿の洋服店で美緒と一緒にいた彼。その正体は、いまや歴然としている。『かがやき荘』の大家、法界院法子夫人の見習い秘書、成瀬啓介だ。彼もまた美緒や礼菜とともに、付け髭で変装しながら尾行の一員に加わっていたのだ。

そんな啓介は「うをおぉぉぉッ」と奇声を発しながら、吉田の背後から飛び掛る。髭面男のいきなりの攻撃に、吉田は動揺を隠せない様子。葵は逃げることなく、ナイフを持った吉田の右腕を摑んだ。直後に、啓介が吉田の顔面に強烈な頭突きをお見舞いする。葵は吉田の腕を思いっきり嚙んだ。男の手からナイフが床にポトリと落ちる。啓介がそれを摑み上げると、形勢は一気に逆転した。

こうなったら後はやりたい放題。美緒と礼菜はそう思ったらしい。いっせいに吉田へと駆け寄ると、

「こいつめ、よくも危ない目に遭わせてくれたっちゃねえ」

「刃物さえ持ってないなら、もうこっちのもんですぅ」

急に強気になった二人は、吉田のスキンヘッドを容赦なくタコ殴りにする。非力なパンチだが数で圧倒される吉田は完全に劣勢だ。そしてついに戦意を喪失したスキンヘッド男は床の上にくずおれた。

もはや勝負の決着は明らかだった。それを見て啓介がいった。

「もういい。充分だろ、二人とも。これ以上やったら、こっちが訴えられちまうぞ」

美緒は赤くなった拳をさすりながら、「しょうがない。このへんで勘弁しちゃるわ」

「はい、勘弁してやりましょう」といって攻撃をやめた礼菜は、しかし今度は不思議そうに周囲を見渡しながら、「でも変ですねぇ、あの素敵なオジサマは、どこへ消えたんですかぁ?」と首を傾げる。

どうやら礼菜は、まったく状況が理解できていないらしい。

葵は苦笑いを浮かべながら、彼女の足許を指差した。

「そこよ、礼菜、そこ――」

「――え!?」といって恐る恐る足許を見やる礼菜。

その右足はロマンスグレーのカツラをしっかりと踏みしめているのだった。

9

スキンヘッド男のいったことは、どうやら事実だったらしい。通報を受けて現場に集結したパトカーは、どれも車体に『埼玉県警察』と書かれていた。小野寺葵を始めとするアラサー女たちと成瀬啓介は、刑事たちからの事情聴取を受けた。

結果、彼女たち全員が解放されて家路についたのは、もう深夜に近い時刻だった。帰宅の足は啓介の運転するベンツだ。もちろん法界院家の車に違いない。女たち三人は広々とした後部座席に揃って乗り込んだ。なにせベンツだから三人座っても全然余裕があるのだ。

車が走り出すと、葵はさっそく他のみんなに尋ねた。

「いちおう聞いておきたいんだけど、なんであなたたち私のことを尾行していたわけ？」

「そんなの、きまっちょる」と占部美緒が真顔でいった。「吉田っちゅう男は怪しい。絶対に何か裏がある。このままじゃ葵ちゃんが危ない。そう思ったけえ、密かに後をつけたんよ」

「――と美緒ちゃんはいってますけどぉ」と横から関礼菜が裏にある真実を告げた。「実は葵ちゃんの幸せそうな姿にやきもちを焼いた美緒ちゃんが、嫉妬に狂ってやったことですぅ」

「誰が嫉妬に狂ったんよ！　そもそも、これは礼菜が言い出したことじゃったはず。『いまはただ静かに見守るしかない』って礼菜がいうけえ、うちもその言葉に従ったまでのこと」

「『見守る』っていっても、礼菜、そういう意味でいったんじゃありませんからぁ――」

と不満げに口を尖らせる礼菜。妹分二人が険悪になりそうなので、葵は「判った判った」と適当に頷いた。要するに嫉妬と覗き見趣味と野次馬根性、そして若干の悪事の匂いを感じ取って、彼女たちの尾行はおこなわれたらしい。そこで駆り出されたのが、成瀬啓介というわけだ。

葵は運転席の彼に尋ねた。

「こんな目立つ車で、よく尾行できたわね。やっぱりGPSとか使ったの？」

「いや、新宿に向かうときには普通に尾行した。奴の車にGPSの発信機を取りつける機会がなかったからな。でも新宿の百貨店の駐車場でそれを取りつけた後は、わりと楽に尾行することができた。葵たちは西荻窪に戻って、それからレストランへ――と、そこまでは正直『いったい何に付き合わされてんだか……』って思ってたんだ。ところが店を出てきたときの葵を見てビックリした。フラフラの状態で車に乗せられていたからな。これはタダ事じゃない、と思って、慌てて奴のBMWを追跡したんだ」

「それにしちゃ助けにくるのが、ずいぶん遅かったみたい」

「残念ながらGPSの精度がイマイチでね。BMWがどの家の車庫に収まったのか、よく判らなかったんだ。慌てて近所の住人や通行人に聞いて回ったよ。そしたら偶然、大きなお屋敷の前で、女の悲鳴が聞こえたんだ。『ぎゃあああぁぁぁ――ッ』っていうような凄いやつが。それを合図にして、僕ら三人、あの屋敷に飛び込んでいったってわけさ」

「ああ、あの悲鳴ね」吉田がカツラを取った直後の絶叫だ。「じゃあ、あのスキンヘッドを見て悲鳴をあげていなかったなら、いまごろ私は……」

「うん、完全にあの世行きだったたじゃろーね」

「はい、もう間違いなくお陀仏でしたぁ」

美緒と礼菜が揃って合掌する。葵はいまさらながら激しい恐怖を感じて身体を震わせた。

「お、お陀仏でしたぁ、じゃないわよ！　ま、まったく、なんてことなの……」

シンと静まり返る車内。葵の背中にじっとりと浮かぶ嫌な汗。そんな重たい雰囲気を振り払うように、運転席の啓介が「ゴホン」とひとつ咳払い。そして陽気な声をあげた。「まあ、いいじゃないか。結果的に、こうして無事『かがやき荘』へと帰還できるんだから」

「そうそう、葵ちゃんはツイてるっちゃよ」

「ホントですぅ。良かったですねぇ、葵ちゃん」

二人の言葉に葵はなおも身体を震わせながら、「そうね。ええ、そう思うことにするわ……」

ようやく笑顔がこぼれる車内。気がつけば車窓から見える景色は見慣れたものに変わっている。やがてベンツは西荻窪の住宅街を横切り、『かがやき荘』に到着した。

車を降りた三人の女たちに、啓介は運転席の窓から顔を覗かせながら、「それじゃあ、僕はこれで失礼するよ」と簡単な別れの挨拶。そして最後に重大な事実を付け加えた。「あ、そうそう、いっとくけど、今回の事件は君たちが勝手に巻き込まれたって話だからな。結果的に殺人犯を捕まえたからって、それで『かがやき荘』の家賃が一円でも安くなるなんてことは絶対にないから、そのつもりでいろよ——」

「判ってるわよ、そんなことぐらい！」

「このドケチが！」

「悪徳大家！」

散々な言葉を浴びせられた啓介は「判った。法子夫人に伝えとくよ」といって笑顔で窓を閉める。やがて車は荻窪方面へと走り去っていった。彼は法子夫人のベンツを法界院邸に返しにいくのだ。

手を振って車を見送った葵たちは、揃って『かがやき荘』の門をくぐる。何の変哲もない四角い外観。毎日眺める無粋な建物が、いまは少しだけ違って見える。

と、そのとき美緒の口から意地悪な質問。

「なあ、葵ちゃん、あの男が本物の紳士だったら良かったのにぃ——ってホントはそう思ってない？」

痛いところを衝かれて葵はドキリ。だが一瞬だけ考えてから「ううん、いまはそんなこと思ってないわ」とキッパリ首を左右に振った。「だって私はいまの暮らしが好きだもん」

葵としては珍しい前向きな発言。美緒と礼菜は驚きの表情だ。照れくさい思いの葵は自分の鍵を取り出して、そそくさと『かがやき荘』の玄関を開ける。誰もいないシェアハウス。扉の向こうに広がるのはシンと静まり返った闇ばかりだ。

その闇に向かって「ただいまー」と明るく呼びかける葵。

美緒と礼菜が声を揃えて「おかえりなさーい」と応えた。

初出「yom yom」二〇一四年夏号〜二〇一六年春号

装画　ヤスダスズヒト
装幀　新潮社装幀室

かがやき荘《そう》アラサー探偵局《たんていきょく》

著者

東川 篤哉

ひがしがわ・とくや

発行

2016年10月20日

発行者｜佐藤隆信

発行所｜株式会社新潮社

〒162-8711

東京都新宿区矢来町71

電話　編集部 03-3266-5411

読者係 03-3266-5111

http://www.shinchosha.co.jp

印刷所｜二光印刷株式会社

製本所｜加藤製本株式会社

ISBN978-4-10-350381-1　C0093

暗幕のゲルニカ　原田マハ

誰が〈ゲルニカ〉を「消した」のか？　ピカソの名画をめぐる陰謀と希望――大戦前夜のパリと現代のNY、スペインが交錯する、圧巻の国際謀略アートサスペンス。

スティグマータ　近藤史恵

堕ちた英雄がツールに戻ってきた。不穏な空気を携えて――。チカと伊庭が世界最高の舞台を疾走！　新たな興奮と感動が待つ、「サクリファイス」シリーズ最新刊。

何様　朝井リョウ

光を求めて進み、熱を感じて立ち止まる。何者かになっただなんて何様のつもりなんだ――。その先をみつめる『何者』アナザーストーリー、六篇の作品集。

女子的生活　坂木司

女子的生活を楽しむため上京したみきは、お洒落生活を満喫中。おバカさんもたまにはいるけど、いちいち傷ついてなんかいられない！　痛快ガールズストーリー。

罪の終わり　東山彰良

崩壊した世界で「食人の神」と呼ばれた男の人生はどんなものだったのか？　緊張感に満ちた文体。戦慄の真実。「神の青春」は圧倒的なエンターテインメントだった！

挑戦者たち　法月綸太郎

伝説の奇書の誕生を目撃せよ！　ブッキッシュな仕掛けと洒脱な文体遊戯。レーモン・クノーに触発されて、古今東西の名作エッセンスに彩られたミステリ万華鏡。

許されようとは思いません　芦沢央

どんでん返しの連続！　あなたは絶対にこの「結末」を予測できない――凄惨な事件を起こした女たちの真情を、端整な文章と磨き抜かれたプロットで描き出す全5篇。

オレンジシルク　神田茜

女子力の低い私が人気マジシャンに一目惚れ。三十歳で初めての恋は前途多難、心が折れかけたとき、不思議な巡り合わせが……ほっこり度最高の恋愛エンタメ！

田嶋春にはなりたくない　白河三兎

曲がったことが大嫌い。空気は全く読まない。もちろん学内に友達はいない――。史上最高に鬱陶しい、だけどとっても愛おしい主人公、田嶋春が贈る青春ミステリ。

ＦＥＥＤ　櫛木理宇

私たち、親友だよね？　最底辺のシェアハウスで少女たちは出会った。友情が芽生え、やがて――。なぜ彼女は殺されたのか？　愚行と後悔、つまり青春の全記録。

杏奈は春待岬に　梶尾真治

いつの間にか歳下になった少女。人生最初で最後の恋。時間の檻に囚われた彼女を救うためにはクロノスを――。タイムトラベルロマンスの帝王が贈る究極の初恋小説！

ニセモノの妻　三崎亜記

「もしかして、私、ニセモノなんじゃない？」突然妻はこう告白した……。坂ブームに揺れる町で、無人の巨大マンションで、非日常に巻き込まれる四組の夫婦の物語。

キッチン・ブルー　遠藤彩見

偏食、孤食、味覚障害に料理ベタ——食にコンプレックスを抱えながらも、美味しい生活を求めて奔走する男女6人。ちょっぴりビターな、大人のためのごはん小説。

僕らの世界が終わる頃　彩坂美月

ネット小説をなぞって起きる殺人鬼の犯行。ひきこもりの少年が紡ぐ物語は、リンクする現実を救えるのか——!?　注目若手作家が放つ、10年代の青春ミステリ。

シ　ス　ト　初瀬　礼

世界を襲った突然のパンデミック。超大国の陰謀が蠢く中、一人の女性ジャーナリストが真実を追う。圧倒的リアリティで描く、読み応え満点の社会派サスペンス!

サナキの森　彩藤アザミ

袈裟に斬られた女の妖怪《サナキ》が80年前の怪事件を呼び起こす。平成引きこもり系女子にその謎が解けるか!?　道尾秀介も唸らせた第一回新潮ミステリー大賞受賞作。

樹液少女　彩藤アザミ

失踪した妹を捜す男が迷い込んだのは、磁器人形《ビスクドール》作家の奇妙な王国。雪に閉ざされた山荘で繰り広げられる復讐と耽美のゴシック・ミステリ。

レプリカたちの夜　一條次郎

動物レプリカの製造工場に、突如「ほんもの」のシロクマが現れた——。完成された世界観と圧倒的筆力で選考委員の激賞を浴びた、第2回新潮ミステリー大賞受賞作。